Harper
Collins

Zum Buch:

»Wir suchen Adam Blake.«

Als Journalist Adam Blake die Haustür öffnet, stehen zwei Polizisten davor. Die Nachricht, die sie ihm überbringen, ist niederschmetternd. Lauren Bishop, seine Ex-Freundin, ist tot. Präziser gesagt: Sie wurde ermordet. Von einem ruhmsüchtigen Wahnsinnigen, der sich »I_Killer« nennt. Kurz nachdem Adam die Polizisten davon überzeugen konnte, dass er nichts mit der Tat zu tun hat, erhält er erneut Besuch. Von Leah, Laurens Schwester. Sie will, dass er ihr hilft, den I_Killer zu suchen. Schließlich ist er es Lauren schuldig. Außerdem war er mal einer der Besten seines Faches …

Zum Autor:

Max Manning arbeitete als Journalist bei einer großen Tageszeitung. Er begann seine Karriere als Regionalreporter und wechselte schließlich in die traditionsreiche Londoner Fleet Street, wo er für verschiedene Blätter tätig war – die letzten sechzehn Jahre als Schlussredakteur für den Daily Telegraph. Böse Bilder ist sein Debütroman.

Max Manning

Böse Bilder

Thriller

Aus dem Englischen von
Joannis Stefanidis

Harper
Collins

HarperCollins®

FSC MIX Papier FSC® C014496

1. Auflage: November 2018
Deutsche Erstausgabe

Umschlaggestaltung: zero-media.net, München
Umschlagabbildung: Mark Owen / Trevillion Images, FinePic / München
Lektorat: textmenschen.de
Satz: GGP Media GmbH, Pößneck
Printed in Germany
Dieses Buch wurde auf FSC®-zertifiziertem Papier gedruckt.
ISBN 978-3-95967-228-3

www.harpercollins.de

Prolog

Sie hört sich schnell und flach atmen. Sie weiß, was geschehen wird, und kann nichts dagegen tun.

Sie blinzelt gegen ihre brennenden Tränen an. Die Dämmerung senkt sich herab wie ein graues Leichentuch, man erkennt kaum noch etwas im Unterholz. Der Septemberabend ist für die Jahreszeit zu warm, trotzdem zittert sie.

Lächelnd hält er mit rechts das Handy hoch. Sie weiß nicht, ob er ein Foto von ihr schießt oder ein Selfie macht. Ihre ganze Aufmerksamkeit gilt seiner anderen Hand.

Er tritt so schnell um sie herum und stellt sich hinter sie, dass ihr schwindlig wird. Seine Körperwärme dringt durch den dünnen Stoff ihres Kleides. Er hält ihr das Handy vor das Gesicht, damit sie auf das Display schaut.

Sie braucht einen Augenblick, um die Frau auf dem Foto zu erkennen. Ihre Haut hebt sich heller als sonst von ihrem dunklen kurzen Haar ab, die blauen Augen sind erschrocken aufgerissen.

»Du bist ziemlich fotogen, aber du hättest lächeln sollen«, sagt er. »Dein Lächeln ist so schön.«

Ihr Herz rast, Schweißrinnsale laufen ihr über den Rücken. Vielleicht, überlegt sie, vielleicht findet sich ja doch noch ein Ausweg.

»Warum ich?«, fragt sie halb flüsternd, halb schluchzend.

Er lacht leise, und sie spürt seinen heißen Atem im Nacken. »Das hier ist so viel größer als du.«

Sie will wegrennen, aber ihre Beine zittern so sehr, dass sie kaum stehen kann. Sie reißt den Mund auf, doch es kommt kein Schrei heraus. Es ist, als würde ihr der Atem aus der Lunge gesaugt. Sie versucht einen Schritt zur Seite zu machen, aber er packt ihren rechten Unterarm, seine Fingerspitzen drücken in ihre Haut.

Er lässt sie los und steht so still und reglos da, dass sie sich für einen Sekundenbruchteil zu der Annahme verleiten lässt, er sei verschwunden. Doch im nächsten Moment ist die Hoffnung wieder verflogen. Er ist noch da, und die Reglosigkeit und das Schweigen bedeuten, dass es so weit ist.

Heiße Tränen rinnen über ihre Wangen. Ihr verschwimmt die Sicht, und trotzdem sieht sie etwas. Ein dunkelhaariges Kind, das Fahrradfahren lernt, ihr Vater feuert die Kleine an, während er mit ausgestreckten Armen neben ihr herläuft, bereit, sie aufzufangen, falls sie stürzen sollte.

Sie erinnert sich an die Aufgeregtheit bei ihrem ersten Zungenkuss, an die Zärtlichkeit bei ihrem letzten. Sie bedauert all die kostbaren Tage, die sie vergeudet hat, bedauert es, all die Dinge nie gesagt zu haben, die sie hätte sagen sollen. Sie spürt die warme Hand ihrer Mutter.

1

Detective Chief Inspector Dan Fenton hatte gedacht, schon alles gesehen zu haben. Fassungslos den Kopf schüttelnd betrachtete er die Fotos auf dem Computerbildschirm. Es war das erste Mal, dass er in die Augen einer Person schaute, die wusste, dass sie gleich umgebracht werden würde.

Das zweite, etwas später aufgenommene Foto zeigte dieselbe Frau auf dem Rücken, die Arme ausgebreitet, der Torso blutüberströmt, die Beine an den Knöcheln übereinandergeschlagen. Im Hintergrund verlor sich die Silhouette einer Baumreihe in der Ferne.

Die Botschaft unter den Fotos lautete:

> Durch die Augen eines Killers sieht die Welt ganz anders aus.
>
> – I_Killer

Fenton rieb sich den Nacken. Sie hatten es mit einem online präsentierten Mord zu tun. Es gab Vorher- und Nachher-Fotos des Opfers. Eine E-Mail des Täters, die freundlicherweise einen Link zu seinem Werk enthielt. Nur die Leiche der Frau hatten sie noch nicht gefunden.

Seine Gedanken wurden unterbrochen, als die Bürotür aufging. Detective Sergeant Marie Daly wartete einen Moment und zupfte an ihrem Pferdeschwanz, ehe sie hereinkam. »Das Online-Team versucht, die E-Mail zum Ursprungsort zurückzuverfolgen.« Daly sagte nie ein Wort zu viel. Das gefiel Fenton. Auch wusste er, dass sie unter Druck die richtigen Entscheidungen traf.

»Wie lange dauert es, das Zeug aus dem Netz zu nehmen?«

Daly zuckte mit den Schultern. »Es ist ein getürkter Instagram-Account, Boss. In Großbritannien eingerichtet. Wir haben Instagram aufgefordert, ihn zu löschen, aber es könnte vierundzwanzig Stunden dauern. Mehrere Hundert Leute haben den Post bereits gesehen.«

Fenton sah auf die Uhr und fluchte leise. Der nächste lange Büroabend. Das nächste gebrochene Versprechen. Er schob seinen Stuhl zurück, stand auf und legte die Handflächen auf die Tischplatte.

»Wer immer das war, konnte es kaum erwarten, sich mit der Tat zu brüsten.« Er deutete anklagend auf den Monitor. »Wir brauchen Teams, die jeden Park in der Stadt durchkämmen, jedes offene Gelände, auf dem Bäume stehen. Niemand macht Feierabend, schicken Sie jeden verfügbaren Beamten auf die Suche. Wir müssen die Leiche finden.«

Daly nickte und verließ das Büro. Fenton setzte sich wieder, bedeckte sein Gesicht mit den Händen und rieb sich mit den Fingerspitzen die Augen. Gott, steh uns bei, dachte er.

2

Der Schlüssel zu allem war, sie zu finden. Ich habe lange gesucht, ohne genau zu wissen, wen ich eigentlich suchte.

Es war ein großartiger Moment für mich. Nein, streich das. Das Wort großartig ist viel zu schwach. Es war ein ungeheuerlicher Moment, der mein Leben veränderte.

Ich spüre immer noch die Freude in mir. Ja, das ist das richtige Wort. Die Öffentlichkeit liebt meine Arbeit. Ich wusste es. Es ist schwierig, einem Blick in die Dunkelheit zu widerstehen.

Ich kann nichts Schlechtes an dem finden, was ich getan habe und noch tun werde. Schuld ist ein Konzept, das ich nie begriffen habe. Es steht wahrer Kreativität im Weg, hält einen davon ab, die Dinge zu tun, die man gern tun möchte. Stellen Sie sich vor, kein Gewissen zu haben. Denken Sie mal darüber nach. Wäre das Leben nicht viel schöner und einfacher? Geben Sie's zu.

Ein Schleier hat sich gelüftet. Das Leben hält nun so viel mehr für mich bereit. Durch die Augen eines Killers sieht die Welt ganz anders aus.

3

Fenton schob sich zwischen den Journalisten hindurch, ignorierte ihre gebrüllten Fragen und wandte das Gesicht von den blitzenden Kameras ab.

Zwei uniformierte Constables bewachten den Gore-Road-Eingang in den Victoria Park. Als Fenton auf das schmiedeeiserne Tor zuging, trat ihm ein Fotograf in den Weg, der eine Beanie-Mütze und eine Lederjacke trug, und hob seine Kamera.

Fenton stieß den Mann mit der Schulter zur Seite und ging weiter. Sie hatten den Leichenfund der Öffentlichkeit noch nicht mitgeteilt, und doch waren bereits Scharen von Medienleuten vor Ort. Fenton nahm sich vor herauszufinden, wie die Neuigkeit durchgesickert war.

Als er durch das Tor ging, schärfte er den Constables ein, keine Reporter durchzulassen. Links von ihm, etwa fünfzig Meter entfernt, stand eine weitere uniformierte Polizistin an einem weißen Absperrband, das zwischen zwei Platanen einen dreieckigen Bereich im Unterholz umgab.

Während Fenton auf sie zuging, fiel ihm auf, wie jugendlich frisch die Polizistin aussah. Wahrscheinlich ganz neu im Job, dachte er. Lächelnd zeigte er ihr seinen Dienstausweis. »Haben Sie die Leiche gefunden?«, fragte er.

Die Polizistin errötete. »Ja, Sir.«

Fenton nickte, ging unter dem Absperrband hindurch und wand sich durch eine Lücke im Gebüsch.

Die Tote lag auf dem Rücken auf einer kleinen Lichtung. Er

stellte sich dicht vor ihre Füße, dorthin, wo der Killer gestanden haben musste, als er sie fotografiert hatte. Dann hockte er sich neben die Leiche, um sie genauer in Augenschein zu nehmen; der kupferartige Blutgeruch drehte ihm den Magen um. Die Frau schien Ende zwanzig zu sein. Ihre glänzenden Augen starrten leblos zum Himmel auf, als wären es Puppenaugen. Fenton widerstand dem Impuls, sich abzuwenden. Er musste seine Arbeit korrekt erledigen.

Diese Frau war jemandes Kind gewesen, jemandes Baby. Am Anfang seiner Karriere hatte es sich gut angefühlt, Gewalttäter zu verhaften und der Gesellschaft einen Gefallen zu tun. Es war darum gegangen, zu gewinnen und sich zu beweisen. Nach der Geburt seiner Tochter hatte sich das geändert. Eines Tages würde sie selbst dort draußen unterwegs sein. Verbrecher von der Straße zu holen war noch wichtiger geworden. Es hatte jetzt etwas Persönliches.

Er löste den Blick vom Gesicht der Toten und betrachtete ihre Hände. Sie waren klein und sauber. Keine erkennbaren Abwehrverletzungen. Sie hatte keine Chance gehabt, sich zur Wehr zu setzen. Ihr dunkelblauer Rock war bis zu den Oberschenkeln hochgeschoben. Er konnte keine Spuren sexueller Gewalt erkennen, aber darüber würde der Obduktionsbericht genauer Auskunft geben.

Er erhob sich und ging durch das Unterholz zum Weg zurück. Die Polizistin hielt tapfer Wache. Fenton verabschiedete sich mit einem knappen Nicken und hielt auf den Parkausgang zu. Nach einigen Metern blieb er stehen und atmete ein paar Mal tief durch, um den Geruch des Todes aus der Nase zu kriegen. Er blickte durch den Park.

Die Morgensonne hing tief über Ost-Londons Wohntürmen, ihre Strahlen ließen den kleinen See schimmern, auf dem oft Ruderboote schipperten. Eine Reihe voll ausgewachsener Eichen verlief von Norden nach Süden über die verlassene Grünfläche. Die Blätter wechselten bereits die Farbe. Normalerweise wäre der Park um diese Zeit längst voller Leute.

Ein weißer Van kam zwischen den Bäumen herangefahren und hielt neben Fenton an. Ronnie Oliver, New Scotland Yards erfahrenster Spurensicherer, und eine jüngere größere Kollegin stiegen aus, beide in weißen Forensik-Overalls.

Oliver, gedrungen wie ein Pitbull, baute sich vor Fenton auf, sein kantiges Kinn auf Brusthöhe des Detectives. »Erzählen Sie mir nicht, dass Sie meinen Tatort kontaminiert haben«, sagte er.

Fenton zuckte die Achseln. »Keine Sorge. Ich habe nur einen kurzen Blick auf das Opfer geworfen.«

Oliver verzog die Oberlippe und warf seiner Kollegin einen wütenden Seitenblick zu. Sie wandte sich ab und betrachtete die Umgebung. Fenton nahm an, dass sie die Launen ihres Vorgesetzten kannte. Er bewunderte Olivers Leidenschaft für die Arbeit und mit welcher Besessenheit er sich an die Vorschriften hielt. Seine Wutausbrüche ertrug Fenton meist mit Nachsicht. »Wie gesagt, ich habe nur einen kurzen Blick auf das Opfer geworfen, aber nichts angefasst. Immerhin leite ich die Ermittlungen, schon vergessen?«

Oliver sah ihn finster an. »Meinetwegen könnten Sie der Premierminister sein. Kommen Sie nie wieder in die Nähe einer meiner Tatorte, solange Sie keinen verdammten Overall tragen.« Damit ließ er ihn stehen, seine Kollegin eilte ihm hinterher.

Es würde ein langer Tag werden, und falls sie keinen Glückstreffer landeten auch eine lange Nacht. Fenton zog sein Handy aus der Jackentasche. Nach dem sechsten Läuten meldete sich seine Nachbarin. Sie klang hektisch. »Schlechter Zeitpunkt«, sagte sie. »Wir kommen zu spät zur Schule.«

»Tina, Sie müssen mir einen Gefallen tun.« Fenton machte eine Pause, hoffte auf eine positive Erwiderung. Es kam keine. »Es ist etwas passiert, und ich werde spät nach Hause kommen. Sehr spät. Kann Tess bei Ihnen übernachten?« Das Schweigen am anderen Ende der Leitung zog sich in die Länge. Als seine Nachbarin schließlich ihre Stimme wiederfand, klang sie kurz angebunden.

»Es ist noch früh. Woher wissen Sie jetzt schon, dass es so spät werden wird?«

»Sie werden es in den Nachrichten sehen. Es geht nicht anders. Tut mir leid.«

»So kann es nicht weitergehen, verstehen Sie? Es ist unfair.«

»Ich kümmere mich darum. Ich rufe die Agentur an.«

Fenton wartete bestimmt eine halbe Minute, ehe er begriff, dass seine Nachbarin aufgelegt hatte. Er fasste das als ein Ja auf.

Der Detective Chief Inspector starrte auf das leere Handydisplay, kurzzeitig gelähmt vom schlechten Gewissen, als er plötzlich Schritte vernahm. Er wandte sich um und schaute in ein fragendes, blasses, von dichten roten Haarstoppeln gekröntes Gesicht. »Alles in Ordnung, Sir?«

Detective Constable Ince war erst seit knapp sechs Monaten im Team. In dieser Zeit hatte Fenton seinen jugendlichen Enthusiasmus schätzen gelernt. »Sie waren der erste Detective am Tatort?«, fragte er. Es war mehr eine Feststellung als eine Frage.

Ince nickte. »Zehn Minuten, nachdem die Uniformierten sie gefunden haben. Ich habe den Bereich sofort absperren lassen.« Er machte eine kurze Pause und strich sich mit der linken Hand über die Haarstoppeln, während er versuchte, sich etwas einfallen zu lassen, womit er seinen Chef beeindrucken konnte. »Ich glaube, sie liegt schon die ganze Nacht dort, denn der Park macht abends zu, und die Tore werden abgesperrt. Ich weiß noch, dass mir das viele Blut aufgefallen ist.«

Fenton ließ sich seine Enttäuschung nicht anmerken. Er war gut darin. Er hatte viel Übung. Manchmal fiel einem beim ersten Blick auf eine Leiche etwas Wichtiges auf, eine Kleinigkeit, die zur Lösung des Falles führte. Diesmal war es nicht so.

Ince strich sich weiter über sein kurz geschorenes Haar. »Die Tote war von der Gore Street aus nicht zu sehen, auch nicht im Park, wegen des Unterholzes. Hätten wir sie nicht gefunden, hätte sie früher oder später bestimmt ein Hundehalter entdeckt.«

»Wir müssen die Identität des Opfers klären«, sagte Fenton. »Ich weiß, dass Sie das ruck, zuck hinbekommen werden, Ince.« Er schaute seinem jungen Untergebenen hinterher, der mit federnden Schritten davonging, den Kopf nun etwas höher gehoben.

4

Es ist erstaunlich, welche komplexen Auswirkungen ein simpler Akt haben kann. Der Instagram-Post wurde erwartungsgemäß gelöscht, aber erst, nachdem ihn jede Menge Bewunderer bereits geteilt hatten. Der Verbreitungseffekt ist eine wunderbare Sache.

Negativ ist nur, dass ich der Einzige bin, der weiß, dass ich das war. Dieses Opfer muss ich momentan bringen, aber es liegt mir nicht, mich in Bescheidenheit zu üben.

Mein Verlangen ist stark. Falls ich ihm zu früh nachgebe, bringe ich mich in Gefahr. So verhält sich kein wahrer Jäger. Je länger ich warten kann, desto besser. Die Polizei versteigt sich in Aktionismus, gibt vor zu wissen, was sie tut, aber sie hat nicht die leiseste Spur. Finde das Motiv, und du findest den Killer? Niemand findet mich, solange ich es nicht will.

Die Sache ist, ich habe mehr als nur ein Motiv. Lauren war der erste Schritt auf meiner Reise. Das ist das Schöne an der Beziehung zwischen Jäger und Beute. Sie ist nicht persönlich. Was sagt das über mich aus? Dass ich ein kaltherziger Hurensohn bin. Habe ich es geplant? Ihren Tod ja, aber nicht, was er entfesselt hat.

Die Leute mögen mich, haben mich immer gemocht. Diese verblendeten Seelen glauben, mich zu kennen. Wenn ich es darauf anlege, kann ich die meisten Menschen um den Finger wickeln, egal ob Mann oder Frau. Ich schenke ihnen meine Aufmerksamkeit, zeige ehrliches Interesse an ihren armseligen Existenzen. Am schwierigsten ist, Tag für Tag die Fassade zu wahren. Mit Idioten zu plaudern ist anstrengend, aber ich bin gut darin. Es ist meine Tarnung, meine Massentäuschungswaffe.

Um eine maximale Wirkung zu erzielen, muss ich einfallsreich sein, so viel ist klar. Wer in der Unterhaltungsbranche tätig ist, muss ständig etwas Neues, Größeres, Besseres präsentieren. Das Publikum verlangt danach.

5

Ihre Sachen hatte er in drei Pappkartons gepackt. Blake stellte sie im Flur neben die Wohnungstür. Wenn sie sie abholen kam, würde sie nicht groß hereinmarschieren müssen. So war es besser für sie beide.

Er ging durch die schmale Diele ins Wohnzimmer zurück. Wenigstens musste er jetzt keine neuen Möbel kaufen. Sie hasste seinen alten Zweisitzer und den winzigen Fernseher, den er nur selten einschaltete. Am meisten hasste sie das Laufband, das mitten im Zimmer stand.

Blake seufzte und schüttelte den Kopf. Er wusste, er machte sich etwas vor. Falls sie ihre Meinung änderte, würde er sie sofort zurücknehmen. Er stieg auf das Laufband, drückte den Startknopf und begann zu joggen. Nach einigen Minuten erhöhte er das Tempo und verfiel in einen gleichmäßigen Laufrhythmus. Wie immer fand er Trost im Surren des Elektromotors und im rhythmischen Stampfen seiner Füße.

Bis der Mieter unter ihm mit einem Besen gegen die Decke zu klopfen begann, war Blake schweißüberströmt, sein ärmelloses Unterhemd und die Shorts klebten an seiner Haut. Er sah auf die Uhr. Noch zehn Minuten, dann würde er die Vier-Meilen-Marke erreichen.

Als es an der Tür klopfte, trabte Blake gerade locker aus. Er stieg vom Laufband, wischte sich mit einem Handtuch über das Gesicht, ging zur Tür und machte auf. Vor ihm stand sein Nachbar von unten, ein korpulenter Mann mittleren Alters mit schütterem Haar. Seine Arme hingen steif an den Seiten herab.

Er starrte auf Blakes verschwitzte Klamotten und schnaubte missmutig. »Jeden Tag geht das so. Jeden verdammten Tag.«

»Ich bin jetzt fertig«, sagte Blake. »Das war's für heute.«

»Das muss aufhören.«

»Es hat doch aufgehört. Für den Rest des Abends hören Sie keinen Mucks von mir.«

»Sie lösen bei meiner Frau Migräneanfälle aus.«

»Wie oft soll ich es Ihnen denn noch sagen? Ich bin fertig.«

»Wir hören nicht mal unseren Fernseher.«

»Lustig, dass Sie das sagen, denn ich höre ihn die ganze Zeit.«

Der Nachbar öffnete die Fäuste, wackelte ein bisschen mit den Fingern und schloss sie wieder. »Wir nehmen das nicht mehr hin, verstehen Sie? Warum laufen Sie nicht im Park oder sonst wo, wie andere Menschen auch?«

Blake zuckte die Achseln und begann die Tür zu schließen. Sein Nachbar neigte sich einige Zentimeter zu ihm vor, einen aufmüpfigen Ausdruck auf dem Gesicht, trotz des Umstands, dass Blake mit seinen eins neunzig größer, fitter und zwanzig Jahre jünger war als er.

»Ich warne Sie zum letzten Mal. Das muss aufhören.«

»Oder was? Was wollen Sie denn tun?«

»Das sage ich Ihnen«, antwortete sein Nachbar und warf sich in die Brust wie ein herumstolzierender junger Hahn. »Ich werde mich beim Vermieter über Sie beschweren. Wir zahlen Miete, verstehen Sie? Wir haben Rechte.«

Blake schauderte, seine Haut war klamm vom kalten Schweiß. »Der Vermieter ist ein Idiot, und das können Sie ihm gerne ausrichten«, sagte er und schlug dem Mann die Tür vor der Nase zu.

Er stand länger als nötig unter der Dusche, aber fließend heißes Wasser war eine der Annehmlichkeiten, die er nach seiner Rückkehr in die Zivilisation überaus genoss. Nachdem er sich angezogen hatte, setzte er sich mit einem Glas Bier an den Küchentisch und fuhr seinen Laptop hoch. Bevor er seine E-Mails checken konnte, klopfte es erneut an der Tür.

Als Blake in die Wohnung gezogen war, hatte er als Erstes die Türklingel abgestellt. An der Art, wie ein unerwarteter Besucher anklopfte, konnte man viel erkennen. Er blieb sitzen, wartete, ob der Besucher aufgab oder es abermals versuchte. Das zweite Anklopfen war ein dreifaches ungeduldiges Hämmern. Blake ging langsam zur Tür, öffnete sie einige Zentimeter und lugte durch den Spalt. Ein junger Mann, der einen braunen, locker sitzenden Anzug trug und raspelkurzes rotes Haar hatte, stand neben einer älteren, ernst aussehenden Brünetten in Polizeiuniform.

Der Mann zeigte ihm einen Dienstausweis der Metropolitan Police. »Ich bin Detective Constable Ince, das ist Police Constable Price«, sagte er. »Wir suchen Adam Blake.«

»Sie haben ihn gefunden. Gut gemacht. Gute Detektivarbeit.«

Ince zögerte und schaute hilfesuchend zu seiner Kollegin. Sie behielt Blake im Blick.

»Dürfen wir reinkommen?«, fragte sie. »Wir müssen mit Ihnen reden und möchten das nicht im Treppenhaus tun. Ich nehme an, das sehen Sie genauso.«

Blake hatte den Eindruck, dass sie Dinge dieser Art schon Hunderte Male gemacht hatten. »Falls es um den Lärm geht, ist es aber reichlich übertrieben.«

Der Detective rieb sich das Kinn. »Es hat nichts mit Lärm zu tun.«

Blake ließ die Tür los und bedeutete den Polizisten, ihm zu folgen. Er führte sie durch den Flur ins Wohnzimmer. Die Polizistin und Blake setzten sich auf das Sofa, Ince blieb am Laufband stehen. »Sie joggen viel?«, fragte er und deutete auf das Gerät. Blake antwortete mit einem Achselzucken.

»Ich habe gehört, Sie hatten bis vor Kurzem eine Beziehung mit einer Frau namens Lauren Bishop.«

Blake konnte seine Überraschung nicht verbergen. »Worum geht es hier?«

»Zuerst ein paar Fragen, Mr. Blake. Wie lange waren Sie und Lauren in einer Beziehung?«

Blake wandte sich auf dem Sofa der Polizistin zu, hoffte auf eine vernünftige Erklärung. »Ich verstehe nicht, warum Sie das wissen wollen«, sagte er. »Knapp ein Jahr. Vor sechs Wochen ist sie ausgezogen.«

»Wann haben Sie sie das letzte Mal gesehen?«

»Seit ihrem Auszug nicht mehr. Sie will irgendwann noch ein paar Sachen abholen. Die sind in den Kartons im Flur.«

Die Beamten wechselten einen Blick, der Blake mit Unbehagen erfüllte. »Was ist denn los?«

»Lauren Bishop ist tot«, sagte Ince. »Ermordet. Ihre Leiche wurde gestern frühmorgens im Victoria Park gefunden.«

Blake schüttelte langsam den Kopf. Ein Bild von Lauren, blutbesudelt und leblos, blitzte in ihm auf. Er öffnete den Mund, um zu sagen, dass sie sich irrten, aber stattdessen sog er etwas Luft ein und schluckte sie mit seinen Worten hinunter. Er sah die Polizistin an. Sie musterte ihn, versuchte, seine Reaktion einzuschätzen. Er gab ihr nichts außer einem weiteren Kopfschütteln. »Sie begleiten uns am besten aufs Revier, um dort einige weitere Fragen zu beantworten.«

»Es kann nicht Lauren sein«, sagte er. »Nicht sie.«

»Ich fürchte doch«, sagte Ince. »Ihre Schwester hat die Leiche identifiziert.«

Blake sprang auf, schwankte wie ein Betrunkener und fiel zurück aufs Sofa. Er wollte sie anbrüllen, dass sie sich täuschten, sie der Lüge bezichtigen, doch tief im Innern wusste er, dass sie die Wahrheit sagten. Seine Stimme bebte. »Ich habe sie angefleht zu bleiben«, sagte er. »Wäre sie doch geblieben.«

Ince nickte seiner Kollegin zu, und sie stand auf. »Begleiten Sie uns bitte auf das Revier. Dort setzen wir die Befragung fort.«

Blake folgte den Beamten zur Tür. Lauren war tot. Sie würde nie mehr zurückkommen. Er hatte sie geliebt, doch es hatte nicht genügt. Er hatte nichts, um die Leere in seinem Innern zu füllen. Wenn sie doch nur wüssten, sagte er sich, dann würden sie verstehen.

6

Fenton stützte sich mit den Ellbogen auf die Tischplatte und schlug den Bericht des Gerichtsmediziners auf. Die Autopsie hatte nichts Ungewöhnliches erbracht. Die Todesursache war offenkundig. Der Killer hatte Lauren Bishop die Kehle durchgeschnitten, die rechte äußere Halsvene und die linke Halsschlagader waren durchtrennt, ebenso die Luftröhre. Der Tod war schnell eingetreten, eine Mischung aus starkem Blutverlust und Ersticken.

Er blätterte den Text durch, überflog ihn. Fenton hatte den Bericht bereits zwei Mal gelesen, wollte aber sicherstellen, dass er nichts übersehen hatte. Aufgrund des vielen arteriellen Bluts, das auf den Erdboden gespritzt war, war davon auszugehen, dass die Frau an der Fundstelle umgebracht worden war. Abgesehen von einem blauen Fleck am rechten Unterarm gab es keine weiteren Verletzungen.

Fenton ballte die rechte Hand zur Faust und rieb sich mit den Knöcheln über die linke Handfläche. Die Frau war entweder mit ihrem Mörder durch den Victoria Park gegangen – was bedeuten könnte, dass sie ihn gekannt hatte –, oder er hatte auf ein Opfer gelauert und zugeschlagen, als sie an ihm vorbeigegangen war.

Niemand hatte gemeldet, Schreie gehört zu haben, und das Fehlen von Abwehrverletzungen zeigte, dass Lauren Bishop nicht um ihr Leben gekämpft hatte. Es überraschte Fenton nicht. Stress-Experten hatten die Kampf-oder-Flucht-Reaktion vor einigen Jahren in die Kampf-Flucht-oder-Erstarren-

Reaktion umbenannt. Fenton wusste nur zu gut, dass viele Opfer von Gewaltverbrechen, Männer und Frauen gleichermaßen, im entscheidenden Moment gelähmt waren vor Angst. Wie ein Reh im Scheinwerferlicht. Er versuchte sich vorzustellen, wie der Killer Lauren mit erhobenem Messer gezwungen hatte, sich in den Schutz des Unterholzes zu begeben. Der Todeszeitpunkt war irgendwann zwischen 19 Uhr und 22 Uhr am Vortag gewesen. Die Siebenundzwanzigjährige war Krankenschwester am Homerton University Hospital gewesen, fünfundzwanzig Gehminuten vom Victoria Park entfernt. Am Tag ihres Todes war sie für die Nachtschicht eingeteilt gewesen. Ihr Magen enthielt Reste einer leichten Mahlzeit, und die Bluttests hatten ergeben, dass sie keinen Alkohol getrunken hatte.

Fenton klappte den Bericht zu und trommelte mit den Fingern auf die Tischplatte. New Scotland Yards Cyber-Team hatte die E-Mail nicht zum Ursprungsort zurückverfolgen können, und die Fotos von Lauren Bishop und die Botschaft des Mörders kursierten weiterhin im Internet und wurden eifrig geteilt. Er hatte diverse Beamte dazu abgestellt, sich das stundenlange Filmmaterial der Überwachungskameras rund um den Park anzusehen, bisher jedoch ohne Ergebnis.

Fenton lehnte sich auf seinem Stuhl zurück und betrachtete sein Büro, einen der Vorzüge seines Rangs. Ein Doppelbett hätte nicht hineingepasst, aber er hatte alles, was er benötigte: Schreibtisch, Telefon, Computer und Aktenschrank. Die hellblauen Wände waren kahl, und die Glaspartition bot ihm freie Sicht in den Mannschaftsraum. Zufrieden sah Fenton, dass nur drei seiner Leute am Computer saßen. Nach seiner Erfahrung wurden Verbrechen nur selten am Schreibtisch gelöst.

Die jugendliche Gestalt Detective Constable Inces kam in Sicht. Er durchquerte den Raum und kam geradewegs in Fentons Büro. »Guten Abend, Boss«, sagte er und ließ sich auf den Stuhl vor Fentons Schreibtisch fallen. »Wir haben den Ex-Freund gefunden. Er sitzt im Verhörzimmer.«

Fenton musterte Ince mit einem durchdringenden Blick und sprach erst, als er merkte, dass Ince unruhig wurde. »Hat man Ihnen nicht beigebracht, dass man anklopft, ehe man ein Büro betritt, besonders, wenn es das Büro des Vorgesetzten ist? Außerdem nimmt man erst Platz, wenn man dazu aufgefordert wird.«

Ince sprang auf und stellte sich schnell hinter den Stuhl. »Tut mir leid. Ich habe nicht nachgedacht. Bin in Gedanken ganz bei der Arbeit.«

Fenton machte eine wegwerfende Handbewegung. »Erinnern Sie sich einfach das nächste Mal daran – und jetzt erzählen Sie mir von dem Ex-Freund.«

»Er heißt Adam Blake. Sagt, er sei Journalist, habe aber seit rund einem Jahr nicht mehr gearbeitet. Ich lasse das überprüfen. Er behauptet, Lauren das letzte Mal vor sechs Wochen gesehen zu haben, als sie aus seiner Wohnung im East End auszog. Er gibt an, am Tatabend im *South Pole* gewesen zu sein. Den ganzen Abend.«

Er machte eine Pause und erwiderte Fentons Blick, der ihn unter hochgezogenen Augenbrauen hervor ansah. »Das *South Pole* ist ein Pub in der Mile End Road, ein paar Hundert Meter von seiner Wohnung entfernt. Wir sind auch …« Fenton hob eine Hand, unterbrach Ince mitten im Satz, wandte sich zum Computer und gab etwas auf der Tastatur ein.

»Meinen Sie diesen Adam Blake?«, fragte er und zeigte auf den Computerbildschirm. Ince ging um den Schreibtisch herum und schaute auf das Foto eines hochgewachsenen Mannes, den zwei Soldaten, die automatische Gewehre trugen, aus einem Militärflugzeug eskortierten.

»Genau den meine ich«, sagte er, einen verwirrten Ausdruck auf dem Gesicht. »Wie gesagt, er sitzt im Verhörzimmer.«

»Blake ist ein Verdächtiger?«

»Nun, wir überprüfen sein Alibi. Aber er ist ein Ex-Freund des Opfers. Sie hat ihn vor einigen Wochen verlassen. Das wäre doch ein Motiv.«

Fenton schaute noch immer auf den Bildschirm, überflog den Artikel unter dem Foto. Ince beugte sich näher heran und las die ersten beide Absätze. »Davon habe ich nichts gewusst, Boss. Ich lese normalerweise nur den Sportteil. Verringert oder erhöht das die Wahrscheinlichkeit, dass er seine Ex-Freundin ermordet hat?«

Fenton seufzte. »Gehen Sie einfach davon aus, dass es nichts mit dem Fall zu tun hat. Halten Sie sich an die Beweise. Suchen Sie das Motiv. Falls sein Alibi stichhaltig ist, ist er sauber. Aber ich möchte, dass seine Verwicklung in den Fall geklärt ist, ehe die Presse davon Wind bekommt. Ist ein gefundenes Fressen für die.«

Ince stand auf und wandte sich zur Tür. »Ich kümmere mich darum, Boss.« Fenton schnippte mit den Fingern. Es hatte den gewünschten Effekt, Ince blieb abrupt stehen.

»Kennt er den Post, die Fotos? Weiß er davon?«

Ince zuckte die Achseln. »Das bezweifele ich. Außer er war derjenige, der sie geschossen hat.«

»Planänderung«, sagte Fenton. »Das Verhör übernehme ich. Sie hören zu und lernen etwas. Aber erst muss ich kurz telefonieren. Geben Sie mir zehn Minuten.« Ince nickte und verließ ohne ein weiteres Wort das Büro. Fenton griff zum Telefon und wählte seine Privatnummer. Die neue Nanny würde an ihrem ersten Tag länger bleiben müssen.

7

Herumzusitzen und darauf zu warten, dass man ihn verhörte, weckte bei Blake viele schlechte Erinnerungen. Die Wände des Verhörzimmers waren in sterilem Weiß gestrichen. Die einzelne Glühbirne an der Decke warf keinen Schatten. Er rutschte auf dem unbequemen Stuhl herum, seine Knie waren höher als die Hüften. Blake griff nach dem Plastikbecher auf dem Tisch, pustete in die dampfende braune Flüssigkeit und nahm einen Schluck.

Erneut stieg ein Bild der verstümmelten Lauren in ihm auf. Er verdrängte es, schob es an einen Ort, wo es ihm nicht wehtun konnte. Die Tür ging auf, und der Detective mit dem kurz geschorenen Haar kam herein, gefolgt von einem größeren Mann mit grauen Sprengseln im dunklen Haar. Der ältere Detective setzte sich auf den Stuhl gegenüber von Blake und stellte sich vor. »Ich bin Detective Chief Inspector Dan Fenton. Ich leite die Ermittlungen im Mordfall Lauren Bishop. Sie verstehen sicher, dass wir mit Ihnen als Ex-Freund reden müssen.«

Blake studierte Fentons Gesicht. Er war sauber rasiert, hatte aber einen Bartschatten und dunkle Ringe unter den intelligenten Augen.

»Ja, das verstehe ich«, sagte Blake. »Ich möchte helfen.«

»Sie haben Lauren das letzte Mal vor etwa sechs Wochen gesehen?«

Blake nickte und schaute zu Ince hinüber. »Stimmt. Seither habe ich sie weder gesehen noch etwas von ihr gehört.«

»Warum haben Sie sich getrennt?«

»Wahrscheinlich hat sie es nicht mehr mit mir ausgehalten. Ich bin, glaube ich, kein ganz einfacher Typ. Ich hatte sie gewarnt, aber sie wollte nicht auf mich hören.«

Fenton wartete kurz und überlegte, wie er die nächste Frage am besten formulieren sollte. »Ihre Beziehung war gestört?«

Blake sackte auf seinem Stuhl zusammen. »Unsere Beziehung war gut. Stark. Meistens zumindest. Lauren war sicher, dass wir unsere Probleme in den Griff bekommen würden. Aber am Ende wurde es ihr dann wohl doch zu viel.«

»Was wurde ihr zu viel?«

»Ich, nehme ich an. Wie gesagt, ich hatte sie gewarnt, aber sie wollte nicht hören.«

Fenton stand auf und trat langsam hinter seinen Stuhl. »Sind Sie ihr gegenüber gewalttätig geworden?«

Blake verstand den Hintergrund der Frage, aber das machte die Sache nicht leichter. »Manchmal verliere ich die Nerven, so wie andere Leute auch«, sagte er. »Aber ich habe nie Hand an Lauren gelegt. Niemals.«

Fenton musterte den Mann, der vor ihm am Tisch saß. Diesen leeren Blick hatte er schon oft gesehen.

»Wie ich höre, arbeiten Sie im Moment nicht als Journalist«, sagte Fenton.

Blake schüttelte den Kopf.

»Das kann ich verstehen.«

»Sie sind offenbar ein äußerst verständnisvoller Mann.«

»Wie verdienen Sie denn Ihr Geld, wenn Sie nicht arbeiten?«

Blake fragte sich, inwiefern die Frage nach seinen persönlichen Finanzen relevant war, und erwog kurz, die Antwort zu verweigern. Dann aber befand er, dass er dieses Zimmer am schnellsten verlassen würde, wenn er kooperierte.

»Ich hatte etwas Geld zurückgelegt und wurde für die Story gut bezahlt. Genug, um ein Haus zu kaufen. Ich habe zwei Wohnungen daraus gemacht. Ich wohne oben, die untere habe ich vermietet.«

»Besitzen Sie einen Laptop, einen Computer, ein Smartphone?«

»Laptop und Smartphone.«

Fenton sah zu Ince hinüber. »Wir haben beides, Boss. Die Techniker sehen sich die Geräte gerade an.«

Fentons Bauchgefühl sagte ihm, dass Blake nicht der Mörder war. Andererseits war ihm klar, dass man aufgrund eines Gefühls niemanden aus dem Kreis der potenziellen Täter ausschließen durfte. Er würde Daly einen Durchsuchungsbefehl besorgen lassen und prüfen, ob es in Blakes Wohnung versteckte Computer gab.

»Den Rest des Verhörs übernimmt Detective Constable Ince«, sagte er. »Wir werden jetzt einige Dinge überprüfen. Sobald feststeht, dass Ihr Alibi wasserdicht ist, können Sie nach Hause gehen.«

Fenton ging zur Tür, blieb stehen und wandte sich noch einmal zu Blake um. »Ach so, eine Sache noch«, sagte er. »Der Mörder hat Lauren vor und nach der Tat fotografiert und die Aufnahmen ins Internet gestellt. Wir haben den Account schließen lassen, aber Sie wissen ja, wie es im Netz zugeht. Wenn einmal etwas drin ist, dann ist es drin. Tun Sie sich den Gefallen und schauen Sie sich die Fotos nicht an.«

Blake senkte den Blick und starrte auf den Bodensatz seines Kaffees. »Lauren«, flüsterte er.

8

Fenton hielt vor dem Schultor und bereute es, den fünfminütigen Fahrweg genutzt zu haben, um seiner Tochter die Neuigkeit zu überbringen, dass die neue Nanny bei ihnen einziehen würde.

Er stellte den Motor ab und wandte sich zum Beifahrersitz. Tess schaute zu ihm auf, die Lippen störrisch zusammengepresst, die Augen wässrig und rotgerändert. Er nahm ihre Hand und drückte sie sanft. »Ich weiß, das ist schwierig, ich verstehe das. Aber ich brauche jemanden, der sich mit um dich kümmert. Ich wünschte, es wäre nicht nötig.«

Tess ließ den Kopf hängen, schaute auf ihre glänzenden schwarzen Schuhe und schniefte laut. »Warum kannst du mich nicht jeden Tag von der Schule abholen?«

Fenton seufzte und rieb sich die Augen. Er hatte nur zwei Stunden geschlafen. »Ich wünschte, das wäre möglich, Tess. Aber du weißt, dass es nicht geht. Warum geben wir der Nanny nicht eine Chance? Sie ist doch nett, oder nicht?«

Tess antwortete mit einer Gegenfrage. »Warum muss sie denn bei uns wohnen?«

»Weil es leichter ist«, sagte er. »Für sie und für uns.« Fenton wollte ihr nicht erklären, dass er der Nanny weniger bezahlen musste, wenn sie mietfrei bei ihnen wohnen durfte. Als er und Josie damals das Haus in Islington gekauft hatten, hatten sie über zwei Einkommen verfügt.

Tess zog die Hand weg, schaute weiter auf ihre Füße. »Wo wird sie schlafen?«

Fenton runzelte die Stirn. »Im Gästezimmer. Es ist groß genug.« Tess schniefte erneut, wischte sich mit dem Ärmel ihres Blazers über die Nase und öffnete den Gurt.

Fenton küsste seine Tochter auf die tränenfeuchte Wange, beugte sich an ihr vorbei und öffnete die Beifahrertür. Er beobachtete, wie sie mit dem Strom der Kinder durch das Schultor ging. Bevor sie aus seinem Blickfeld verschwand, blieb sie stehen und schaute zu ihm zurück. Er winkte, und sie belohnte ihn mit einem Halblächeln.

***

Von da an wurde der Tag nur noch mieser. Er stand im Nieselregen im Stau und traf eine halbe Stunde später als geplant auf dem Revier ein. Seine Laune sank in den Keller, als er erfuhr, dass er ein Treffen mit einem Pressesprecher hatte.

Es war wichtig, die Berichterstattung bei Mordfällen zu steuern, aber ihm missfiel es, Zeit darauf verwenden zu müssen. Der Pressesprecher wartete schon in seinem Büro. Er kannte Ray Partington vom Sehen, hatte aber noch nie mit ihm zu tun gehabt.

Als Fenton sich auf seinen Stuhl sinken ließ, sah er, dass der andere Mann demonstrativ auf die Uhr schaute. Er beschloss, sich für die Verspätung nicht zu entschuldigen. »Ich habe viel zu tun, also machen wir es kurz und schmerzlos, ja?«, sagte er. »Es ist das Übliche. Wir möchten, dass die Berichterstattung weiterläuft, damit sich womöglich ein Zeuge meldet. Das sollte kein Problem sein, oder?«

Partington klopfte auf einen Stapel Zeitungen, die er auf den Schreibtisch gelegt hatte, und setzte ein Lächeln auf, das er, wie Fenton annahm, vor dem Badezimmerspiegel geübt hatte. »Das Interesse der Medien aufrechtzuerhalten wird kein Problem sein, glauben Sie mir. Haben Sie die Reaktionen auf den Instagram-Post gesehen? Er hat sich wie ein Lauffeuer verbreitet. Die Zeitungen lieben die Geschichte, aber glauben Sie mir, die werden bald nach neuen Informationen verlangen.«

Partington, der Ende zwanzig war, trug einen teuren Anzug und eine passende Seidenkrawatte. Fenton beobachtete, wie er affektiert die Hand hob und sich mit den Fingern durchs Haar fuhr.

»Ich möchte noch nichts Neues herausgeben«, sagte Fenton. »Stellen Sie einfach sicher, dass die Medien weiter um die Mithilfe der Öffentlichkeit bitten. Falls jemand etwas bemerkt hat, soll er sich bei uns melden.«

Partington neigte den Kopf erst zu einer, dann zur anderen Seite und gab ein Summen von sich. »Die Sache ist, wenn wir denen nicht schleunigst etwas Neues liefern, werden sie annehmen, die Ermittlungen seien ins Stocken geraten.«

»Die können annehmen, was sie wollen. Ist mir scheißegal.«

»Sind Sie sicher? Wenn die Zeitungen finden, dass Sie keine gute Arbeit leisten, können die Dinge schnell unschön werden.«

Fenton versuchte zu lächeln, doch es misslang. »Ich bin sicher, Sie beherrschen Ihren Job«, sagte er. »Halten Sie die Presse bei Laune, und sorgen Sie dafür, dass wir eine Berichterstattung bekommen, die uns bei den Ermittlungen hilft.«

Partington hatte verstanden, dass das Gespräch beendet war, und ging zur Tür. Fenton beobachtete, wie der Mann kopfschüttelnd durch den Mannschaftsraum ging, dann zog er den Zeitungsstapel heran.

Die meisten Blätter brachten die Story auf der Titelseite. Fast alle Schlagzeilen lauteten *I_KILLER*, darunter war das »Vorher«-Foto abgedruckt. Die Bildqualität war schlecht, weil sie die Aufnahme aus dem Internet kopiert hatten, dennoch versetzte das Entsetzen auf Laurens Gesicht Fenton einen Stich.

Er nahm den Express und schlug Seite zwei auf, wo ein Artikel die Leser dazu einlud, auf der Website der Zeitung darüber abzustimmen, ob sie sich einen ähnlichen Post anschauen würden, falls der Killer erneut zuschlagen sollte. Fenton zerknüllte die Zeitung und warf sie in den Papierkorb neben seinem Schreibtisch.

Als Nächstes nahm er eine der sogenannten »Qualitätszeitungen« vom Stapel und fand die Geschichte auf Seite drei. Erleichtert sah er, dass das Foto zu diesem Artikel eine jüngere, lächelnde Lauren zeigte. Die Presseabteilung hatte es an die Medien verteilt. Auch der Artikel selbst legte weniger Gewicht auf die grausigen Einzelheiten des Mords. Unter der Schlagzeile *Killer stellt moralischen Verfall der sozialen Medien bloß* verurteilte der Artikel die Gier der Leute, sich den Instagram-Post anzuschauen, und missbilligte es, mit welcher Geschwindigkeit Hunderte von Usern den Post geteilt und zu Twitter und Facebook weitergereicht hatten. Fenton las die ersten Absätze, nickte beipflichtend und legte die Zeitung beiseite. »Eher die asozialen Medien«, murmelte er.

Er wandte sich zu seinem Computer, zog die Tastatur heran und googelte »I_Killer«. 353.437 Treffer in 0,76 Sekunden. Absolut deprimierend. Er löschte seine Suchanfrage und ging auf die Seite des Express. Das Resultat der Umfrage sprang ihn aus einem grünen Kästchen am unteren Rand der Homepage an. Achtundsiebzig Prozent der Leser würden sich Fotos des nächsten I_Killer-Opfers ansehen. Fünfzehn Prozent hatten mit Nein gestimmt. Sieben Prozent waren unentschieden.

Fenton ballte die Fäuste und widerstand dem Impuls, auf den Bildschirm einzudreschen. Stattdessen stand er auf, klaubte die Zeitung vom Schreibtisch, stopfte sie in den Mülleimer und versetzte selbigem einen so heftigen Tritt, dass er an die Wand flog und die Zeitungen wieder herausfielen.

9

Marta Blagar betrachtete ihr Spiegelbild in einem Ladenfenster. Die meisten Männer fanden sie hübsch. Sie hatte zarte, angenehm symmetrische Gesichtszüge. Aber sie war nicht schön. Ihre grünen Augen waren zu klein, der Blick zu stechend.

Ihr Teint war jugendlich frisch, aber wenn man genau hinsah, erkannte man Hinweise auf Stress. Sie berührte die trockenen Stellen an den Wangen und strich über die winzigen Falten an den Mundwinkeln. Zu lügen entsprach nicht ihrem Wesen, und der Gedanke, dass ihre Lüge auffliegen könnte, raubte ihr nachts den Schlaf.

Es machte ihr wahnsinnige Angst, dass ihre Familie das Dach über dem Kopf verlieren könnte. Sie schickte ihr jeden Monat Geld für die Miete. Marta schaute auf die Uhr. In zehn Minuten musste sie Tess von der Schule abholen.

Sie bog in die Upper Street ein und staunte wie immer über deren Pracht. Es gab Geschäfte voller Designer-Klamotten, Supermärkte mit Lebensmitteln aus aller Welt und trendige Coffeeshops, in denen die Kunden an ihren Latte Macchiatos nippten, während sie miteinander tratschten und an Karotten-Zucchini-Torten knabberten. Verglichen mit der Vorstadt in Bukarest, wo sie aufgewachsen war, war Islington das reinste Paradies.

Marta schritt hoch erhobenen Hauptes über den Bürgersteig. Sie hatte einen Job gefunden und einen so guten Eindruck gemacht, dass man sie nach zwei Tagen gebeten hatte, dort einzuziehen. Ihr Zimmer war klein, aber gemütlich. Am besten aber war, dass sie keine Miete zahlen musste. Ihr Arbeitgeber war ein wichtiger Polizeibeamter, der sehr höflich zu ihr war. Sie hasste es, ihn zu belügen, alle zu belügen, doch ihr blieb nichts anderes übrig. Auf dem Agentur-Formular hatte sie sich als Lettin ausgegeben und behauptet, ein erfahrenes Kindermädchen zu sein. Ob sie ihnen glaubten oder nicht, sie hatten ihr keine schwierigen Fragen gestellt. Sie waren froh gewesen, sie in ihre Kartei aufnehmen, ihr eine Stelle besorgen und die Gebühr einstreichen zu können.

In den ersten Monaten in London hatte sie herausgefunden, dass die Arbeitsmöglichkeiten für eine unqualifizierte Rumänin äußerst begrenzt waren. Rumänen hatten einen schlechten Ruf. Man betrachtete sie als Diebe, als unzuverlässig, nicht vertrauenswürdig. Ein polnischer Barkeeper, der sie ins Bett kriegen wollte, hatte ihr erzählt, ihre beste Chance, gutes Geld zu verdienen, bestünde darin, mit ihren körperlichen Reizen in den Stripclubs der Stadt vorstellig zu werden. Grinsend hatte er erklärt, dass die Clubbesitzer gern ausländische Frauen anstellten, weil diese verzweifelt und leicht zu kontrollieren seien. Doch sie lehnte es ab, sich für Geld auszuziehen, und dem Barkeeper hatte sie einen Korb gegeben. Stattdessen war sie Lettin geworden.

Am Ende der Straße bog Marta nach links ab und beschleunigte ihre Schritte. Sie durfte sich nicht verspäten. Als sie das Schultor erreichte, strömten bereits die Schüler heraus. Suchend schaute sie in die jungen Gesichter, aber keines davon gehörte Tess.

Seit dem ersten Tag verhielt die Kleine sich feindselig. Niemand konnte ihr die Mutter ersetzen. Marta verstand das. Sie verstand auch, dass es Mr. Fenton schwerfiel, seiner Tochter in ihrer Trauer zu helfen, denn er trauerte ja selbst noch. Umgeben von Heerscharen schnatternder Schulmädchen, blickte Marta suchend über die Straße. Autos parkten Stoßstange an Stoßstange am Bordstein. Elegante Stadthäuser reihten sich auf beiden Seiten der Straße aneinander, die vierhundert Meter steil anstieg.

Auf der Hügelkuppe weckten zwei gegensätzlich aussehende Gestalten Martas Aufmerksamkeit. Ein Mann, der eine schwarze Jeans und eine dunkle Kapuzenjacke trug, stand vor einem jungen Mädchen in einer Schuluniform. Unter der Kapuze war der Schirm einer Baseballkappe zu erkennen, die er tief ins Gesicht gezogen hatte. Er überragte das Mädchen, hatte den Oberkörper vorgeneigt, während sie miteinander sprachen. Das Mädchen stand mit dem Rücken zu ihr, der Blazer und der passende Rock verschlangen ihre zierliche Gestalt. Marta rannte auf die Schülerin zu, rief Tess' Namen und winkte aufgeregt. Die beiden mussten sie gehört haben, aber weder der Mann noch das Mädchen wandten sich um. Marta hörte sich laut durch den Mund atmen, mehr aus Panik denn vor Anstrengung. Sie rief erneut, und diesmal blickte das Mädchen in ihre Richtung. Der Mann beugte sich zu der Kleinen herab und flüsterte ihr etwas ins Ohr, ehe er sich umwandte und davonging.

Marta verlangsamte ihre Schritte und streckte den rechten Arm aus, lud Tess ein, ihre Hand zu nehmen. Das Mädchen hielt die Hände hinter dem Rücken verschränkt, einen triumphierenden Ausdruck im engelhaften Gesicht.

Marta atmete tief durch, doch das Herz pochte ihr weiter schmerzhaft in der Brust.

»Es wird deinen Vater nicht freuen, wenn er erfährt, dass du alleine losgegangen bist. Du darfst das Schulgelände nicht ohne mich verlassen.«

Tess' Mund verzog sich zum Anflug eines Lächelns. »Du bist zu spät gekommen. Das wird Dad auch nicht gefallen«, sagte sie. Dann wandte sie sich abrupt um und ging den Hügel hinunter. Marta folgte ihr mit einem Schritt Abstand, anschwellende Panik in der Brust. Falls sie das mit dem Mädchen klären könnte, bräuchte Mr. Fenton nichts von alledem zu erfahren.

»Falls ich mich verspäte, musst du am Schultor auf mich warten. Du darfst nicht einfach losgehen.«

»Dad sagt, deine Aufgabe ist, dich um mich zu kümmern«, sagte Tess, ohne sich zu Marta umzuwenden. »Aber du warst nicht da. Warum nicht? Er sagt, er hat dich bei einer Topagentur engagiert, weil er ein verlässliches Kindermädchen für mich will, einen Profi. Sich zu verspäten ist aber nicht professionell, oder?«

Marta schloss zu der Kleinen auf und legte ihr eine Hand auf die Schulter. »Es waren nur zwei, drei Minuten. Ist eben passiert. Du darfst trotzdem nicht einfach losmarschieren. Vor allem darfst du nicht losmarschieren und dich mit Fremden unterhalten. Dein Vater wird ganz schön sauer auf dich sein, glaube ich. Wenn du mir versprichst, dass du so etwas nie wieder tust, wäre es vielleicht am besten, wenn wir ihm nichts davon erzählen.«

Tess blieb stehen, schaute zu Marta auf und rümpfte die sommersprossige Nase. »Es wäre vielleicht am besten, aber man soll nicht lügen, oder?« Marta antwortete nicht. Tess wertete das unbehagliche Schweigen als Beleg, gepunktet zu haben.

»Außerdem war der Mann kein Fremder. Er war nett zu mir. Er kennt Dad.« Tess runzelte die Stirn und überlegte angestrengt. »Er meinte, ich soll Dad sagen, er soll auf die kleinen Dinge achten. Was hat er damit gemeint?«

Marta klopfte Tess erneut auf die Schulter. Mr. Fenton war ein vernünftiger Mann, hatte aber einen ausgeprägten Beschützerinstinkt, wenn es um seine Tochter ging. Wie würde er auf die Neuigkeit reagieren, dass ein Perverser sie angesprochen hatte?

Sie versuchte, ruhig zu bleiben, aber ihre Unterlippe bebte. »Ich denke, es ist es nicht wert, ihn zu beunruhigen, oder? Du weißt doch, wie schnell er sich Sorgen um dich macht. Für mich gibt es diesmal keinen Grund, es ihm zu erzählen. Ich weiß, dass du es nicht noch mal machen wirst. Was meinst du?«

Tess überlegte einen Moment, wog das Für und Wider ab, ihre Nanny, sich selbst oder womöglich sie beide in Schwierigkeiten zu bringen. »Lass uns eine Abmachung treffen«, sagte sie. »Du erzählst ihm nicht, dass ich alleine das Schulgelände verlassen habe, und ich erzähle ihm nicht, dass du dich verspätet hast.«

Marta zögerte keine Sekunde. »Abgemacht.«

10

Blake drückte auf die Türklingel und wartete nervös, einen Arm um den großen Pappkarton geschlungen, in der anderen Hand einen zerschlissenen Koffer. Die Wohnung befand sich im zweiten Stock eines niedrigen Wohnkomplexes mit Blick auf den Poplar-Dock-Jachthafen. Auf der anderen Seite des Wassers schimmerten die Büro- und Wohntürme der Canary Wharf im Sonnenschein.

Eine Immobilie mit Blick aufs Wasser in den Docklands lag nicht in Blakes Preisklasse, aber es war ganz das, was er als Wohnsitz einer Devisenhändlerin erwarten würde. Er erinnerte sich noch an Laurens hysterisches Gekicher, als er sie gefragt hatte, ob ihre Schwester ebenfalls Krankenschwester sei.

Die Tür ging auf, und einen Sekundenbruchteil dachte Blake, Lauren sei von den Toten auferstanden. Leah Bishop winkte ihn herein. Die weitläufige Wohnung im Loftstil war spartanisch eingerichtet. »Stell die Sachen einfach ab, ich gehe sie später durch«, sagte sie. Blake tat wie geheißen und machte einen zögerlichen Schritt zur Tür.

Leah ließ ihn ein langes, unbehagliches Schweigen ertragen, ehe sie sagte: »Dann war es das? Du willst gleich wieder gehen?«

Blake schaute auf seine Uhr und fummelte am Armband herum. »Offen gestanden weiß ich nicht, was ich sagen soll.«

»Ich dachte, du willst vielleicht über Lauren reden. Das würde uns möglicherweise beiden helfen.«

Blake schloss die Augen und holte tief Luft. »Es tut mir so leid«, sagte er.

»Was?«

»Es tut mir leid, dass sie tot ist.«

»Das ist nicht deine Schuld, oder?«

Blake zuckte die Achseln. Leahs Ähnlichkeit mit Lauren brachte ihn aus dem Konzept. Er versuchte sie nicht anzustarren. Das gleiche kurze schwarze Haar, die gleichen Augen, das gleiche offene Gesicht.

Sie spürte seine Verwirrung. »Ich bin fast zwei Jahre älter, aber man hat uns immer für Zwillinge gehalten. Es brachte uns immer auf die Palme.«

Blake nickte. Er wollte gehen, aber gleichzeitig musste er bleiben. »Lauren war ein herzensguter, freundlicher Mensch. Die Trennung war ganz allein meine Schuld«, sagte er.

»Ich weiß. Sie hat es wirklich versucht.«

»Es tut mir leid.«

Leah schüttelte den Kopf. »Das macht sie auch nicht wieder lebendig.«

Blake machte einen Schritt auf die Tür zu. »Ich gehe dann wohl besser.«

»Zurück zu deinem Laufband? Lauren hat mir erzählt, dass sie eifersüchtig auf das Gerät war. Nicht zu glauben, oder?«

Blake hob die Hände. »Deshalb bin ich nicht gekommen.«

»Warum dann?«

»Weil du angerufen hast. Du hast mich gebeten, ihre Sachen vorbeizubringen. Schon vergessen?«

Leah bedachte Blake mit einem langen, abschätzenden Blick. Ihre Schwester hatte recht gehabt. Blake war ein gut aussehender Mann. Er war unrasiert und hatte sich vermutlich den ganzen Tag noch nicht gekämmt, aber sie musste zugeben, dass ihm der Look stand.

»Sei mir nicht böse«, sagte sie. »Es ist schwer für mich.«

Blake nickte. »Da haben wir was gemeinsam, schätze ich. Wir haben sie beide geliebt.« Leah legte den Kopf schief und lächelte wehmütig. »Ich komme halbwegs klar, glaube ich. Dass sie tot ist, wird mir wohl so richtig erst bei der Beerdigung bewusst werden.« Sie machte eine Pause und blinzelte die Tränen weg. »Ich habe gehört, du musstest zur Polizei?«

»Da hast du richtig gehört.«

»Als ihren Ex-Freund musste die Polizei dich wohl überprüfen.«

Blake war unsicher, welche Richtung das Gespräch nehmen würde. »Ich habe ein paar Fragen beantworten müssen. Dann durfte ich wieder gehen. Wie du richtig sagst, sie mussten es tun. Reine Routine.«

Leah versuchte erneut zu lächeln. Doch ihre Unterlippe bebte, und in ihren Augen sammelten sich Tränen. »Ich frage mich immer wieder, warum Lauren? Sie war so ein guter, liebevoller Mensch. Das hat sie nicht verdient. Und jetzt schauen sich all die Leute diese schrecklichen Fotos an. Ich begreife das nicht.«

Blake atmete ein paar Mal tief durch. Er dachte an Laurens schmerzerfüllten Blick, als sie bei ihm ausgezogen war, und die Erinnerung schnürte ihm die Kehle zu. Sie wäre geblieben, wenn er es richtig versucht hätte, wenn er ihr gezeigt hätte, wie viel sie ihm bedeutete. Leah schniefte laut, und er begriff, dass sie eine Erwiderung von ihm erwartete.

»Es liegt wohl in der menschlichen Natur, schätze ich«, sagte er. »Wir alle haben eine dunkle Seite.«

»Glaubst du das wirklich?«

»Warum bremsen Autofahrer und gaffen, wenn es einen Unfall gegeben hat? Warum faszinieren uns Horrorfilme und Fernsehbilder von Naturkatastrophen?«

Leah runzelte die Stirn und bedachte ihn mit einem sonderbaren Blick, den er unmöglich deuten konnte. Er nahm an, sie fand seine Antwort entweder tiefgründig oder unfassbar dumm. Er hätte Geld auf Letzteres gesetzt. Er ging zur Tür und griff nach der Klinke. Er fragte sich, wie er sich verabschieden sollte, doch sie war es, die als Erste noch einmal das Wort ergriff, ihre Stimme belegt.

»Ich gebe dir Bescheid, wenn es einen Termin gibt, in Ordnung?«

»Was für einen Termin?«

»Na, für die Beerdigung.«

Blake ertappte sich beim Nicken, hörte auf damit und antwortete: »Das brauchst du nicht. Da sollen nur ihre Freunde und Familienangehörigen hin, finde ich.« Leah drückte den Rücken durch und hob das Kinn, ganz so, wie er es oft bei Lauren gesehen hatte.

»Sie hat dich geliebt«, sagte sie mit leicht belegter Stimme. »Ihr habt zusammengewohnt. Empfindest du gar nichts mehr für sie? Sie hat dich immer in Schutz genommen, aber glaub mir, ich werde das nicht tun.«

Blake senkte den Blick. »Das ist auch nicht nötig. Lauren hat mir viel bedeutet, und daran wird sich nichts ändern. Ich wollte nicht, dass sie geht. Es war ihre Entscheidung, und das kann ich ihr nicht verübeln. Aber ich trauere auf meine Weise. Die Beerdigung überlasse ich der Familie.«

»Die Familie besteht nur aus mir.«

Blake wollte nicht grausam sein, aber er wollte ihr auch keinen Verhandlungsspielraum lassen. »Wie gesagt, die Beerdigung überlasse ich der Familie.«

Leah biss sich so stark auf die Unterlippe, dass Blut floss. Der Anblick weckte eine vergrabene Erinnerung in ihm, und beinahe hätte Blake seine Meinung geändert. Beinahe. Schweigend trat sie an ihn heran, schob seine Hand von der Klinke, öffnete ihm die Tür und wartete, dass er ging.

11

Sie nannten ihn Big Ted. Das fanden sie lustig, vor allem wenn sie ein paar Dosen Starkbier intus hatten. Er war immer klein für sein Alter gewesen, und in der Schule hatte er die üblichen, wenig originellen Beleidigungen ertragen müssen: halbe Portion, Gnom, Winzling.

Ein Vorteil seiner Kleinwüchsigkeit war gewesen, dass er immer als jünger durchgegangen war. Damit war jetzt Schluss. Elf Monate auf der Straße hatten ihren Tribut gefordert. Inzwischen hatte sein jungenhaftes Gesicht mehr Falten als ein Elefantenhintern und sein ergrauendes Haar glich dem Hinterteil eines Dachses. Zumindest sagten das seine Kumpels. Die Leute, mit denen er meist abhing, hielten sich den Bauch vor Lachen, wenn er darauf bestand, erst achtundzwanzig zu sein.

Er musste ihnen eine Lektion erteilen. Sie würden seine Abwesenheit bemerken, wenn sie sich heute Abend vor dem Suppenwagen am Lincoln's Inn Fields versammelten. Später würde sie sich fragen, wo er abgeblieben war, würden ein schlechtes Gewissen haben, sich vielleicht sogar Sorgen um ihn machen. Ja, seine Abwesenheit würde ihnen eine Lehre sein.

Wenn man eine Weile auf der Straße lebte, entwickelte man sich automatisch zum Wetterexperten. Big Ted wusste, dass sich die Wolkendecke über der Stadt nicht so schnell auflösen und die Temperatur deshalb nur um einige wenige Grad sinken würde. Er legte zwei platt gedrückte Pappkartons auf dem Beton aus, kroch zwischen die beiden Mülltonnen und deckte sich mit zwei weiteren Kartons zu. Die Stelle, die er ausgewählt hatte, war perfekt. Versteckt in einem steinernen Torbogen unter der Blackfriars Bridge am Nordufer der Themse, würde er bestens geschützt sein vor Wind und Regen, falls das Wetter umschlagen sollte.

Ohne die Körperwärme seiner Kumpels erwartete Big Ted, ein bisschen mehr zu frieren als sonst, aber er war vorbereitet. Er griff in die Tasche seines zerschlissenen Dufflecoats und zog eine große Cider-Flasche heraus. Ein Drittel hatte er sich bereits einverleibt, aber es war noch genug übrig, um sein Hirn zu anästhesieren, seinen Körper gegen die Kälte und die Unbequemlichkeit zu betäuben.

Er schraubte die Flasche auf, nahm einen kräftigen Schluck und versuchte sich zu erinnern, ob er auf der Straße lebte, weil er zu viel trank, oder ob er zu viel trank, weil er obdachlos war. Aber im Grunde war es ihm scheißegal. Das Einzige, was ihn interessierte, war, dass seine sogenannten Kumpels ihm den gebührenden Respekt entgegenbrachten.

Er stellte die offene Flasche vorsichtig neben seinem improvisierten Bett ab, legte sich auf die Seite und kauerte sich zusammen. Der Schraubverschluss der Flasche rutschte ihm aus den Fingern und rollte langsam aus dem Torbogen. Er fluchte leise, aber beschloss, das Ding dort liegen zu lassen. Er würde die Flasche sowieso bald ausgetrunken haben. Es bestand keine Gefahr, dass der Cider schal werden würde.

Er schloss die Augen, holte tief Luft und lauschte den nächtlichen Stadtgeräuschen. Das fortwährende Verkehrsrauschen auf der Brücke wurde untermalt vom Wummern des vibrierenden Steinpfeilers. Ab und zu ertönte eine Autohupe und irgendwo in der Ferne heulte eine Polizeisirene. Irgendwo heulte immer eine Sirene.

12

Der Klang der Schritte überrascht ihn, denn niemand hat einen Grund, ihn in seinem Rattenloch zu besuchen. Er liegt mit angehaltenem Atem da und lauscht. Sein Herz pocht wie wild. Er verspürt einen plötzlichen Harndrang und presst die Schenkel zusammen. Vielleicht sind es Bonehead oder Jezzer, die nach ihm suchen, weil er nicht am Suppenwagen aufgetaucht ist.

Die Cider-Flasche fliegt über seinen Kopf und knallt an die Wand. Die Flüssigkeit rinnt an den Ziegelsteinen herab und sammelt sich unter einer der Mülltonnen. Ruckartig setzt er sich auf die Knie auf. »Was zum Teufel tust du?«, brüllt er. »Das Zeug kostet Kohle.« Ein Gesicht blickt auf ihn herab. Big Ted schaut ihm in die Augen auf und schaudert. »Ich hab dir eine Frage gestellt, Kumpel«, brabbelt er. Er hebt die Stimme, hofft, damit jemanden in der Nähe auf sich aufmerksam zu machen. »Das war meine letzte Pulle. Ich muss schlafen. Ich wette, du legst dich nachher in ein richtiges Bett.«

Er seufzt erleichtert, als der Mann in seine Manteltasche greift. Er hat versehentlich seinen Cider umgestoßen und wird ihm nun ein bisschen Geld geben. Als der Mann die Hand hebt, rinnt Big Ted eine warme Flüssigkeit am Bein herab und läuft ihm in den Turnschuh.

Das Messer blitzt auf wie geschmolzenes Silber. Big Ted versucht zu schreien, aber aus seinem Mund kommt nur ein feuchtes Gurgeln. Er sinkt zu Boden, ringt nach Luft. Kräftige Hände drehen ihn auf den Rücken. Finger greifen ihm hinten ins Haar, reißen seinen Kopf zurück. Zähflüssige Feuchtigkeit quillt ihm auf die Schultern und die Brust.

Der Schmerz setzt ein, lässt seine Sicht verschwimmen. Aber er erkennt, dass der Mann noch etwas anderes aus der Tasche zieht und ihm vors Gesicht hält. »Die Leute sollen es sehen«, sagt der Mann.

13

Blake sah nur selten fern. Er schaltete lieber das Laufband ein und rannte. Vor allem Nachrichtensendungen mied er. Sie erinnerten ihn an zu viele Dinge, die er lieber vergessen wollte.

Nach dem Streit mit Leah wegen der Beerdigung hatte es ihn angenehm überrascht, als sie ihn anrief und ihm mitteilte, die Polizei habe sie gebeten, an einer Live-Pressekonferenz teilzunehmen und die Öffentlichkeit um Hinweise zu Laurens Ermordung zu bitten. Sie klang nervös, und Blake nahm an, dass sie hoffte, er würde ihr anbieten, sie zu begleiten. Er tat es nicht. Über die Jahre hatte er an Hunderten von Pressekonferenzen teilgenommen. Mit dieser Welt wollte er nichts mehr zu tun haben.

Blake saß im Unterhemd und seinen weiten Shorts auf dem Sofa und hantierte mit der Fernbedienung. Es dauerte einige Augenblicke, bis er den richtigen Sender fand. Leah saß in der Mitte an einem langen Tisch, die Schultern hochgezogen, das Gesicht blass. Zu ihrer Linken wischte sich ein übergewichtiger grauhaariger Detective mit einem Taschentuch die Schweißperlen von der Stirn.

An den Wänden drängten sich die Reporter, die zu spät gekommen waren und keinen Sitzplatz mehr ergattert hatten. Ganz rechts am Tisch flüsterte ein Mann im dunklen Anzug und mit noch dunklerem, zurückgekämmtem Haar einer uniformierten Polizistin etwas ins Ohr.

Ein Blitzlichtgewitter signalisierte den Beginn der Pressekonferenz. Leah Bishop und der Detective hoben unisono die Hände, um ihre Augen abzuschirmen. Der Detective räusperte sich und senkte den Kopf zum Mikrofon. »Guten Abend, meine Damen und Herren«, sagte er. »Mein Name ist Superintendent Bob Bell. Diese Pressekonferenz wird veranstaltet, um die Ermittlungen im Mordfall Lauren Bishop zu unterstützen. Wir beginnen mit der Schwester des Opfers. Sie wird Ihnen keine Fragen beantworten, sondern nur einen simplen Zeugenaufruf machen. Ihre Fragen richten Sie bitte direkt an mich. Natürlich gibt es einige ermittlungsrelevante Details, über die ich nicht sprechen kann.«

Er deutete auf den jüngeren Mann im Anzug. »Wenn wir fertig sind, hält unser Pressesprecher Ray Partington zusätzliches Material für Sie bereit und wird weitere Fragen beantworten.«

Bell räusperte sich erneut, wischte sich mit dem Ärmel über die Oberlippe und wandte sich mit einem Nicken zu Leah. Sie schaute auf das vorbereitete Skript, dass der Pressesprecher ihr gegeben hatte. »Meine Schwester Lauren wurde ermordet, als sie am Abend des 28. September durch den Victoria Park in Hackney ging. Sie war eine sanfte, freundliche Person, die niemandem etwas zuleide getan hatte. Die Polizei arbeitet intensiv daran, ihren Mörder zu finden, und ich mache heute diesen Aufruf in der Hoffnung, dass es jemanden gibt, der uns helfen kann.«

Sie hielt inne, ihre Augen schimmerten feucht, dann hob sie den Blick und schaute wie angewiesen direkt in die Fernsehkamera. »Falls jemand an dem Abend im Park etwas Ungewöhnliches bemerkt haben sollte, oder falls jemand etwas weiß oder einen Verdacht hat, wer Lauren umgebracht haben könnte, soll er sich bitte, bitte, bitte umgehend an die Polizei wenden. Wir müssen die Person finden, die meine unschuldige Schwester getötet hat. Selbst der kleinste, scheinbar noch so unwichtige Hinweis kann von entscheidender Bedeutung sein. Also, bitte, bitte scheuen Sie sich nicht, sich bei der Polizei zu melden, falls Sie glauben, uns helfen zu können.«

Am Ende ihrer Erklärung gab es ein weiteres Blitzlichtgewitter, gefolgt von einer Flut von Fragen. Hilfesuchend und verwirrt wandte Leah sich an den Detective. Er hob eine Hand und versuchte, die Anwesenden zur Ruhe zu gemahnen, musste den Lärm aber letztlich überbrüllen.

»Wie gesagt, Sie müssen all Ihre Fragen direkt an mich richten. Wenn ich kann, werde ich sie beantworten. Nennen Sie bitte wie üblich Ihren Namen und die Medienorganisation, für die Sie arbeiten. Wer möchte die erste Fragen stellen?«

Alle Reporter im Raum hoben gleichzeitig die Hand. Bell deutete auf eine Frau in der dritten Reihe. »Yvonne Dixon, BBC London. Wie ist Lauren Bishop genau gestorben?«

»Man hat sie mit einem Messer erstochen. Genauere Details kann ich nicht nennen.«

»Es stimmt doch, dass der Mörder ihr die Kehle durchgeschnitten hat, richtig? Man hat es doch auf dem Foto im Internet gesehen.«

Bell überging sie und deutete auf einen Reporter in der ersten Reihe. »David Jackman, Evening Standard. Der Killer muss die ganze Aufmerksamkeit doch genießen und über die Polizeiermittlungen lachen. Er hat einen Mord begangen und Fotos davon ins Internet gestellt, damit es jeder sieht.«

Bell schüttelte den Kopf. »Unsere Ermittlungen laufen auf Hochtouren, keine Sorge. Kehren wir doch wieder …«

Unaufgefordert ergriff eine weibliche Reporterin in der ersten Reihe das Wort. »Jo Forlong, Daily Express. Instagram sagt, über achttausend Personen hätten sich die Fotos von Lauren Bishop angesehen und beinahe zwölfhundert Personen hätten »Gefällt mir« geklickt, ehe der Account geschlossen wurde. Der Killer lässt die Polizei inkompetent wirken und gleichzeitig scheint er sich eine Fangemeinde aufzubauen.«

Bell wischte sich abermals über die Stirn. »Wir versuchen, den Mord an Lauren Bishop aufzuklären, und aus diesem Grund haben wir die heutige Pressekonferenz einberufen. Der Herr mit der roten Krawatte.«

Die Reporterin vom Daily Express ignorierte die höfliche Abfuhr. »Warum fordern Sie die Öffentlichkeit nicht auf, die Fotos und mögliche neue, die der Killer noch posten wird, zu boykottieren?«

Der Detective Chief Superintendent rutschte unbehaglich auf seinem Stuhl herum und deutete erneut auf den Reporter mit der roten Krawatte.

»Nick Gordon, Press Association. »Jeder Narr kann erkennen, dass …« Er verstummte mitten im Satz, um sein Handy aus der Tasche zu ziehen. Im selben Moment piepte, klingelte und summte ein ganzer Chor von E-Mail-Benachrichtigungstönen im Raum. Alle Reporter griffen nach ihren Mobiltelefonen. Der Mann von Press Association musste brüllen, um bei dem aufgeregten Stimmengewirr gehört zu werden. »Mein Redakteur sagt, der I_Killer hat jetzt auf Twitter Fotos von einem neuen Opfer gepostet.«

Bell warf die Hände in die Luft. »Das war's. Wir sind hier fertig, die Pressekonferenz ist vorbei«, rief er.

Die Kamera zoomte weg, doch Blake behielt Leah im Blick. Sie neigte den Kopf, um ihr Gesicht zu verbergen, aber er sah, dass sie zitterte. Augenblicklich zoomte die Kamera sie für eine Nahaufnahme heran.

In dem Moment ging der Pressesprecher zu Leah hinüber und kniete sich neben sie. Blake beugte sich zum Bildschirm vor, während Partington einen Arm um ihre Schultern legte und ihr ein Taschentuch reichte. Sie nahm es und tupfte sich die Augen ab. Partington flüsterte ihr etwas ins Ohr, und sie lächelte traurig.

Blake nahm die Fernbedienung und schaltete ab. Er verspürte eine seltsame Mischung aus Erleichterung und Eifersucht, dass jemand bemerkt hatte, wie aufwühlend das Ganze für Leah war. Er stieg aufs Laufband, joggte und dachte angestrengt nach. Was für eine Art von Seele musste man haben, um zum Vergnügen zu töten? Musste man dafür verrückt sein oder einfach nur böse? Das Böse gab es wirklich. Das wusste er ganz sicher. Er hatte das Böse gespürt, in dessen Antlitz geschaut. Er drückte auf den Stopp-Knopf und ging seinen Laptop suchen. Er fand ihn auf dem Küchentisch und fuhr ihn hoch. Ihm klangen noch Fentons Worte in den Ohren – »tun Sie sich den Gefallen und schauen Sie sich die Fotos nicht an« –, aber er schlug den Rat in den Wind. Er ging auf Google und gab »Lauren Bishop I_Killer« ein.

Das erste halbe Dutzend Treffer waren Nachrichten über die Polizeiermittlungen, der siebte war das, wonach er suchte. Jemand hatte den ursprünglichen Instagram-Post auf Reddit in einem Diskussionsforum zu der Frage »Warum töten Menschen?« geteilt.

Blakes Zeigefinger schwebte über dem Touchpad, sein Herz raste. Warum wollte er sich Lauras letzte Augenblicke ansehen? Er wusste keine Antwort darauf. Vernünftig wäre gewesen, es nicht zu tun, aber er konnte nicht anders. Er holte tief Luft und klickte es an.

14

Fenton ließ Ince fahren, um sich den Tweet des Killers anzusehen. Ihm wurde immer sofort übel, wenn er während der Fahrt etwas auf dem Handy las, und das Foto tat ein Übriges.

Der Account lief unter dem User-Namen @PFriel, und es gab nur diesen einen Tweet. *Schaut in diese Augen, dann wisst ihr, wie es ist, sich wie ein Gott zu fühlen #I_Killer.*

Auf dem Foto war Edward Deeres Mund zu einem grotesken Lächeln verzogen, seine Zungenspitze lag auf der Unterlippe. Seine Augen waren offen, die Pupillen geweitet. Fenton hatte genügend Tote gesehen, um zu wissen, dass Deere zum Zeitpunkt der Aufnahme noch gelebt hatte, wenn auch nur knapp.

Der Geruch des Duftbäumchens, das am Rückspiegel baumelte, erinnerte Fenton an den im Krankenhaus, den Gestank von Trauer. Keine Qual kam der finalen Agonie gleich.

Man hatte Deeres Leiche innerhalb einer Stunde nach dem Tweet entdeckt. Ein betrunkener kanadischer Tourist, der eine ruhige Ecke gesucht hatte, um sich zu übergeben, hatte sie hinter zwei Mülltonnen gefunden.

Fenton las den Tweet erneut, diesmal laut. Ince warf ihm einen Seitenblick zu und lächelte schief. »Klingt wie ein total Verrückter.« Fentons Antwort war nur ein unverständliches Brummen. Der gleiche Gedanke war ihm auch schon gekommen, aber vielleicht wollte der Killer einfach nur der wachsenden Schar seiner Bewunderer etwas Unterhaltung liefern. Sicher war Fenton sich jedenfalls in dem Punkt, dass es zwischen dem obdachlosen Edward Deere und Lauren Bishop keine Verbindung gab. Deere war einzig aus dem Grund als Opfer gewählt worden, um die morbide Sensationsgeilheit zu befeuern. Fenton schaute immer noch auf das Handydisplay, als der Wagen abrupt stoppte und es ihn auf dem Sitz ruckartig nach vorne riss. »Wir sind da«, verkündete Ince in einem Ton, der dafür, dass sie sich gleich zu einer Obduktion begeben würden, irritierend fröhlich klang.

***

Fenton schaute auf Deeres dürren Leichnam, der nackt auf einem Stahltisch lag, ein vergeudetes Leben, das ein abruptes Ende gefunden hatte. Der Torso war in der Mitte aufgeschnitten, vom Brustbein bis zum Bauch. Unter der umgeklappten, mit Klammern gehaltenen Haut lagen die Organe frei.

Er war regelmäßig bei Obduktionen anwesend, und jedes Mal schlug der Geruch ihm auf die Seele. Eine Mischung aus verwesendem Fleisch und antiseptischer Flüssigkeit, bei der es ihm den Magen umdrehte. Die weiß getünchten Wände, das grelle Licht und die auf Hochtouren laufende Klimaanlage verwandelten die Leichenhalle in Westminster ins Innere eines riesigen Kühlschranks. In der Mitte des Raums stand ein Untersuchungstisch, daneben ein stählerner Schreibtisch mit zwei Computerbildschirmen.

Instinktiv hielt Fenton sich Mund und Nase zu, nahm die Hand aber gleich wieder herunter, als er Inces grinsenden Blick bemerkte. Er schaute erneut auf die Leiche und fragte sich, warum der Killer Deere ausgewählt hatte. Seine obdachlosen Freunde hatten zugegeben, dass sie ihn ständig wegen seiner Kleinwüchsigkeit aufgezogen hatten. Am Tag seiner Ermordung war er eingeschnappt davongestürmt und hatte gedroht, nicht mehr zurückzukehren. Das war schon oft passiert.

Deere hatte erzählt, er sei aus dem Nordwesten nach London gekommen, aber bislang war seine Familie nicht ausfindig gemacht worden – falls er überhaupt Familie gehabt hatte. Fenton fragte sich, ob die Suche nach ihr die Mühe lohnte. Würde es sie kümmern? Wahrscheinlich nicht. Man hatte alles überprüft, und niemand hatte ihn als vermisst gemeldet.

Deeres Gliedmaßen und Torso waren spindeldürr, hatten kaum Muskeln. Fenton studierte das Gesicht, die offenen hellbraunen Augen, die kleine, etwas krumme Nase. In gepflegtem, fittem Zustand hätte Deere auf jungenhafte Weise gut ausgesehen. Ein gestärktes weißes, unter den Schultern eingeklemmtes Leinentuch bedeckte seinen Hals. Beide Detectives wandten sich zur Tür, als die Pathologin hereinkam. In ihrem weißen Wegwerf-Overall ging sie geradewegs zum Schreibtisch und fuhr einen der Computer hoch. »Tut mir leid, dass Sie warten mussten. Ich weiß, Sie wollen so schnell wie möglich wieder weg.«

Alice Drury, Mitte dreißig, war der einzige weibliche Pathologe in der Stadt, und soweit es Fenton betraf, war sie die Beste. Sie zog weiße Latexhandschuhe über und stellte sich gegenüber von Fenton und Ince neben die Leiche. »Wie erwartet ist die Sache nicht sehr kompliziert«, sagte sie und hob das Leinentuch vom Hals. Fenton wandte sich kurz ab, zwang sich aber, wieder hinzuschauen. Ince trat näher heran, um einen besseren Blick auf die Wunde zu haben.

Die Pathologin bedachte Fenton mit einem mitfühlenden

Blick, ehe sie ihre Aufmerksamkeit wieder auf den Toten richtete. »Ich weiß, Sie sind im Gegensatz zu ihrem jüngeren Kollegen ein bisschen empfindlich, deshalb werde ich mich beeilen. Die Todesursache ist natürlich die traumatische Halsverletzung. Beide Halsschlagadern wurden durchtrennt, ebenso die Luftröhre. Es ist ungewiss, ob er verblutet oder erstickt ist. Wahrscheinlich war es eine Kombination aus beidem.«

Fenton unterdrückte ein Schaudern. »Wie sieht die Wunde verglichen mit der Lauren Bishops aus?«

»Der eigentliche, tödliche Schnitt ist mehr oder weniger identisch. Beide Male wurde die Klinge von rechts nach links gezogen, was darauf hindeutet, dass der Täter Linkshänder ist. Der große Unterschied ist, dass er nach dem ersten Schnitt diesmal bis zur Halswirbelsäule weitergesägt hat. Das Muskelgewebe und die Sehnen im Hals sind ziemlich fest. Sie durchzusäbeln ist ziemlich anstrengend und mühsam.«

Fenton überlegte einen Moment. »Lässt das darauf schließen, dass der Killer wütend war?«

»Ich ziehe keine Schlüsse. Ich nenne Ihnen nur die Fakten. Der Mord an Lauren Bishop wirkt klinischer. Ein einziger sauberer Schnitt.«

»Wie lange hat es gedauert, bis der Tod eintrat?«

»Ich würde schätzen dreißig Sekunden, höchstens eine Minute.«

Lange genug, um ein Foto zu schießen und die Todesqualen eines Sterbenden einzufangen, dachte Fenton. Er löste den Blick von der Leiche und schaute zum einzigen Fenster im Raum. Der Tag war grau, dicke Regentropfen liefen an der Scheibe herab wie Tränen.

»Gibt es sonst noch etwas?«, fragte er. »Weitere Wunden oder DNA-Spuren des Täters? Sie sagten, er muss den Kopf festgehalten haben, um den Hals durchzuschneiden.«

Die Pathologin ging zum Computer, um durch ihren Bericht zu scrollen. »Es ist wie im Bishop-Fall. Der Täter hat keine DNA hinterlassen. Wahrscheinlich trug er Handschuhe. Es gab keine Abwehrverletzungen an den Händen und Armen des Opfers. Nichts außer dem Schmutz unter seinen Fingernägeln.«

Fenton bemerkte den fragenden Blick, den sein Kollege ihm zuwarf. Er nickte, und Ince trat näher an die Leiche heran, schaute auf deren verstümmelten Hals. »Können Sie uns irgendetwas über das Messer sagen, das verwendet wurde?«, wollte er von der Pathologin wissen.

»Gute Frage«, sagte sie und sah Fenton mit erhobenen Augenbrauen an. »Die habe ich eigentlich von Ihrem Chef erwartet.« Ince schaute auf und lächelte. Fenton erwiderte das Lächeln nicht.

»Anhand der Spannweite des ersten Schnitts, ehe das Gesäbel begann, können wir sagen, dass es eine lange Klinge war, mindestens fünfundzwanzig Zentimeter. Die Untersuchung der Haut und des durchtrennten Muskelgewebes hat ergeben, dass es in jedem Fall eine gezackte Klinge war. Dadurch war das Gesäbel leichter. Ich würde sagen, die Klingenlänge und die Schneidkante waren in beiden Fällen höchstwahrscheinlich identisch.«

Ince nickte und trat einen Schritt zurück. Er sah seinen Chef an, als erwarte er von ihm eine Folgefrage. Fenton sagte nichts, und die Pathologin nutzte die Gelegenheit, um fortzufahren. »Was den allgemeinen Gesundheitszustand des Toten betrifft, war dieser überraschend gut, dafür, dass der Mann auf der Straße gelebt hat. Leicht unterernährt, ja, aber seine Organe haben gut funktioniert, sogar seine Leber, und in seinen Arterien finden sich praktisch keine Ablagerungen.«

Sie hielt kurz inne und sah Fenton abschätzend an. »Ein paar Monate harte Diät ohne Fett und andere Krankmacher würden Ihrem kardiovaskulären System sicherlich auch ganz guttun, Detective.«

Fenton kannte Drury seit über zehn Jahren. Sie waren zwar keine alten Freunde, aber er mochte sie. Er setzte eine beleidigte Miene auf. Er achtete auf sich, hielt sich gut in Form.

»Eine Sache noch«, sagte er. »Wenn Sie Geld darauf setzen müssten, würden Sie sagen, dass dieselbe Person Lauren Bishop und Edward Deere umgebracht hat?«

Die Pathologin gab etwas in den Computer ein, schloss ihren Bericht und fuhr das Gerät herunter. Sie zog die dünnen Latexhandschuhe aus, warf sie unter dem Schreibtisch in einen Eimer für medizinischen Abfall und verschränkte die Arme vor der Brust.

»Diese Frage zu beantworten ist nicht mein Job, sondern Ihrer«, sagte sie. »Ich liefere Ihnen lediglich die wissenschaftlichen Fakten. Aber wir kennen uns nun schon seit einer ganzen Weile, und Sie wissen, dass ich nicht davor zurückscheue, meine Meinung zu äußern. Da es an den Leichen der Opfer keine forensischen Beweise dafür gibt, lässt sich wissenschaftlich nicht eindeutig sagen, dass es derselbe Täter war.«

Sie machte eine Pause und zog das Tuch wieder über den Hals des Leichnams. Fenton war nicht sicher, ob sie fertig war oder nicht, aber blieb still, um ihr Gelegenheit zu geben, noch etwas zu sagen. Sie warf ihm einen Seitenblick zu und fasste sein Schweigen als Einladung auf, fortzufahren.

»Nichtsdestotrotz war die Tötungsmethode dieselbe, die verwendeten Messer müssen nahezu identisch sein, und die schiere Willkürlichkeit der Morde spricht Bände. Wenn Sie meine ehrliche Meinung hören wollen, sind beide Taten das Werk derselben Person. Nicht, dass Sie das überraschen würde.«

Fenton holte tief Luft, presste die Lippen zusammen und atmete durch die Nase aus. »Sie haben recht, es überrascht mich nicht.«

15

Es waren nur drei Meilen zurück zu New Scotland Yard, doch wegen des Sturzregens kam der vormittägliche Verkehr auf dem Victoria Embankment nur im Kriechtempo voran. Sie saßen seit zwanzig Minuten im Auto und hatten noch nicht einmal den Parliament Square erreicht.

Ince pfiff leise vor sich hin und trommelte mit den Fingern im Takt der quietschenden Scheibenwischer aufs Lenkrad, während er den Wagen ein paar Meter voranbewegte, ehe er wieder auf die Bremse trat. Fenton schaute zum Detective Constable hinüber. »Muss das sein?«, fuhr er ihn an. »Wie soll man da in Ruhe nachdenken?«

Ince hob die Brauen und legte die Finger ums Lenkrad, um sie stillzuhalten. »Entschuldigung, Boss.«

Fenton wusste, dass seine miese Laune damit zu tun hatte, was er in der Leichenhalle gesehen hatte, aber Ince tat alles dafür, um ihn noch mehr zu verstimmen.

»Worüber freuen Sie sich eigentlich so? Sie haben gerade Ihre zweite Leiche gesehen, es gießt in Strömen, und wir hängen im Stau fest.«

Das Auto vor ihnen bewegte sich, und Ince konzentrierte sich darauf, ihm zu folgen, ehe der Verkehr wieder zum Stehen kam. »Ehrlich gesagt hat es mir Spaß gemacht. Es war lehrreich. Sie haben wahrscheinlich schon Dutzende von Leichen gesehen, vielleicht Hunderte. Sie haben sich bestimmt längst daran gewöhnt, oder?«

Fenton hob die Hand, rieb sich die Augen und kniff sich

mit Daumen und Zeigefinger in die Nasenwurzel. »Daran gewöhne ich mich nie. Es waren lebendige Menschen. Söhne oder Töchter, Väter oder Mütter, Brüder oder Schwestern, Ehefrauen oder Ehemänner. Anders kann ich das nicht sehen.«

Ince löste kurz den Blick vom Verkehr und schaute zu seinem Beifahrer hinüber, ein Halblächeln im blassen Gesicht. »Ich verstehe, was Sie meinen, Sir«, versicherte er. »Aber anhand der Verletzungen und der Art, wie die Opfer zu Tode kamen, kann man eine Menge Rückschlüsse ziehen.«

Fenton seufzte. Er fand Inces Gefühlskälte deprimierend. »Na, dann mal los, Schlaumeier«, sagte er. »Erzählen Sie mir, was die beiden Leichen von eben über den oder die Mörder aussagen.«

Inces Lächeln wurde breiter, und er begann wieder aufs Lenkrad zu trommeln. »Nun, anhand der Schnittwunden am Hals lässt sich sagen, dass beide Opfer von einem Linkshänder getötet wurden, und da eine gewisse Schnelligkeit und Kraft nötig sind, um die Schnitte sauber und ohne Gegenwehr durchzuführen, können wir, glaube ich, davon ausgehen, dass der Täter ein Mann ist. Ein großer, athletischer Mann.«

Er warf seinem Chef einen Bestätigung heischenden Blick zu. Fenton reagierte nicht. Ince konzentrierte sich wieder auf die verchromte Stoßstange des Autos vor ihnen und redete weiter: »Zwischen den Opfern gibt es aller Wahrscheinlichkeit nach keine Verbindung, was bedeutet, dass sie willkürlich ausgewählt wurden. Der Täter zielt auf die Halsschlagadern. Vielleicht ist er ein Blut-Fetischist. Es macht ihm Spaß zu töten. Wahrscheinlich erregt es ihn.«

Der Regen hörte abrupt auf und Ince schaltete die Scheibenwischer aus. »Na, was denken Sie? Wie war ich?« Der

Verkehr floss nun schneller. Als Fenton schließlich antwortete, hatten sie die Westminster Bridge erreicht. »Ich denke, dass Sie sich zu viele Fernsehkrimis ansehen. Sie versteigen sich in Spekulationen. Das sollten Sie bleiben lassen. Ist ein todsicherer Weg, Sachen zu vermasseln.«

Ince steuerte den Wagen nach rechts auf den Parliament Square zu. »Wie Sie meinen, Sir«, sagte er. »Machen Sie mich ruhig auf meine Fehler aufmerksam. Ich lerne gern von erfahrenen Leuten.«

Es klang, als würde Ince einlenken, aber Fenton war sich da nicht so sicher. »Nun ja, nach allem, was wir heute gesehen und gehört haben, steht für mich eines definitiv fest. Etwas, worauf ich meinen Ruf setzen würde.«

Ince ließ den Blick auf die Straße gerichtet, die Ampelanlage vor ihnen wechselte auf Rot. »Nämlich?«, fragte er.

»Es wird einen dritten Mord geben, und wir können nichts dagegen tun.«

Zehn Minuten später erreichten sie das Revier, und Fenton rutschte das Herz in die Hose. Am Eingang standen etwa zwanzig Fotografen und Reporter. Zwei Übertragungswagen mit Satellitenschüsseln parkten am Bordstein. Ray Partington schien schwer damit beschäftigt, sich den Fragen der Reporterschar zu stellen.

Fenton bedeutete Ince, auf den abgesperrten Parkplatz weiterzufahren. Er hatte keine Lust, sich mit dem Reporterpack herumzuschlagen. In der Einsatzzentrale erteilte Daly einem halben Dutzend Detective Constables Anweisungen. Sie sah Fenton in der Tür stehen, brach ihre Ansagen ab und folgte ihm in sein Büro. Er lehnte sich an die Schreibtischkante und verschränkte die Arme. »Was haben Sie für mich?«

Daly zupfte an ihrem Pferdeschwanz. »Der Twitter-Account ist natürlich ein Fake. Er wurde inzwischen heruntergenommen, aber der Killer kann sich jederzeit einen neuen einrichten.«

»Was ist mit dem Usernamen P Friel? Überprüfen Sie die Datenbanken.«

Daly nickte. »Läuft.«

Fenton ging um seinen Schreibtisch herum und bedeutete Daly, sich zu setzen. »Partington steht mit einer Horde Reporter am Eingang, die ihn offenbar schwer angehen. Was ist da los?«

Daly schob sich eine Haarsträhne aus dem Gesicht. »Offenbar wollen einige Zeitungen in der morgigen Ausgabe die Ablösung der ermittelnden Beamten fordern.«

Fenton setzte sich und drehte sich mit dem Stuhl ein paar Mal hin und her, schwenkte die Knie von einer Seite zur anderen. Nach einigen Sekunden hörte er damit auf. »Jetzt mal im Ernst«, sagte er, »unter uns. Wenn Sie keine Polizistin wären, sondern, sagen wir, eine Bankangestellte oder Immobilienmaklerin, würden Sie dann abends zu Hause online gehen und sich das entsetzte Gesicht einer Frau ansehen, die weiß, dass sie gleich umgebracht wird, oder einem sterbenden Mann in die Augen schauen?«

Daly schaute kurz über die Schulter zu ihren Kollegen im Mannschaftsraum. »Ich hoffe nicht«, sagte sie.

16

Ich hatte nicht anders gekonnt. Ich hätte mein Opfer sorgfältiger auswählen sollen. Aber der Mann erfüllte seinen Zweck. Ich muss den Hype befeuern. Meine Follower wollen Entertainment. Ich muss ihre Faszination füttern.

Die menschliche Psyche hat eine dunkle, primitive Seite. Die meisten Leute kauern in der Behaglichkeit des Lichts. Ich bin nicht die meisten Leute. Glaubt nicht, dass Menschen, die die Dunkelheit fürchten, besser sind als derjenige, der die Dunkelheit willkommen heißt. Sie sind nicht besser. Sie sind schwächer.

Aber diese Schwächlinge können nicht anders, als verstohlen auf die Dunkelheit zu schauen. Ich lade sie in meine Welt ein, und sie folgen mir. Natürlich aus sicherer Distanz. Zumindest glauben sie das.

Fortan muss meine Beute eine würdige sein. Wenn ich mein Geschenk nicht respektiere, wie sollen es dann die anderen respektieren? Planung und Auswahl sind der Schlüssel zur Befriedigung. Der Letzte hat meine Öffentlichkeit befriedigt, meinen Hunger aber hat er nicht gestillt. Nicht so wie beim ersten Mal.

Soll ich mir wegen der Polizei Sorgen machen? Nicht allzu sehr. Soweit ich es beurteilen kann, verlaufen die Ermittlungen ziemlich planlos. Die Pressekonferenz war eine Farce, die Schwester aber ist interessant. Hochinteressant.

Die Polizei bittet die Öffentlichkeit immer noch um Mithilfe. Was sagt mir das? Es sagt mir, dass die Beamten nicht wissen, was sie als Nächstes tun sollen. Bald wird von einem Serienkiller die Rede sein. Ich hasse diese Bezeichnung. Warum soll ein Killer nach dem ersten Opfer aufhören? Leute töten aus Eifersucht oder aus trunkener Wut. Sie sind keine Killer. Es sind Leute, die getötet haben. Jede meiner Taten ist ein Schritt auf einem lange vorausgeplanten Weg, zu töten aber war seit jeher Teil meines Wesens. Der stärkste, der tiefste, der reinste Teil. Die Computerexperten der Polizei versuchen natürlich längst, mich aufzuspüren. Viel Glück. Zweifellos konsultieren sie auch ihre Kriminalpsychologen. Für mich sind alle Psychologen Kriminelle. Lasst mich raten, zu welchen Schlüssen sie gelangen.

Dieser Mann hat mindestens zwei Menschen umgebracht, also muss er ein rasender Psychopath sein. Seine Internet-Aktivitäten zeigen, dass er besessen ist von Ruhm. Er ist ein narzisstischer Manipulator, charmant und intelligent. Er empfindet keine Empathie. Er ist ein sexuell Perverser, den Blutvergießen erregt.

Alles vorhersehbar, so vorhersehbar. Sie sind nicht imstande, jemanden wie mich zu überlisten. Ich bin zu Dingen fähig, die sie nie begreifen würden.

Wissen ist alles. Ich kenne meine Beute. Ich kenne mich selbst. Selbsterkenntnis ist die einzig wahre Freiheit. Wenn man weiß, dass das eigene Handeln Wahnsinn ist, dann ist man geistig gesund, richtig?

17

Blake saß im Sprechzimmer, die Arme vor der Brust verschränkt. Die Frau auf der anderen Seite des Schreibtischs schürzte die Lippen. Scheinbar eine Ewigkeit musterten sie sich schweigend, doch es war wahrscheinlich kaum länger als eine Minute. Die Frau brach das Schweigen.

»Wir werden hier nicht weiterkommen, wenn Sie nicht mit mir sprechen.«

»Was soll ich denn sagen?«

»Was wollen Sie denn sagen?«

Blake legte den Kopf in den Nacken und betrachtete die blütenförmige Stuckarbeit in der Mitte der Zimmerdecke. Zwei lange Risse zogen sich im Zickzack durch den viktorianischen Verputz. Er holte tief Luft. »Ich bin mir nicht sicher, was ich sagen will, aber wenn ich es weiß, werde ich Hilfe brauchen, um es sagen zu können.«

Zu Blakes Überraschung lächelte die Frau und offenbarte perfekte, strahlend weiße Zähne. »Na, das ist doch schon mal ein guter Anfang.«

Wenn er Dr. Belinda Vale betrachtete, fühlte Blake sich deutlich underdressed. Vielleicht hat sie nach der Arbeit eine Verabredung in einem teuren Restaurant, dachte er.

Dr. Vale neigte den Kopf zur Seite, worauf die Ponyfransen ihr quer über die Stirn fielen. »Sollen wir anfangen, Mr. Blake? Ist Mr. Blake okay, oder soll ich Sie Adam nennen?«

»Wie Sie wollen«, sagte Blake achselzuckend. »Die meisten Leute nennen mich Blake.«

»Schön. Dann also Blake. Sie können mich Dr. Vale nennen.«

»Danke.«

Sie beugte sich auf ihrem Stuhl zur Seite und zog eine blaue Aktenmappe aus der obersten Schreibtischschublade. Sie legte sie vor sich hin, schlug sie auf und überflog die erste Seite.

Sie trug lediglich einen Goldring am Ringfinger ihrer rechten Hand.

Dr. Vale schaute von der Akte auf und nickte, als hätte das Gelesene eine Vermutung bestätigt. »Warum jetzt?«, fragte sie.

»Wie meinen Sie das?«

»Warum haben Sie sich jetzt dazu entschieden, zur Therapie zu gehen? Nach all der Zeit? Man hat Sie vor einem Jahr an mich überwiesen. Sie sind nie gekommen.«

Blake runzelte die Stirn. »Soll das heißen, es gibt ein Zeitlimit?«

»Natürlich nicht. Ich weise nur darauf hin, dass sich offenbar etwas geändert hat. Ich nehme an, Sie sind hier, weil Sie Hilfe benötigen. Vor elf Monaten wollten Sie keine. Also erzählen Sie mir bitte, was anders ist.«

Blake fragte sich, ob es sie ernsthaft interessierte oder ob sie das nur sagte, weil sie glaubte, ihn auf diese Weise zum Reden zu bringen. Er entschied zu ihren Gunsten. »Ich finde, es ist an der Zeit. Vielleicht hätte ich früher kommen sollen.«

Dr. Vale nickte ermunternd, hoffte, Blake würde weiterreden, aber er verfiel wieder in Schweigen und sah sich noch einmal ausgiebig die Decke an.

»Wir müssen nicht darüber reden, was im Irak geschehen ist«, sagte sie. »Nicht diesmal. Aber wenn wir darüber sprechen könnten, warum Sie hier und heute bei mir sitzen, wäre das hilfreich.«

Blakes Kiefermuskeln zuckten. »Für wen? Ich bereue jetzt schon, hergekommen zu sein.

Ein Anflug von Verärgerung huschte über Dr. Vales Gesicht. »So kommen wir nicht weiter, Blake«, sagte sie. »Wenn Sie hier sind, weil Sie Dinge verändern möchten, müssen Sie Ihre Aufgeblasenheit ablegen.«

Ein Teil von Blake wollte alles ausspucken, das Gift auskotzen. Ein größerer Teil wollte es weiter in ihm verbergen. »Ich weiß nicht, wie man so etwas macht«, sagte er.

Dr. Vale schaute in die Akte, blätterte um. »Ich mache Ihnen einen Vorschlag. Wir versuchen es mit simplen Fragen und Antworten. Ich frage, Sie antworten. Was halten Sie davon?« Blake nickte.

»Schön, wo sollen wir anfangen? Sind Sie gegenwärtig in einer Beziehung?«

»Ist das relevant?«

»Es gibt mir eine Vorstellung davon, wo Sie emotional stehen. Es hilft, mir ein Bild zu machen.«

»Nein, es gibt niemanden.«

»Sind Sie seit Ihrer Rückkehr allein?«

»Es gab jemanden. Wir haben uns getrennt. Es hat nicht funktioniert.«

Dr. Vale sah kurz in der Akte nach. »Eine posttraumatische Belastungsstörung kann für einen Partner sehr anstrengend sein.«

»Sie hat ihr Bestes gegeben.«

Dr. Vale nahm einen Kugelschreiber und schrieb etwas in die Akte. Blake reckte vergeblich den Hals, um zu sehen, was sie notierte.

»Wie ernst war die Beziehung?«

»Wir haben eine Weile zusammengewohnt. Sie ist bei mir eingezogen. Dann wieder ausgezogen.«

»Wie ging es Ihnen damit?«

Blake schüttelte den Kopf. »Blöde Frage.« Dr. Vale machte eine weitere Notiz. »Was glauben Sie, wie ich mich gefühlt habe, verdammt noch mal? Ich wollte nicht, dass sie geht, aber ich konnte es verstehen.«

Dr. Vale lehnte sich in ihrem Drehsessel zurück und schlug die Beine übereinander. »Würden Sie die Beziehung wiederaufnehmen, falls sich dazu die Gelegenheit ergäbe?«

»Das wird nicht passieren.«

»Das kann man nie wissen.«

»In diesem Fall schon.«

»Eine PTBS lässt sich erfolgreich behandeln. Sie haben den ersten Schritt getan, indem Sie hergekommen sind. Wenn wir Ihre Probleme klären, könnte sie gewillt sein, Ihnen eine zweite Chance zu geben.«

»Das wird sie nicht.«

»Ich weiß, in Ihrer Situation ist es schwierig, Dinge positiv zu sehen. Aber warum sind Sie so überzeugt, dass die Beziehung sich nicht kitten lässt?«

»Weil sie tot ist.«

Dr. Vales Augen weiteten sich, der Rest des Gesichts aber blieb neutral. Sie nahm den Kugelschreiber, rollte ihn zwischen Daumen und Zeigefinger hin und her und legte ihn wieder weg. Blake bewunderte ihre Selbstbeherrschung, wollte es ihr aber nicht zu leicht machen. Wenn sie mehr wissen wollte, würde sie nachfragen müssen.

»Das tut mir sehr leid. Sind Sie deshalb hergekommen?«

»Wie meinen Sie das?«

»Haben Sie deshalb Ihre Meinung hinsichtlich einer Therapie geändert?«

Blake schüttelte den Kopf. »Ich glaube nicht. So habe ich es gar nicht betrachtet.«

»Möchten Sie über ihren Tod sprechen?«

Blake faltete die Hände, betrachtete sie. Dr. Vale ließ ihm Zeit zum Nachdenken. »Emotionaler Rückzug ist ein typisches Symptom einer PTBS«, sagte sie schließlich. »Leider ist es sehr ungesund, seine Gefühle zu vergraben.«

Ruckartig hob Blake den Blick. »Auf das Fachchinesisch kann ich verzichten. Ich komme mir vor, als würden Sie mir einen Vortrag halten.«

»Tut mir leid, dass Sie das so empfinden, aber ich meine, was ich sage. Es wäre eine gute Idee, Ihre Trauer zu erkunden.«

»Nicht diesmal.«

»Es wird also ein nächstes Mal geben?«

Blake überlegte einen Augenblick. »Vielleicht.«

18

Nachdem er Dr. Vales Praxis verlassen hatte, ging Blake in östliche Richtung die High Holborn hinunter, eine stark befahrene Verkehrsstraße, die den West End mit Londons Finanzdistrikt verbindet. Die Spätnachmittagssonne schien schräg unter der Wolkendecke hervor, warf einen goldenen Glanz auf die Skyline.

Die Sitzung bei der Therapeutin war weniger schlimm gewesen als erwartet. Ihre Professionalität beeindruckte Blake, und, noch wichtiger, er mochte sie. Es war ein Anfang und auf mehr hatte er nicht gehofft. Was wollte er letztlich damit erreichen? Er war sich nicht sicher.

Er war seit etwa einer halben Stunde zu Fuß unterwegs, als sein Handy klingelte. Blake kramte es aus der Jackentasche und schaute aufs Display. Unbekannter Anrufer.

Er meldete sich mit einem knappen »Ja?«

»Hallo Blake, verstehst du mich?«

Er erkannte die Stimme sofort. Er hielt sich das andere Ohr zu. »Der Verkehr ist ziemlich laut, aber ich verstehe dich, ja.«

»Ich bin's, Leah Bishop. Hast du Zeit, um dich mit mir zu treffen? Wir müssen reden.«

Blake zögerte. »Woher hast du meine Nummer?«, fragte er.

»Was glaubst du denn? Ich bin Laurens Schwester. Weißt du noch, Lauren, deine frühere Freundin?«

Blake erwog, so zu tun, als hätte er keinen Empfang und einfach aufzulegen »Worum geht's denn? Ich habe dir gesagt, dass ich nicht zur Beerdigung komme und habe dir meine Gründe genannt. Tut mir leid, aber so ist es nun mal.«

»Deswegen rufe ich nicht an. Kannst du in einer Stunde am Spitalfields Market sein? Bitte. Es ist wichtig.«

Blake verfluchte sich dafür, dass er den Anruf entgegengenommen hatte. »Wo genau treffen wir uns?«

Leah seufzte erleichtert. »Danke«, sagte sie. »Es gibt in der Gegend viele Pubs und Bars. Ich suche eine aus und schicke dir eine SMS.« Sie beendete das Gespräch, ehe er noch etwas sagen konnte.

Er brauchte fünfundvierzig Minuten, um zum Red Lion zu gelangen. Die Fassade ließ auf einen traditionellen East-End-Pub schließen, aber drinnen hatten die Besitzer sich für Shabby Chic entschieden. Er erblickte Leah im Hauptraum, einem höhlenartigen Bereich mit hoher Decke und dunklem Holzboden.

Blake arbeitete sich zwischen den Gästen hindurch zu Leah vor, die auf einem Sofa im Chesterfield-Stil saß, in der Hand ein Weinglas. Er setzte sich unaufgefordert zu ihr. Sie deutete auf ein volles Bierglas auf dem Tisch. »Das ist für dich.«

Blake trank einen Schluck. »Gute Wahl.« Ihre Blicke trafen sich, und etwas geschah zwischen ihnen. Etwas, das keiner von ihnen je würde beschreiben können, eine Art instinktives Einvernehmen. Dann war der Moment vorbei, genauso plötzlich, wie er gekommen war.

Leah stellte ihr Weinglas ab. Blake bemerkte, dass ihre Hand zitterte. »Du fragst dich wahrscheinlich, warum ich dich treffen wollte«, sagte sie. Blake schwieg.

Leah senkte den Blick. »Ich muss ständig an Lauren denken.«

Blake nahm einen weiteren Schluck Bier. »Ich auch.«

»Wir müssen etwas unternehmen«, sagte Leah. Ihre Augen waren trocken, aber ihre Stimme bebte. »Der Mann, der Lauren umgebracht hat, läuft frei herum und prahlt im Internet mit seinen Taten. Wir dürfen nicht einfach untätig herumsitzen.«

Blake massierte seine Nasenwurzel. Hatte er gerade richtig gehört? Hatte sie wir gesagt? Er war nicht sicher. »Was willst du denn tun?«

Leah hüstelte, legte ihre Hand um den Stiel des Weinglases, schob es ein Stück nach rechts und dann wieder zurück. »Ich möchte dich engagieren, damit du mir hilfst, Laurens Mörder zu finden.«

Blake öffnete den Mund und schloss ihn wieder. »Weißt du, wie verrückt das klingt?«

»Was ist daran verrückt? Du besitzt die erforderlichen Fähigkeiten. Wir müssen wenigstens versuchen etwas zu tun. Lauren würde es richtig finden. Ganz sicher.«

»Das lassen wir bleiben.«

»Ist das dein letztes Wort?«

»Ja.«

Leahs Wangen wurden rot. Sie nahm sich Zeit, um sich zu sammeln. »Bist du unfähig, mir deine Gründe zu nennen?«

»Mein Grund ist, dass ich es nicht möchte. Ich werde es nicht tun.«

Blake erhob sich. Leah griff nach ihm und zog sanft an seinem Handgelenk. »Bitte setz dich wieder«, sagte sie.

Er erfüllte ihr den Wunsch. Sie ließ die Finger auf seinem Handrücken liegen und holte tief Luft. »Einige Wochen vor ihrem Tod hat Lauren mir gesagt, sie sei überzeugt, dass du dein Leben wieder auf die Reihe kriegen würdest, wenn du damit etwas Positives anstellst. Dir eine Herausforderung suchst.«

»Du meinst einen Marathon zu laufen oder auf einen Berg zu steigen?«, fragte Blake kopfschüttelnd.

»Du warst ein gefragter Enthüllungsjournalist, oder?«

Blake schwieg.

»Mach die Suche nach Laurens Mörder zu deiner Herausforderung. Es ist das Mindeste, was sie verdient. Du hast gesagt, du hättest sie geliebt.«

»Du weißt, dass ich sie geliebt habe.«

»Warum willst du es dann nicht tun?«

Blake schüttelte den Kopf. »Das ist Sache der Polizei. Dafür gibt es sie.«

»Bisher ist sie nicht weit gekommen. Wenn du etwas herausfindest, kannst du den Beamten die Information geben.«

»Hast du das ernsthaft durchdacht?«

»Natürlich. Bitte denk darüber nach.«

Blake ließ es sich durch den Kopf gehen. Vielleicht war es die einzige Möglichkeit, die Dinge wiedergutzumachen. Er hatte Laurens Erwartungen nicht erfüllt. Sie hatte ihm alles gegeben, und im Gegenzug hatte er ihr nur Enttäuschungen geboten. Er konnte sie nicht wieder lebendig machen. Vielleicht wäre die Suche nach ihrem Mörder das Nächstbeste.

Er sah Leah an, verzog die Lippen zu einem verkniffenen Lächeln. »Ich brauche etwas Zeit«, sagte er. »Ich weiß nicht, ob es eine gute oder eine schlechte Idee ist, aber wenigstens ist es eine, und davon hatte ich in letzter Zeit nicht viele.«

19

Fenton unterdrückte ein Gähnen und hörte dem Pressesprecher zu. Reden konnte der Mann jedenfalls.

»Die Zeitungen und das Fernsehen hängen sich voll rein in die Story«, sagte Partington. »Sie lieben das Hashtag-I_Killer-Zeug. Unser Problem ist, dass wir die Berichterstattung zu dem Fall nicht mehr steuern können. Der Täter nutzt die sozialen Medien für seine eigene Agenda.«

Detective Chief Superintendent Bell verzog hinter seinem polierten Eichenschreibtisch das Gesicht. »Geben Sie zu, dass Sie Ihrer Arbeit nicht gewachsen sind und die Presseabteilung der Polizei das Geld des Steuerzahlers verschwendet?«

Partington blickte zu Fenton hinüber, hoffte auf dessen Unterstützung. Der Detective hob die Augenbrauen, aber sagte nichts. Er wollte das Gespräch so schnell wie möglich hinter sich bringen. Er hatte Besseres zu tun.

Partington war noch nicht bereit, das Handtuch zu werfen. Er zog sein Handy aus der Jackentasche und tippte wild auf dem Display herum. »Der zweite Mord hat Twitter in den Ausnahmezustand versetzt. Er hat mehrere Hundert Likes mehr bekommen als der Post auf Instagram und wurde 20.282 Mal geteilt.«

Ungeduldig blaffte Fenton: »Mir ist schnurz, was im Internet passiert. Das Wichtigste ist, dass wir den Killer finden, und das kann nicht klappen, wenn ich hier herumsitze und palavere.«

Bells Miene verfinsterte sich noch mehr. »Die Medien

kreuzigen uns jetzt schon. Wir müssen den Fall schleunigst aufklären. Die Sache lässt mich wie einen Vollidioten aussehen.«

Fenton schaute zum Pressesprecher hinüber, der die Brauen hob. »Ich weiß, dass es nicht mein Aufgabenbereich ist, aber ich denke, der Schlüssel zu diesem Fall sind die Posts des Killers in den sozialen Medien«, sagte Partington.

Fenton zuckte die Achseln. »Die Cyber-Teams arbeiten unter Hochdruck, landen bisher aber immer wieder in Sackgassen.«

»Das liegt daran, weil man so leicht seine Spuren verwischen kann. Wenn man sich dauernd neue generische E-Mail-Adressen zulegt und sich in irgendeinem Coffeeshop oder Internet-Café über das WLAN einloggt, ist man praktisch unauffindbar.«

Bell hob das Kinn und warf sich in die nicht unbeträchtliche Brust. »Das Wort unauffindbar ist in meinem Büro verboten.«

Fenton schlug mit der Hand auf den Tisch und stand abrupt auf. »Ich habe in einem Mordfall zu ermitteln. Wir bewegen uns hier nur im Kreis.« Er erwartete halb, dass Bell ihn auffordern würde, sich wieder zu setzen, doch Partington war derjenige, der intervenierte.

»Einen Augenblick, bitte«, sagte er. »Eine Sache wollte ich noch ansprechen.«

Nach kurzem Zögern setzte Fenton sich wieder. Das »Bitte« hatte den Ausschlag gegeben. Mit einem Lächeln bekundete Partington seinen Dank. »Lassen Sie eigentlich jemanden die Online-Kommentare über den Killer überwachen?« Bell warf Fenton einen fragenden Blick zu.

»Natürlich«, sagte Fenton. »Wir haben einen zivilen Mitarbeiter, der die Kommentare im Auge behält.«

Partington verzog das Gesicht. »Dachte ich mir. Fassen Sie es bitte nicht als Kritik auf, ich versuche nur zu helfen, aber ich glaube, Sie verstehen das Ausmaß der Aufgabe nicht.«

Fenton biss die Zähne zusammen. Er war es nicht gewohnt, dass man ihm sagte, wie er seinen Job machen sollte, war aber zu professionell, um seinem persönlichen Stolz Vorrang vor den Ermittlungen zu geben. Er bedeutete Partington weiterzureden.

»Abgesehen von den Botschaften und Fotos des Killers, die sich rasend schnell in den sozialen Medien verbreiten, diskutieren die Leute die Morde in Internetforen und schreiben Kommentare auf den Websites der Zeitungen. Wir reden wahrscheinlich von Zehntausenden von Posts, und es werden ständig mehr. Womöglich nimmt der Killer sogar an den Diskussionen teil und schreibt eigene Kommentare.«

Fenton nahm sich einen Moment Zeit, um Partingtons Ausführungen sacken zu lassen. Falls der Mann recht hatte bezüglich der Größe der Überwachungsaufgabe, würden sie mehr Leute brauchen. »Ich werde mich gleich darum kümmern«, sagte er. »Danke für den Hinweis. Normalerweise sind Pressesprecher nicht so hilfreich.«

Partington strahlte, erfreut, einen positiven Beitrag zu den Ermittlungen geleistet zu haben. Bell hingegen nutzte die Gelegenheit, um dem Detective einen mitzugeben.

»Regeln Sie das, DCI Fenton«, sagte er. »Ich will, dass jeder, der an dem Fall arbeitet, absolute Höchstleistungen bringt.«

20

Zurück in seinem eigenen Büro, schnappte Fenton sich die Computertastatur und gab #I_Killer in die Suchmaschine ein. Die Ergebnisse füllten den gesamten Bildschirm. Er klickte auf den obersten Treffer, #I_Killer auf Twitter. Er ahnte schon, was kommen würde, doch die schiere Menge schockierte ihn.

Hunderte von Tweets verurteilten die Morde als böse, Hunderte bezeichneten die Polizei als inkompetent, Hunderte brachten ihre Faszination über den Mörder und die Fotos der Opfer zum Ausdruck. Fentons Herz sank, während er die Einträge überflog. Noch nie einen toten Menschen gesehen #cooleLeichen #I_Killer; Danke fürs Teilen. Hat mir den Tag versüßt. Kann das nächste Foto kaum erwarten #IchWillMehr #I_Killer; Todschicke Bilder. Sie sind so böse … aber ich liebe sie. Haha #eineaussterbendeKunst #I_Killer.

Fenton verließ die Seite und überlegte, ob er als Nächstes bei Instagram nachsehen sollte, brachte es aber nicht über sich. Partington hatte recht. Sie würden noch mindestens zwei weitere Mitarbeiter abstellen müssen, um die Nachrichten und Kommentare zu überwachen.

Er griff in den Posteingangskorb und sah sich den ausgedruckten Obduktionsbericht zu Edward Deere an. Es gab keine Blutflecken, die nicht vom Opfer stammten, keine Textilfasern, keine Haare, keine Hautschuppen, keine Schuh- oder Fingerabdrücke.

Entweder hatte der Mörder riesiges Glück gehabt, oder er hatte sich große Mühe gegeben, nicht die kleinste Spur zu hinterlassen. An beiden Tatorten gab es keine Überwachungskameras. Fenton nahm an, dass das nichts mit Glück zu tun hatte. Ein hartes Klopfen an der Tür riss ihn aus den Gedanken. Er bat den Besucher nicht herein, aber die Tür öffnete sich dennoch, und der Kopf eines uniformierten Constables erschien. »Entschuldigung, Sir, aber …«

Fenton fiel dem jungen Polizisten gnadenlos ins Wort. »Nein, ich entschuldige nicht.«

»Natürlich, Sir. Tut mir leid, Sir.«

»Wie ist Ihr Name, Officer?«

»Mackie, Sir. Police Constable Mackie.«

»Nun, Police Constable Mackie, sehen Sie nicht, dass ich beschäftigt bin?«

Mackie errötete. »Das war mir nicht klar, Sir.«

Fenton war stolz darauf, als Chef kein Arschloch zu sein, aber der Constable hatte ihn auf dem falschen Fuß erwischt. »Man nennt es Nachdenken, Mackie. Wahrscheinlich tun Sie das im Moment nicht allzu oft, aber wenn Sie Ihre Uniform eines Tages ablegen und Detective werden, ist es eine wichtige Fertigkeit. Ich mag es nicht, wenn man mich beim Nachdenken unterbricht. Ist das klar?«

Mackie nickte, zog den Kopf aus der Tür, schob ihn noch mal kurz herein und murmelte etwas Unverständliches, ehe er endgültig die Tür schloss. Fenton sah auf die Uhr. Er war seit zwölf Stunden im Dienst. Er hoffte, dass Tess der Nanny keine allzu großen Schwierigkeiten bereitete.

Er streckte die Beine aus, lehnte sich in seinem Drehsessel zurück und schloss die Augen. Er wusste, dass Mörder sich manchmal Opfer aussuchten, die ein bestimmtes Erscheinungsbild besaßen. Personen, die sie an das eigentliche

Ziel ihrer Mordlust erinnerten. Eine Mutter, einen Vater, eine Ehefrau oder eine Ex-Freundin. Mit jedem Mord bekamen sie die Befriedigung der Rache. Lauren Bishop und Edward Deere hätten unterschiedlicher nicht sein können. Keines der beiden Opfer war sexuell missbraucht worden, weder vor noch nach ihrem Tod.

Fenton öffnete die Augen, setzte sich auf und nahm ein Notizbuch und einen Kugelschreiber aus der Schreibtischschublade. Er schlug das Notizbuch auf und notierte in Großbuchstaben FASZINIERT VOM TOD.

Er war kein Psychologe, doch aufgrund seiner jahrelangen Erfahrung wusste er, dass die meisten Serienkiller Psychopathen, aber nicht alle Psychopathen Serienkiller waren. Einige der erfolgreichsten Männer und Frauen der Welt, Wirtschaftsmagnaten und politische Führer, hatten ihren Status erlangt, weil sie charismatisch, rücksichtslos, manipulativ und ohne jede Empathie waren. Alles klassische psychopathische Eigenschaften.

Fenton versuchte, sich das Alltagsleben des Killers vorzustellen. Wahrscheinlich hatte er einen Job. Vielleicht auch Frau und Kinder. Niemand ahnte, was er wirklich war. In seiner Kindheit hatte er vermutlich zu grundlosen Gewaltausbrüchen geneigt, war durch Vorfälle hochriskanten Verhaltens auffällig geworden. Inzwischen beherrschte er die Kunst, als ganz normal zu erscheinen, war geübt darin, nichtpsychotisches Verhalten nachzuahmen. Fenton griff wieder zum Kuli und schrieb die Wörter NORMALITÄT VORTÄUSCHEN auf.

Er nahm noch einmal die Obduktionsberichte aus der Ablage und überflog die Ausführungen der Pathologin. Wenn man jemandem die Kehle aufschlitzte, floss unweigerlich schrecklich viel Blut. Hatte der Killer diese Methode gewählt, weil es ihm gefiel, weil es ihn erregte, das Blut aus den Halsschlagadern seiner Opfer quellen zu sehen? Fenton fügte seiner Liste die Wörter LUST AUF BLUT hinzu.

Hatte der Killer den Hals des Obdachlosen vor Wut halb durchgesägt, aus Frustration oder aus schierer Neugier? Bei beiden Morden war der erste Kehlschnitt sauber, schnell und tödlich gewesen. Das Messer war aus einer freistehenden Position gehandhabt worden. Die Opfer waren nicht gefesselt oder in einer bestimmten Position festgehalten worden. Dies erforderte eine ausgezeichnete Koordination, Kraft und Schnelligkeit sowie absolutes Vertrauen in die eigene Fähigkeit, einen tödlichen Schnitt durchführen zu können. Fenton schloss die Berichte und legte sie in die Ablage zurück. Er nahm den Kuli und den Notizblock. Er hielt einen Moment inne, ehe er TALENT ZUM TÖTEN aufschrieb.

Fenton trommelte mit dem Kuli einen simplen Rhythmus auf die Tischplatte. Die Internet-Fotos, die Botschaften, die Signatur »Ich, der Killer«: der Täter besaß ein Ego von der Größe eines Planeten, das regelmäßig gebauchpinselt werden wollte. Er hörte zu trommeln auf und machte eine letzte Notiz: BESESSEN VON RUHM.

Er legte den Block und den Kuli zurück in die Schublade. Dann zog Fenton das Handy aus der Tasche und schaute nach, ob es eine SMS von der Nanny gab, die von einer bockigen Tess berichtete. Nichts. Er stand auf und ging zur Tür. Ehe seine Hand nach der Klinke greifen konnte, ging die Tür ein Stück auf und der Kopf von Constable Mackie erschien im Türspalt.

»Was ist denn jetzt schon wieder?«, fragte Fenton. »Ich bin auf dem Heimweg, um meiner Tochter eine Gutenachtgeschichte vorzulesen.«

Mackie schob sich ängstlich in den Raum. »Ich wollte es Ihnen vorhin schon sagen, aber da waren Sie zu beschäftigt. Im Victoria Park wurde eine weitere Frau angegriffen. In den Hals gestochen.«

Es dauerte einen Augenblick, bis die Worte des Constables in Fentons Bewusstsein vordrangen. »Eine weitere Leiche?«

Mackie schüttelte den Kopf. »Die Frau liegt im Krankenhaus. Zwei Jogger kamen ihr zu Hilfe. Sie haben den Mann überwältigt und festgehalten, bis ein Streifenwagen eintraf. Detective Constable Ince ist am Tatort, Sir.«

Fenton schob Mackie zur Seite und rannte durch den engen Gang.

***

Ein halbes Dutzend Scheinwerfer beleuchtete den Tatort. Ein Absperrband riegelte einen rechteckigen Bereich auf dem Rasen ab. Vier Leute von der Spurensicherung, alle in Plastikoveralls, mit Kapuzen und Gesichtsmasken, krochen über den Boden. Fenton sah Detective Constable Ince außerhalb der Absperrung im Gespräch mit zwei uniformierten Polizistinnen am Rand eines Kinderspielplatzes. Die Frauen lachten laut über etwas, das der Detective gesagt hatte. Ince sah seinen näherkommenden Chef und bedeutete den Frauen zu verschwinden.

»Was haben wir?«, fragte Fenton.

»Versuchter Mord an einer Frau Mitte dreißig, Sir. Sieht

aus, als hätte der Täter versucht ihr die Kehle durchzuschneiden. Sie hat sich gewehrt, konnte aber nicht verhindern, dass er sie in den Hals gestochen hat.«

»Lebt sie noch?«

»Die Sanitäter sagen, sie wird durchkommen. Die Klinge hat haarscharf die linke Halsschlagader verfehlt. Im Moment liegt sie im künstlichen Koma. Sie hatte riesiges Glück.«

Fenton hatte den Eindruck, als würde Ince den grausigen Teil seiner Arbeit regelrecht genießen. »Sie finden, man hatte Glück, wenn man in den Hals gestochen und im künstlichen Koma liegt?«

Vernünftigerweise sparte Ince sich eine Antwort.

»Was ist mit dem Täter?«

»Der Park war schon ziemlich leer, er schließt ja abends. Zwei Studenten, die zum Osttor joggten, haben den Angriff beobachtet. Sie haben die Polizei gerufen, den Täter entwaffnet und festgehalten, bis der Streifenwagen eintraf. Ich glaube, die beiden sind Rugby-Spieler, Sir, kräftige, bullige Typen.«

»Wo ist der Verdächtige jetzt?«

»Sitzt mit Handschellen gefesselt im Streifenwagen und ist unterwegs zum Revier.«

Schaudernd knöpfte Fenton seine Jacke zu. »Was ist mit der Tatwaffe?«

Ince grinste. »Die haben wir. Sie wird untersucht. Sobald feststeht, dass es sich um dieselbe Klinge wie bei den beiden Morden handelt, ist der Fall gelöst.«

Fenton blies sich in die Hände und schauderte erneut. Ein gefährlicher Mann weniger auf der Straße. Daran bestand kein Zweifel, doch Inces Selbstgefälligkeit erfüllte ihn mit Unbehagen.

21

Das Verhör konnte der härteste und gleichzeitig der befriedigendste Teil der Polizeiarbeit sein. Es gibt Regeln, die es zu befolgen gilt, Techniken, derer man sich bedient, und jede Menge psychologische Kniffe, um den Kriminellen in seinem Lügennetz festzusetzen.

Fenton saß in der Ecke des Verhörzimmers und beobachtete den Verdächtigen, während Daly, die erfahrenste Vernehmungsbeamtin in seinem Team, ihre Fragen abfeuerte. Dreißig Minuten lang kam keine einzige Antwort. Der Mann, groß, muskulös, Mitte zwanzig, saß aufrecht da, seine Hände umfassten die Tischkante, die Knöchel traten weiß hervor, sein Blick huschte fortwährend umher.

Auf die wiederholte Frage nach seinem Namen gab der Mann keinen Hinweis darauf, die Frage überhaupt zu verstehen. Auch sagte er nichts, als man ihm mitteilte, dass er im Zusammenhang mit zwei Morden und einem versuchten Mord verhört werde.

Der Durchbruch kam, als ein Constable das Zimmer betrat und Daly einen Zettel reichte. Sie las ihn und gab ihn an Fenton weiter. Daly hörte auf herumzulaufen und setzte sich zu dem Mann an den Tisch. Sie versuchte ihm direkt in die Augen zu schauen, doch er wich ihrem Blick aus.

»Wir wissen, dass Ihr Name Ellis Taylor ist. Wir wissen, dass Sie sechsundzwanzig sind und in der Butterfield Road 22a in Bow wohnen.«

Der Verdächtige wandte sich langsam dem Einwegspiegel

zu, der fast die ganze Wand zu seiner Linken einnahm, und starrte auf sein Spiegelbild.

»Das bin ich nicht«, sagte er. »Ich kenne keinen Ellis Taylor.«

»Das ist eigenartig, denn unserer Datenbank zufolge haben Sie seine Fingerabdrücke.«

Taylor starrte weiter in den Spiegel, hinter dem Bell und Ince im Dunkeln zusahen. Daly wartete geduldig, bis Taylor sich ihr wieder zuwandte. Diesmal erwiderte er ihren Blick. »Es sind Beamte unterwegs zu Ihrer Wohnung, andere befassen sich ausführlich mit Ihrer Vergangenheit. Binnen einer Stunde wissen wir alles über Sie. Es ist sinnlos, dieses Spiel weiterzuspielen.«

»Ich spiele nicht. Sie hat es verdient zu sterben. Sie ist ein übles Miststück.«

Daly schaute zu Fenton hinüber. »Dann kennen Sie sie also?«

Taylor nickte. Hinter seinen Ohren lösten sich dunkle Haarsträhnen und umrahmten sein schmales Gesicht. »Ich weiß alles über sie. Sie hat es verdient, bestraft zu werden.«

»Wofür?«

Taylor verzog den Mund. »Die Seele, die sündigt, sie soll sterben.«

»In welcher Beziehung standen Sie zu ihr?«

»Ich unterhalte keine Beziehungen mit Sünderinnen.«

Daly dachte einen Moment über ihre nächste Frage nach. Sie schaute erneut zu Fenton hinüber. Reglos erwiderte er ihren Blick.

Als sie sich wieder Taylor zuwandte, starrte der abermals auf den Spiegel.

»Wenn Sie möchten, verschieben wir dieses Verhör, bis Sie einen Anwalt haben. Ihnen steht ein Rechtsbeistand zu.«

Taylor hielt den Kopf ganz still. »Ich brauche keinen Anwalt. Ich habe nichts verbrochen. Nur gute Taten vollbracht.«

»Tanya Reid in den Hals zu stechen war gut? Lauren Bishop und Edward Deere abzuschlachten war gut? Wir haben Augenzeugen. Die Männer, die Sie überwältigt haben, sahen, wie Sie Miss Reid in den Hals stachen. Wir haben das Messer, wir werden die Klinge den Schnittwunden der Mordopfer zuordnen. Diesmal haben Sie es verpfuscht.«

Taylor schaute stur geradeaus und ließ den Tisch los. »Ich muss vorsichtig sein. Sie beobachten und belauschen mich. Selig ist, der sich selbst nicht verurteilen muss in dem, was er gutheißt.«

Für einen Augenblick glaubte Fenton, Taylor habe begriffen, dass hinter dem Einwegspiegel Leute saßen, aber als er die zuckenden Mundwinkel des Mannes sah, erkannte er, dass Taylor schlicht und einfach paranoid war, Einwegspiegel hin oder her.

Fenton fing Dalys Blick auf und gab ihr ein kurzes Zeichen. »Das Verhör wird ausgesetzt«, sagte sie. »Zeit für eine Pause.«

Daly ging in den Beobachtungsraum, gefolgt von Fenton. Bell wartete nicht, bis sie sich gesetzt hatten, sondern zeigte sofort mit seinem Wurstfinger auf die Polizistin.

»Wie kommen Sie dazu, eine Pause zu machen? Der Kerl ist kurz davor zu gestehen. Er kann nicht anders. Holen Sie es aus ihm heraus, bevor ein Winkeladvokat auftaucht und die Dinge verkompliziert.«

Fenton trat einen halben Schritt vor, stellte sich zwischen Bell und Daly. »Es war meine Entscheidung«, sagte er. »Ich finde, wir sollten die Sache langsam angehen. Der Verdächtige hat eindeutig psychische Probleme.«

Bell verdrehte die Augen und rutschte herum. Der Stuhl unter ihm ächzte. »Natürlich, er ist vollkommen verrückt, verrückter geht es nicht. Er wurde auf frischer Tat ertappt. Er leugnet es nicht mal – und jetzt will ich auf der Stelle sein Geständnis, damit wir der Öffentlichkeit mitteilen können, dass wir unseren Mann haben.«

Fenton kannte Bell gut genug, um zu wissen, dass jeder Widerspruch Zeitvergeudung war. Er tat es trotzdem. »Sein Angriff auf Tayna Reid ist eine Tatsache. Dafür kriegen wir ihn ran. Aber wir haben nichts in der Hand, das ihn mit den beiden Morden oder der Online-Kampagne des Killers in Verbindung bringt.«

Grunzend hievte Bell sich vom Stuhl. »Wir werden alle nötigen Beweise bekommen, glauben Sie mir. Ich will, dass hier so schnell wie möglich der Deckel draufkommt. Der Kerl brabbelt wie ein religiöser Fanatiker, redet von Sündern, vom Bösen und zitiert aus der Bibel. Wie der junge Ince hier vorhin gesagt hat, es passt perfekt zu dem Umstand, dass die beiden Opfer in einer Kreuzigungsposition dalagen.«

Kopfschüttelnd schaute Fenton zu Ince. »Jetzt nehmen Sie also Ratschläge von einem Detective Constable an, der kaum den kurzen Hosen entwachsen ist? Befördern Sie ihn jetzt zum Ermittlungsleiter dieses Falles?«

»Die Ermittlung leiten Sie, aber vergessen Sie nicht, wem Sie unterstehen. Nämlich mir.«

Fenton atmete ein paar Mal tief durch. »Ich sage nicht, dass Taylor nicht der Mörder ist. Aber vielleicht wäre es vernünftig zu warten, bis das Messer untersucht und Taylor vollständig durchleuchtet wurde, ehe wir ihn zu einem Geständnis drängen. Er ist paranoid, wahnhaft und faselt wirres Zeug.«

Bell rieb sich die Hände. »Nur weil er verrückt ist, heißt das nicht, dass er nicht unser Killer ist. Macht es das nicht sogar wahrscheinlicher? Er hat es doch selbst gesagt. Er ist auf einer Art Kreuzzug, um die Welt von Sündern zu befreien.«

Fenton wandte sich zum Einwegspiegel um. Taylor, die Arme vor der Brust verschränkt, die Hände in die Achselhöhlen geklemmt, sah aus, als umarme er sich selbst. Während der Verhörpause war eine Pflichtverteidigerin erschienen. Die verhärmte Frau saß neben ihm am Tisch und wirkte wenig erbaut, für die Aufgabe ausgewählt worden zu sein.

»Ich finde nicht, dass Taylors Angriff auf Tayna Reid auch nur annähernd vergleichbar ist mit den beiden Morden. Sicher, es gibt Ähnlichkeiten, aber mehr auch nicht. Die Halswunden von Lauren Bishop und Edward Deere waren präzise, tödliche Schnitte. Ein Schnitt, ein Toter. Taylor hatte anscheinend nicht einmal ein Handy oder eine Kamera dabei. Der Killer war supereffizient, berechnend und organisiert.« Fenton nickte in Richtung Taylor. »Sehen Sie ihn an. Der Mann dort ist nicht mal annähernd zu so etwas imstande.«

Bell zuckte die Achseln. »Das will ich nicht hören. Er hat es eben vermasselt. Ich möchte, dass diesmal Sie die Fragen stellen. Falls er die Morde gestehen will, dann lassen Sie ihn reden.«

Mit Daly im Schlepptau kehrte Fenton ins Verhörzimmer zurück. Diesmal setzte seine Kollegin sich auf den Stuhl in der Ecke. Fenton nickte der ergrauenden Anwältin zu. Als Antwort zog sie eine Schnute.

Er richtete sein Augenmerk auf den Verdächtigen, bedachte ihn mit einem Lächeln. »Besitzen Sie ein Handy, einen Laptop oder Desktop-Computer?«, fragte er.

Taylor lachte. »Das sind Werkzeuge des Satans, denen die Massen hörig sind.«

Das ist vermutlich das Vernünftigste, was er seit seiner Festnahme gesagt hat, dachte Fenton. »Wann haben Sie zum letzten Mal etwas gegessen?«

»Vor zwei Tagen.«

»Ich kann Ihnen ein Sandwich bringen lassen.«

Taylor sah seine Anwältin an, als erwartete er einen juristischen Rat zu der Frage, ob er sich selbst belasten würde, falls er sich etwas zu essen bringen ließe. Die Anwältin reagierte nicht. »Ich habe keinen Hunger«, sagte er. »Denn mein Fleisch ist die wahre Speise, und mein Blut ist der wahre Trank.«

Fenton zog den Stuhl heran und setzte sich, stützte die Ellbogen auf den Tisch und legte das Kinn auf die Hände. »Verstehe ich das richtig: Sie streiten nicht ab, dass Sie versucht haben, Tanya Reid umzubringen?«

»Ich kenne keine Tanya Reid.«

»Das ist die Frau, der Sie heute Abend in den Hals gestochen haben.«

»Sie ist gekennzeichnet. Ich habe das Mal gesehen.«

»Welches Mal?«

»Das Mal der Läuterung.«

»Ach, und diese Läuterung sollten Sie vornehmen?«

Taylor setzte sich auf und ließ den Blick durch den Raum schweifen, ehe er ihn auf Fentons und sein eigenes Spiegelbild im Einwegspiegel richtete. »Sie beobachten mich ununterbrochen.«

»Wer beobachtet Ellis?«

Das Lächeln verschwand, und Taylors Gesicht verzog sich zu einer Maske des Entsetzens. »Sie warten nur darauf, dass ich scheitere. Die Sünden der Welt entspringen dem Versagen. Wenn ich scheitere, werde ich gekennzeichnet. Wenn ich das Mal trage, werde ich geläutert.«

Fenton seufzte. Taylors pseudoreligiöses Gerede ging ihm auf den Geist. »Wollen Sie mir sagen, Sie haben Lauren Bishop und Edward Deere getötet, weil sie Sünder waren?«

Taylors Blick huschte zu Fenton, dann zurück zum Einwegspiegel und wieder zu Fenton. »Sie waren für den Tod gekennzeichnete Sünder. Wir sind alle Sünder, aber nicht jeder von uns trägt das Mal des Todes.«

Fenton ließ die Aussage, praktisch ein Geständnis, im Raum stehen. Er schaute zur Anwältin und rechnete damit, dass sie etwas für ihr Geld tun und einschreiten würde. Sie sah auf die goldene Uhr an ihrem Handgelenk und sagte nichts.

»Sie haben Lauren Bishop und Edward Deere ermordet, ihnen kaltblütig die Kehle durchgeschnitten, weil Sie dachten, die beiden trügen das Mal des Todes?«

Taylor kicherte. Das Kichern schwoll zu lautem Gegacker an, Speichel quoll ihm aus den Mundwinkeln.

»Sie kapieren es nicht, oder?«, fragte er. »Ich entscheide nichts. Ich bestimme nicht darüber, wer leben darf oder sterben muss. Das tun die. Ich bin ihr Instrument. Die Hand ihres Zorns.«

Fenton fing den Blick der Anwältin auf. Sie zuckte die Achseln und hob die Augenbrauen. Er wusste, was sie dachte. Ihr Klient war verrückt. Was sollte sie machen? Zum Beispiel ehrliche Arbeit für ihr Geld leisten und diesem Taylor raten, verdammt noch mal die Klappe zu halten. Er musste weggesperrt werden, brauchte psychiatrische Behandlung, und irgendwann würde er wahrscheinlich auch den Mord an John F. Kennedy gestehen, wenn man ihn höflich darum bat.

Fenton legte sich die nächste Frage zurecht, als plötzlich die Tür aufging. Chief Superintendent Bell stand auf der Schwelle. »Das Verhör ist beendet«, sagte er. »Lesen Sie ihm seine Rechte vor und nennen Sie ihm den Tatvorwurf. Zwei Morde, ein Mordversuch.«

Fenton sprang auf. »Ich bin mit meiner Befragung noch nicht fertig. Ich brauche mindestens noch eine halbe Stunde.«

Bell machte eine Handbewegung, als würde er eine Fliege verscheuchen. »Wenn ich sage, das Verhör ist beendet, dann ist es beendet. Das hier ist Zeitverschwendung. Der Mann hat so gut wie gestanden.«

»So gut wie reicht mir nicht.«

Bell funkelte Fenton an, seine Pausbacken bebten. Nach einigen Sekunden wandte er sich an Daly. »Bringen Sie den Mann raus«, blaffte er sie an. »Stellen Sie ihn unter Anklage. Sperren Sie ihn ein und informieren Sie den diensthabenden Pressesprecher. Ich möchte, dass binnen einer Stunde eine Mitteilung an die Medien rausgeht.«

Daly nickte einem Constable im Flur zu. Der Beamte ging zu Taylor, legte ihm eine Hand aufs Handgelenk, schob ihm die andere Hand unter den Arm und riss ihn auf die Beine. Taylors Blick huschte zu Fenton, zu Bell, zur Tür und zurück zu Fenton. Er wimmerte wie ein verirrter Welpe, während der Constable ihn in den Flur hinausführte.

22

Fenton stellte sein Autoradio auf einen Heavy-Metal-Sender und riss die Lautstärke so weit auf, wie er es ertragen konnte. Es war spät, oder früh, je nachdem, wie man es betrachtete, und es gab wenig Verkehr. Er war schon so oft nach Norden durch die Stadt gefahren, dass sein Hirn meist auf Autopilot schaltete und er sich hinterher kaum an die Fahrt erinnerte. Eigentlich stand er nicht sonderlich auf Heavy Metal, aber er hoffte, dass die verzerrten Gitarrenriffs und die treibenden Bässe die Erinnerung an Ellis Taylors Wimmern übertönen würden.

Marta hatte das Flurlicht angelassen, und er unterdrückte ein Gähnen, während er die Treppe hinaufstieg. Auf leisen Sohlen ging er in die Küche und überlegte, ob er sich ein Sandwich zubereiten und ein Bier aufmachen konnte, ohne Tess aufzuwecken. Er ging mit einem Glas Wasser ins Schlafzimmer.

Er stellte den Handywecker auf 7:00 Uhr. Fünf Stunden Schlaf waren mehr als genug, doch ihm war klar, dass er höchstwahrscheinlich nicht so lange schlafen würde. Die Chancen dafür standen etwa genauso gut wie ein Sechser im Lotto.

Fenton schaltete die Nachttischlampe aus und schlüpfte unter die Daunendecke. Er rutschte in die Mitte des Doppelbetts, wölbte den Rücken, streckte die Beine lang aus und gähnte laut. Er schloss die Augen und versuchte, den Kopf freizubekommen, dachte aber unentwegt an Ellis Taylor.

Schließlich sank er in einen Dämmerschlaf. Seine Gedanken verwandelten sich in eine Bildfolge von Taylor, wie er gebückt über einer verstümmelten Frauenleiche stand. Der Schlaf war so oberflächlich, dass ihm bewusst war, dass er träumte. Taylor wimmerte, über die Leiche gebückt. Langsam richtete er sich auf und wandte sich um, offenbarte spitze Zähne und blutverschmierte Lippen. Fenton setzte sich ruckartig auf und knipste die Nachttischlampe an.

Er wartete, bis seine Atmung sich beruhigt hatte, ehe er sich wieder hinlegte und sich nach der Nachttischlampe streckte, um sie auszuschalten, aber er beschloss, sie anzulassen. Das Schlafzimmer lag zur Straße, und er hörte bereits das gleichmäßige Rauschen des Verkehrs.

Er drehte sich zum Nachttisch und schaute aufs Handy. 6:00 Uhr. In einer Stunde musste er aufstehen. Er schloss die Augen und schlief augenblicklich ein. Zwanzig Minuten später klingelte das Handy. Fluchend griff er danach, prüfte, wer der Anrufer war, und ging dran. »Sie haben hoffentlich gute Gründe, Daly«, sagte er.

»Wir brauchen Sie hier, Boss. Wir haben eine Art Krise, und Chief Superintendent Bell möchte, dass Sie das regeln.«

»Das soll er selbst tun. Ich bringe nachher meine Tochter zur Schule. Ist wahrscheinlich das einzige Mal, dass ich sie heute sehe. Danach komme ich.«

Daly antwortete nicht, doch Fenton hörte sie atmen. »Haben Sie das kapiert?«, wollte er wissen.

»Ja. Aber ich denke, Sie sollten besser jemand anderen Ihre Tochter zur Schule bringen lassen.«

»Was ist denn los?«

»Es geht um Ellis Taylor, Sir. Wir haben seine Patientenakte aufgetan. Demzufolge hat man ihn vor fünf Jahren als paranoid schizophren diagnostiziert. Seitdem war er immer wieder in verschiedenen psychiatrischen Einrichtungen untergebracht.«

Fenton rutschte zur Bettkante und setzte sich auf, gähnte ins Telefon. »Erzählen Sie mir etwas, das mich überrascht.«

»Die Sache ist, Sir, das letzte Mal war er zwei Monate in der Whitehall-Klinik, einer geschlossenen Anstalt in Ost-London. Man hat ihn entlassen, weil die Klinik unter Druck stand, sie brauchten freie Betten. Offenbar hatte seine neue Medikation gut angeschlagen.«

»Mir kam er nicht stabil vor.«

»Genau das ist es. Wir haben bei der Durchsuchung seiner Wohnung ungeöffnete Medikamentenpackungen gefunden. Offenbar hat er vor vier Tagen aufgehört, seine Tabletten zu nehmen. An dem Tag, als er die Klinik verließ.«

Fenton überlegte einen Moment. Sein Hirn mochte noch halb im Schlafmodus sein, aber Dalys letzter Satz ergab keinen Sinn. »Taylor wurde vor vier Tagen aus der Klinik entlassen?«

»So ist es.«

»Bis dahin war er zwei Monate in dieser Klinik?«

»Die haben die Daten bestätigt.«

»Das heißt, er saß in einer geschlossenen Anstalt, als die beiden Morde geschahen?«

»Eingesperrt und massiv unter Medikamenten. Hier ist gerade mächtig die Kacke am Dampfen, Sir.«

Fenton umfasste das Handy so fest, dass ihm das Blut aus den Fingern wich. »Lassen Sie mich raten«, sagte er. »Der fette Bell macht sich unauffällig vom Acker, und ich soll vor die Presse treten und erklären, warum wir Mist gebaut haben.«

Daly antwortete nicht. Es war auch nicht nötig.

»Bin unterwegs«, sagte Fenton.

23

Die Stimmen der Trauergemeinde, die »Der Herr ist mein getreuer Hirt« sang, trugen über den Friedhof bis zu dem schmiedeeisernen Tor, hinter dem Blake stand. Er verstand jedes einzelne Wort der bekannten Hymne, weil die Trauernden sich größte Mühe beim Singen gaben, um dadurch ihre geringe Zahl zu kompensieren.

Auf Nachfrage hätte er schwer erklären können, was er hier tat. Beerdigungen hatten ihn schon immer wahnsinnig gemacht. Das Schluchzen am Grab, der ungelenke Small Talk und das traurige Schweigen erfüllten ihn mit Unbehagen. Am meisten missfielen ihm die Trauernden, unter denen es immer einige gab, die die Gelegenheit nutzten, sich gut zu fühlen, weil sie noch am Leben waren.

Der City of London Cemetery in Manor Park besaß fünf Kapellen, drei für Feuerbestattungen, zwei für Erdbestattungen. Lauren Bishops Beisetzungsfeier fand in der kleineren der Erdbestattungskapellen an der Ostseite des Geländes statt.

Blakes Entschlossenheit war in der letzten Nacht schwächer geworden. Er hatte lange schlaflos dagelegen. Zuerst hatte er seine Unruhe dem Umstand zugeschrieben, dass er einen zweiten Termin bei Dr. Vale vereinbart hatte. Letztlich aber hatte er sich die Wahrheit eingestehen müssen.

Der Gesang hörte auf, es wurde still in der Kapelle. Blake schaute auf die Uhr. Ihm blieben anderthalb Stunden, um die Stadt zu durchqueren und pünktlich bei seinem Termin zu erscheinen. Die gotischen Holztüren der Kapelle gingen auf und der Sarg mit Lauren Bishops Leichnam wurde von sechs Sargträgern herausgetragen. Alle trugen identische schwarze Anzüge und Krawatten, und Blake nahm an, dass sie Angestellte des Friedhofdirektors waren. Die kaum zehnköpfige Trauergemeinde folgte dem Sarg, angeführt von Leah Bishop. Sie schritt langsam voran, den Kopf gesenkt, eine schwarze Handtasche an den Bauch gepresst. Blake verspürte einen Anflug von Bedauern, dass er nicht den Mut aufgebracht hatte, sie zu begleiten. Er trat ein Stück zur Seite, damit die graue Steinmauer ihn verbarg. Trotzdem stand er so, dass er den Trauerzug an einer Rasenfläche voller Grabsteine eintreffen sah. Die meisten von ihnen glänzten noch neu. Der Tod ist immer am Werk, dachte er.

Die Trauernden stellten sich im Kreis auf, und Blake sah, wie der dunkle Eichensarg im Grab versank. Zwei Männer in grauen Anzügen und eine Frau in einem schwarzen Mantel standen einige Meter hinter dem Grab. Die Polizei erschien immer zur Beerdigung eines Mordopfers. Vielleicht hofften sie, dass der Killer mit einem Blumengewinde aufkreuzen und Tränen der Reue vergießen würde. Blake hielt es für ein unwahrscheinliches Szenario.

Der Tag hatte diesig begonnen. Gegen Mittag hatten die Wolken sich aufgelöst und ein Himmel, der aussah wie verwaschenes Blau, war zum Vorschein gekommen. Die Herbstsonne hatte die Farbe alten Goldes. Trotz der Wärme fröstelte Blake. Sofort fiel ihm ein Spruch aus seiner Kindheit ein: »Mir ist, als wäre gerade jemand über mein Grab gelaufen.«

Als Junge hatte er ewig über die Bedeutung dieses Spruchs nachgegrübelt. Die Vorstellung, dass irgendwo auf der Welt sein Grab auf ihn wartete, war Furcht einflößend gewesen. Und wer war diese Person, die es wagte, seine künftige Ruhestätte zu entweihen? Die jüngsten Ereignisse hatten seine Einstellung zur Sterblichkeit verändert. Es gibt Schlimmeres im Leben als den Tod, sagte er sich, und ein Grab ist nichts weiter als ein Loch im Boden.

Leah stand am Grab, die Augen geschlossen, neben ihr ein älterer Kaplan. Sein Kopf wackelte, während er aus einem Gebetbuch vorlas. Blake konnte nicht hören, was er sagte, nahm aber an, dass es die üblichen Sachen waren. Religiöse Plattitüden, Geschwafel.

Er trat ein Stück hinter der Mauer hervor, um einen besseren Blick auf die Zeremonie zu haben, als unvermittelt eine alte Erinnerung in ihm aufstieg. An dem Tag, als sie sich kennengelernt hatten, hatte Lauren über so gut wie alles gelacht, was er gesagt hatte, selbst wenn es etwas Ernstes gewesen war. Das war eines der Dinge gewesen, die er an ihr so anziehend gefunden hatte: ihr Lachen. Ihr Lachen und die Art, wie sie sich bewegte. Blake schüttelte den Kopf und gestattete sich ein kleines Schmunzeln. Lauren würde auf jeden Fall lachen, wenn sie ihn so sähe.

Die Trauergemeinde schien zu gleichen Teilen aus Männern und Frauen zu bestehen. Niemand sah älter als vierzig aus, zumindest ihrer Kleidung und ihrem Gebaren nach zu urteilen.

Der Kaplan bekreuzigte sich, schloss das Gebetbuch und steckte es ein. Leah wandte sich einer Frau neben ihr zu, die ihr eine Handvoll weiße Rosen reichte. Sie trat einen Schritt vor und ließ eine Blume nach der anderen auf den Sarg fallen. Dann trat sie wieder zurück und hielt einen Moment inne, hob den Kopf und schien geradewegs Blake anzuschauen. Er stellte sich schnell wieder hinter die Mauer.

Nach zwei Minuten riskierte er einen weiteren Blick. Die Trauergäste schlenderten in kleinen Gruppen auf den Parkplatz zu, Leah ging ganz hinten, allein.

Blake hoffte, dass sie ihn nicht gesehen hatte. Nachdem er lang und breit erklärt hatte, der Beisetzung fernbleiben zu wollen, wäre es peinlich, gestehen zu müssen, dass er die Zeremonie aus der Ferne beobachtet hatte wie ein Perverser.

24

Wenn es nicht so beleidigend wäre, wäre es lustig. Die Polizei verhaftet einen verrückten Schizo und versucht ihm die Morde in die Schuhe zu schieben. Als sie mitteilten, dass sie ihn anklagen würden, verspürte ich einen Anflug von Eifersucht.

Ich hasse den Gedanken, dass jemand den Ruhm einheimst, der mir gebührt. Jeder, der einen Funken Intelligenz besitzt, muss doch sehen, dass meine Taten das Werk eines brillanten Verstands sind. Man muss die Leute fortwährend daran erinnern, dass ich unter ihnen wandle.

Sie haben diesen Detective vorgeschoben, um vor der Presse zu Kreuze zu kriechen. Entschuldigung, aber der psychisch gestörte Mann, dem die Morde vorgeworfen wurden, befand sich zum Zeitpunkt der Taten im Irrenhaus. Ja, ich weiß, wir hätten das zuerst überprüfen sollen, aber wir waren inkompetent. Ich nehme an, mein kleiner Scherz, die Leichen in der Kreuzigungsposition hinzulegen, hat die arme Polizei verwirrt. Viel bedarf es dazu nicht.

Was für ein Arschloch. Inspector Ahnungslos. Leute wie er sind gewöhnlich. Gewöhnliche Menschen bringen es nicht. Es mangelt ihnen an Vorstellungskraft. Gewöhnlichkeit ist ein Fluch. Gewöhnliche Menschen haben Angst. Sie sorgen sich. Um ihre Familien, ihre Freunde.

Verstehen Sie mich nicht falsch. Ich begreife ja, warum diese Leute Ängste haben. Hier eine Eilmeldung: Ich besitze die emotionale Intelligenz, um nachzuempfinden, was Leute fühlen und warum. Ich hätte auch Angst, wenn ich einer aus der Herde wäre.

Fenton ist ein gewöhnlicher Mann, der etwas Außergewöhnliches zu vollbringen versucht, nämlich mich zu schnappen. Seine Tochter habe ich schon kennengelernt. Ein süßes kleines Ding. Es muss eine große Verantwortung sein, sich um ein Kind zu kümmern. Kinder sind so fragil. Sie zerbrechen so leicht.

Es lenkt mich ein wenig von meiner Mission ab, aber Inspector Ahnungslos braucht eine Lektion. Eine nette kleine Überraschung, damit er mich nie wieder unterschätzt.

25

Blake konnte nicht erklären, wie Dr. Vale ihn dazu gebracht hatte, von der Sache zu erzählen, über die er nie sprach. Vielleicht weil sie ihn nie offen darum bat, über den Tag zu sprechen, als seine Kidnapper ihn gezwungen hatten, die rituelle Enthauptung einer anderen Geisel mit anzusehen. Sie hatte ihn einfach nur gebeten, ihr etwas Interessantes über sich zu erzählen.

Ihr selbstzufriedenes Lächeln ärgerte ihn. Sie schien sich auf ihrem teuren Ledersessel viel zu wohlzufühlen, ihre perfekt manikürten Finger auf der grünen Armlehne, die Beine sittsam übereinandergeschlagen. Er wollte sie schockieren, den selbstgefälligen Ausdruck von ihrem Gesicht vertreiben.

»Ich hatte Earl Davis ein paar Tage vor der Entführung kennengelernt. Er arbeitete für eine amerikanische Hilfsorganisation, half syrischen Flüchtlingen in einem kleinen Lager auf der irakischen Seite der Grenze. Ich war dort, um eine Artikelserie über die Grenzaktivitäten zu schreiben.«

Dr. Vale wusste, dass sie ihren Patienten nicht unterbrechen durfte, wenn er einmal zu reden angefangen hatte. Ein unmerkliches Nicken, ein teilnahmsvolles Stirnrunzeln, ein interessiertes Heben der Augenbrauen. Dies waren die Werkzeuge ihres Berufszweigs. Nur wenn eine Atempause sich in ein unbehagliches Schweigen auszuweiten drohte, stellte sie rasch eine Frage oder gab dem Patienten ein Stichwort. Blake atmete durch und fuhr fort. »Die Hilfsorganisation, für die

Earl arbeitete, lieferte Trinkwasser, Lebensmittel und medizinische Ausrüstungen. Ich wollte ein paar Tage in dem Camp bleiben. Doch dazu kam es nicht. In der zweiten Nacht stürmten sie in mein Zelt. Zwei schwarz gekleidete Männer mit Kalaschnikows.«

Blake hörte auf zu reden, stand auf und ging zum Fenster. Er legte die Hände auf das Sims, den Rücken Dr. Vale zugewandt, und schaute auf die Autos hinunter, die Stoßstange an Stoßstage durch die High Holborn krochen.

»Man verband mir die Augen, schaffte mich in einen Truck und brachte mich in ein Dorf auf der syrischen Seite der Grenze. Sie warfen mich in ein Loch im Fußboden eines Hauses. Es dauerte vier Tage, bis ich aufhörte zu zittern.«

Blake lächelte die Psychologin über die Schulter an. Dr. Vale lächelte zurück. »Am fünften Morgen brachte man mir das übliche Frühstück, ein Stück Fladenbrot – und sie brachten Earl Davis mit. Bis dahin hatte ich gar nicht gewusst, dass sie auch ihn entführt hatten.«

Blake drehte sich um, lehnte sich ans Fensterbrett und senkte den Blick. Dr. Vale wartete geduldig. Um ihm auf die Sprünge zu helfen, stellte sie ihm schließlich eine Frage.

»Haben Sie ihn gut kennengelernt?«

Blake ging langsam zu seinem Stuhl zurück und setzte sich. »Wenn man sich mit einem Menschen drei Wochen lang ein Erdloch teilt, lernt man ihn sehr gut kennen, glauben Sie mir.«

Dr. Vale schaute zur Wanduhr auf. Sie hielt den Kopf still, nur die Augen machten eine leichte Bewegung. Blake betrachtete es als einen Hinweis, nahm es persönlich.

»Tut mir leid, ich schweife ab«, sagte er und stand auf. »Die Zeit ist um, und Sie sind beschäftigt. Ich will Sie nicht aufhalten.«

Dr. Vale erhob sich rasch. »Nein, setzen Sie sich. Bitte nehmen Sie wieder Platz.« Blake tat wie geheißen und studierte seine Handrücken.

»Wie hat man Sie behandelt?«

»Es ging so. Aber nur, weil wir ein Handelsgut waren. Ich dachte, die seien auf ein Lösegeld aus, aber wie sich herausstellte, hatten sie andere Pläne.«

Blake verstummte und ballte die Fäuste. Seine Stirn glänzte vor Schweiß. »Der Anführer hieß Ghazwan. Eines Tages verkündete er, ich müsse sterben, ich müsse den Preis für Großbritanniens Außenpolitik zahlen. Er hielt mir eine Pistole an die Schläfe. Ich schäme mich nicht zuzugeben, dass ich mich eingenässt habe. Earl ergriff Partei für mich. Er flehte um mein Leben. Er appellierte an das Gute in Ghazwan. Das Problem war, Ghazwan trug nichts Gutes in sich. Er presste den Lauf fester gegen meine Schläfe und drückte ab. Die Pistole war nicht geladen. Ich bin trotzdem umgekippt. Ghazwan stellte seine Stiefelsohle auf meinen Hinterkopf und drückte mein Gesicht in den Staub.«

Blake stockte. Diesmal war das Schweigen zu schmerzvoll, als dass Dr. Vale hätte untätig bleiben können. »Das tut mir sehr leid«, sagte sie.

»Ich dachte, ich würde das hier hinbekommen, aber …« Ihm versagte die Stimme.

Dr. Vale wusste, dass sie keine Enttäuschung zeigen durfte. Sie nahm das Tablet vom Schreibtisch und tippte auf das Kalender-Icon.

»Nächste Woche zur gleichen Zeit? Falls Sie möchten, ginge es auch früher.«

Blake schüttelte den Kopf. »Ich rufe Sie an, wenn ich so weit bin.«

26

In der neuen, größeren Einsatzzentrale knisterte es förmlich vor Anspannung. Fenton stand in der Tür und musterte seine Leute. Auf der anderen Seite des Raums saßen vier zivile Mitarbeiter, die Anrufe aus der Bevölkerung entgegennahmen und jede nützliche Information in ihre Computer eingaben.

In der Mitte der Zentrale saßen zwei Analysten des Geheimdienstes und durchforsteten die Datenbanken nach früheren Morden, Mordversuchen und gewalttätigen Angriffen, die mit dem Fall zusammenhängen könnten. Es war ein verzweifelter Versuch, doch Fenton war entschlossen, alles in die Ermittlungen hineinzuwerfen. Falls eine dritte Leiche auftauchte – was bald der Fall sein dürfte, wie ihm seine Erfahrung sagte –, würde er anfangen, sich Vorwürfe zu machen. Es war ein dunkler vertrauter Ort, an den er nicht zurückkehren wollte, falls es sich irgendwie vermeiden ließ.

Er ging nach vorn zu Detective Constable Ince, der vor einer großen Weißwandtafel auf einer Ecke seines Schreibtischs saß und gedankenversunken einen Stapel mit den aktuellen Tageszeitungen durchging.

Einige Zeitungen brachten die Jagd nach dem Mörder auf der Titelseite, in den meisten aber war die Story nach hinten gewandert und handelte vor allem von der wachsenden Zahl der Follower des Killers in den sozialen Medien. Die Boulevardpresse hatte wieder einen Festtag. Fenton nahm ein paar

Zeitungen und las bekümmert die Überschriften. *Instagram-Killer: ein Online-Thriller* und *Twitter-Ripper mischt soziale Medien auf.*

»Wieso haben Sie Zeit, den Mist zu lesen?«, blaffte er Ince an.

Der Detective zuckte zusammen, einen erschrockenen Ausdruck im blassen Gesicht. »Tut mir leid, Sir«, sagte er. »Ich hielt es für eine gute Idee, die Berichterstattung zum Fall zu verfolgen.«

Fenton schaute auf die großformatige Zeitung, in der Ince gelesen hatte. Es freute ihn zu sehen, dass einige Blätter den Fall seriös behandelten. Die Überschrift des langen doppelseitigen Artikels lautete: *Wenn ein Mord nur einen Klick entfernt wäre, würden Sie ihn sich ansehen?* Im Untertitel machte das Blatt seine Meinung zum Thema klar. Die wachsende Berühmtheit des Killers wirft ein Schlaglicht auf die sinistere Seite der sozialen Medien.

Fenton brummte zustimmend, war aber immer noch sauer wegen der Boulevardzeitungen und ließ seinen Ärger an Ince aus. »Wir haben eine Presseabteilung voller gut bezahlter Leute, die sich um die Medien kümmern. Die tun ihre Arbeit und Sie konzentrieren sich auf Ihre, Ince.«

In dem Moment kam Daly mit drei Kaffees auf einem Papptablett herein. »Schön, Sie bei der Arbeit begrüßen zu dürfen, Detective Sergeant. Ich habe mich schon gefragt, wo Sie bleiben.«

Daly warf Ince einen fragenden Blick zu. Ihr Chef verfiel normalerweise nicht in Sarkasmus. »Genau genommen bin ich schon eine Weile hier, Boss. War nur kurz draußen, um uns Kaffee zu holen.«

Sie stellte das Tablett auf den Schreibtisch und reichte Fenton einen Becher. Mit einem Nicken bekundete er seinen Dank, den heißen Kaffee in der Hand. Er schlürfte etwas davon, wandte sich um und blickte auf die Tafel. Die Fotos der beiden Opfer stachen ihm vorwurfsvoll ins Auge. Darunter standen, mit schwarzem Filzstift geschrieben, die Daten, Uhrzeiten und Fundorte.

Die untere Hälfte der Tafel war verdächtig leer, abgesehen vom Foto eines langen Jagdmessers mit gezackter Klinge, das der Pathologin zufolge der Tatwaffe ähneln müsste oder gar identisch mit ihr sein könnte.

Fenton betrachtete noch einmal die Gesichter der beiden Opfer, dann wandte er sich Daly und Ince zu. »Wir haben keine forensischen Beweise. Der Killer hat an den Tatorten keine DNA-Spuren hinterlassen, keine Hautpartikel, keine Haare, keine Textilfasern, nichts. Es mag Glück gewesen sein oder das Resultat akribischer Planung. Vermutlich war es eine Mischung aus beidem. Hinzu kam die effiziente Vorgehensweise beim Tötungsakt, denn die Opfer hatten keine Gelegenheit, sich zu wehren, ehe er sie erledigte.«

Daly schaute zu Ince hinüber, der vorgebeugt am Schreibtisch saß und mehr an einer Blase an seiner rechten Hand interessiert zu sein schien als an der Diskussion. »Wir brauchen ein größeres Team, Sir«, sagte sie. »Ich spreche von erfahrenen Detectives, die schon ein paar Jahre auf dem Buckel haben.« Sie sah erneut demonstrativ Ince an. Er reagierte nicht auf die Anspielung.

»Das ist schon geklärt«, sagte Fenton. »Wir holen weitere Detectives dazu. Sie werden in Zweierteams arbeiten. Ich will, dass Sie und Ince eins bilden.«

Daly fluchte leise, und der Detective Constable richtete sich auf, als er seinen Namen vernahm. »Ausgezeichnete Entscheidung, Sir«, sagte er. Daly warf ihm einen Blick zu und formte mit den Lippen das Wort »Arschkriecher«.

Fenton sah den beiden nach, als sie den Raum verließen, und schaute auf die Uhr. Er erwog, ein paar Worte mit den Geheimdienst-Analysten zu wechseln, bevor er nach Hause ging, als Partington hereinkam.

»Sie sind noch da«, sagte er. »Schön, dass ich Sie noch erwische. Detective Chief Superintendent Bell bat mich, eine Pressemitteilung vorzubereiten, in der wir erklären, dass wir einen psychologischen Profiler ins Team holen. Aus Höflichkeit wollte ich Sie wissen lassen, was wir tun.«

Fenton sah sich im Raum um. Alle waren schwer beschäftigt. Er hielt seine Stimme gesenkt. »Ich scheiße auf Ihre Höflichkeit. Ich leite die Ermittlungen und lese sowieso jede Pressemitteilung gegen, ehe sie rausgeht.«

Partington nahm sich einen Moment, um seine Krawatte zurechtzurücken. »Ich habe Ihnen vorhin eine Kopie der Pressemitteilung zugemailt. Da Sie nicht darauf geantwortet haben, ging ich davon aus, dass Sie sie noch nicht gelesen haben. Natürlich geht sie erst raus, wenn Sie sie abgesegnet haben.«

Fenton hob entschuldigend eine Hand. »Richtig, danke. Tut mir leid. War ein langer Tag. Ich dachte, die Pressemitteilung wäre schon rausgegangen.«

Partington lächelte. »Kein Problem.« Er wandte sich um, wollte gehen, doch Fenton war noch nicht fertig.

»Eine Sache noch«, sagte er. »Können wir nichts tun, um dieser Faszination, die die Aufnahmen der Mordopfer im

Netz ausüben, irgendwie entgegenzuwirken? Es geht mir gewaltig gegen den Strich, dass so viele Leute das Werk eines Killers unterhaltsam finden.«

Der Pressesprecher schüttelte den Kopf. »Ich weiß, was Sie meinen. Ich verstehe die Leute auch nicht. Aber das Internet ist ein rechtsfreier Raum. Kinder kommen an Pornos heran, Terroristen laden Videos von ihren Verbrechen hoch, Teenager werden in den Selbstmord gemobbt, und man kann nichts dagegen tun. Die einzige Möglichkeit, den Fan-Club des Killers zu sprengen, ist, ihn zu schnappen.«

27

Detective Constable Ralph Ince saß an einem Plastiktisch vor einem Coffeeshop in der High Holborn und gab vor, die Sportseiten der Times zu lesen. Eine schwarze Baseballkappe bedeckte sein kurz geschorenes Haar, die Mütze war tief ins Gesicht gezogen. Ab und an huschte sein Blick von der Zeitung zum Eingang eines viktorianischen Stadthauses zwanzig Meter links von ihm.

Ince liebte Überwachungsjobs. Heimlich Leute zu beobachten erregte ihn. Es hatte zu Schulzeiten angefangen. Er hatte kaum Freunde gehabt und die Mittagspausen meist damit verbracht, im Stadtzentrum wildfremde Leute beim Einkaufen zu verfolgen und sich zu überlegen, womit sie ihren Lebensunterhalt verdienten. Er liebte die Macht des Sehens, ohne selbst gesehen zu werden.

Die Türklinke aus Messing bewegte sich und Ince hob ein wenig den Blick, zog sich die Kappe noch ein Stück tiefer ins Gesicht. Die Zielperson trat auf die steinerne Türschwelle und verharrte kurz, ehe sie auf den Gehsteig hinaustrat. Ince hob die Tasse mit dem teuren Kaffee an die Lippen und pustete konzentriert in den Schaum, während Adam Blake an ihm vorbeiging, in östlicher Richtung die High Holborn hinunter.

Ince gestattete sich ein zufriedenes Lächeln. Die Observation war einer der Gründe, warum er schnellstmöglich aus der Uniform hatte herauskommen wollen. Die andere Sache, die er am Observieren so liebte, war, dass man dazu nicht im Dienst sein musste.

Die meisten seiner freien Tage verbrachte er damit, Leute zu verfolgen, die er interessant oder verdächtig fand. Oft war es irgendein Fremder, dessen Aussehen ihm nicht gefiel. Manchmal beschattete er auch Personen, auf die er bei den Ermittlungen gestoßen war und die seine Vorgesetzten für unschuldig hielten. Er trank einen Schluck Kaffee und wischte sich mit dem Daumen den Schaum von der Oberlippe. Warum Leute für diesen Mist so viel Geld hinlegten, verstand er nicht. Trotzdem, wenn der beste Ort für eine Beschattung ein überteuerter Coffeeshop war, dann musste man eben einen überteuerten Kaffee bestellen.

Er faltete die Zeitung zusammen und legte sie auf den Tisch. In der Schule hatte er Sport gehasst, besonders Mannschaftssport. Er konnte keinen Ball fangen, geschweige denn geradeaus schießen, und seine Klassenkameraden hatten ihm unumwunden gesagt, dass er eine Niete sei.

Seine beste Arbeit gelang ihm alleine. So wie heute. Blakes Alibi war wasserdicht, dennoch hielt Ince es für einen Fehler, den Mann so schnell von der Verdächtigenliste zu streichen. Er hatte seinen freien Tag für eine Observierung geopfert, und seine Ahnung hatte sich als richtig erwiesen.

Blake hatte den Morgen auf dem Friedhof in Manor Park verbracht, wo er heimlich Lauren Bishops Beisetzung beobachtet hatte. Das war doch nicht normal. Für Ince roch es eindeutig nach Schuldgefühlen. Er war noch nicht lange Detective und räumte gern ein, dass er noch viel zu lernen hatte, aber er hatte von verschiedenen Fällen gehört, wo ein Mörder an der Beisetzung seines Opfers teilgenommen hatte.

Vom Friedhof aus war Blake zu Fuß nach Stratford gegangen, wo er einen Bus nach Holborn genommen hatte. Er hatte sich auf dem Oberdeck einen Platz gesucht, während Ince sich unten zwischen den Fahrgästen am Ausstieg versteckt hatte. Die Fahrt nach Holborn dauerte dreißig Minuten. Er folgte dem Journalisten zu dem Stadthaus, wo ein Messingschild den Zweck seines Besuchs offenbarte. Wenn das nicht verdächtig ist, bin ich Jack the Ripper, dachte Ince.

Er griff nach seiner Tasse, änderte aber seine Meinung und schnippte gegen das Porzellan. Er musste nicht mehr so tun, als würde er den Kaffee genießen. Er nahm die Kappe ab und strich sich über die Haarstoppeln. Eine über einstündige Internet-Recherche hatte ihn mehr denn je davon überzeugt, dass man diesen Blake im Auge behalten musste. Jeder, der von Fanatikern als Geisel genommen wurde und zuschauen musste, wie einem Freund der Kopf abgeschnitten wurde, würde hinterher psychische Probleme haben. Ince hatte sich auch das Enthauptungsvideo im Internet angesehen, ein ums andere Mal. Der Film war körnig und man sah nicht viel von den grausigen Details. Blake aber war dabei gewesen, hatte mit angesehen, wie der Kapuzenmann sich mit dem Messer am Hals seines Freundes zu schaffen machte.

28

Marta versuchte ihre Freude zu verbergen, als ihr Arbeitgeber früher als sonst nach Hause kam und erklärte, sie könne sich den restlichen Abend freinehmen. Sie wollte nicht, dass Tess mitbekam, wie erpicht sie darauf war, das Haus für ein paar Stunden verlassen zu können.

Seit dem Vorfall an der Schule kamen die beiden gut miteinander aus, und sie wollte nichts tun, was ihre besser werdende, aber immer noch fragile Beziehung zu dem Mädchen gefährden könnte. Sie führte die positive Situation vor allem auf ihre Absprache zurück, Tess' Vater nichts von dem Fremden zu erzählen. Das gemeinsame Geheimnis hatte sie einander nähergebracht.

Zuerst hatte sie das Angebot, sich einen freien Abend zu nehmen, abgelehnt, im vollen Wissen, dass Tess' Vater darauf bestehen würde. Als er sich in der Frage Beistand von seiner Tochter geholt hatte und beide erklärt hatten, dass sie einen freien Abend verdient habe, hatte Marta eingewilligt, überrascht von ihrer Fähigkeit, eine perfekte Mischung aus Dankbarkeit und Widerwillen heraufzubeschwören.

Eine Stunde später saß sie mit einem halben Dutzend rumänischer Freunde in einem Pub in Finsbury Park und trank Wodka mit Cola. The Eagle machte nicht viel her. Die moderne Fassade des Gebäudes versprach mehr, als es einlöste. Die Inneneinrichtung hatte sich seit den 90er-Jahren nicht mehr geändert.

Die rostfarbenen Wände, die einst hellorange gewesen waren, bissen sich farblich mit einem abgetretenen, fleckigen grünen Teppich. Es roch nach schalem Bier und ungewaschenen Leibern, und ein hoher Prozentsatz der Stammgäste neigte nach einigen Drinks zu Gewaltausbrüchen. Es gab zwei gute Gründe für Marta, bei jeder passenden Gelegenheit in diesen Pub zu gehen. Erstens, die Drinks waren billig. Zweitens hingen hier viele der Rumänen ab, die in diesem Teil Nord-Londons wohnten. Hier konnte sie sie selbst sein, konnte ihre Muttersprache sprechen und sich vollständig entspannen. Trotzdem war sie auch hier auf der Hut. Keiner ihrer Freunde wusste, dass sie bei einem ranghohen Polizisten als Nanny arbeitete oder dass sie den Job mit einer Lüge ergattert hatte. Alle dachten, sie verdiene ihr Geld als Bedienung in einer Pizzeria.

Marta nippte an ihrem Drink und schaute in die Runde. Ihre Freunde – sie betrachtete sie als Freunde, verbot sich aber, ihnen zu nahe zu kommen – waren alle Anfang zwanzig.

Sie beobachtete die beiden einzelnen Frauen und die beiden Pärchen am Tisch, die sich angeregt unterhielten. Sie mussten laut sprechen, um den Lärm in der Bar zu übertönen. Marta lächelte. Wie sie selbst kämpften auch ihre Freunde ums Überleben, um eine bessere Zukunft. Trotzdem, oder vielleicht gerade deshalb, liebten sie es, sich bei passender Gelegenheit zu betrinken und eine gute Zeit zu haben.

Während sie ihren restlichen Wodka austrank, schob sich eine vertraute Gestalt durch die Menge und kam an den Tisch. Sie fand Dorinel Macek, groß und dunkel, nicht besonders hübsch. Seine Augen lagen zu dicht beieinander, die Nase war schief, der Mund zu breit – und doch hatte er etwas an sich, das Frauen anziehend fanden. Einschließlich Marta.

Macek quetschte sich auf die Bank und reichte ihr einen Wodka-Cola. »Scheint, als ich komme gerade rechtzeitig. Ohne mich du hast keinen Spaß.«

Marta wusste, dass er seit seiner Jugend in London lebte. Ihr war nicht klar, warum er immer noch Probleme mit der Sprache hatte. Bei ihrer letzten Begegnung hatte sie ihn nach einer Erklärung gefragt. Er hatte den Kopf zurückgelegt und laut aufgelacht.

»Ich wusste, dass du nicht nur ein hübsches Gesicht bist«, hatte er gesagt. »Du hast auch Verstand. Ich bin nur ein hübsches Gesicht.« Sie hatte auch gelacht, ihm aber nicht geglaubt.

Sie hob ihm ihr Glas entgegen. »Danke hierfür. Aber falls du denkst, ich hätte ohne dich keinen Spaß, bist du schief gewickelt.«

Macek versuchte verletzt auszusehen, doch seine Augen strahlten. Je mehr Marta versuchte Abstand zu wahren, desto mehr bezirzte er sie. »Ich frage mich nur, warum ein Mädchen wie du nicht ständig lächelt. Ich glaube, ich kann dich glücklich machen, wenn du mir eine Chance gibst.«

Macek mochte sie sehr. Man musste kein Genie sein, um darauf zu kommen. Sie mochte ihn auch und fand seine Beharrlichkeit schmeichelhaft, war aber unsicher, ob sie zulassen sollte, dass ihre Beziehung über reines Flirten hinausging. Er hatte sie zwei Mal gefragt, ob sie mit ihm ausgehen wolle, und beide Male hatte sie abgelehnt. Er war gut mit den Abfuhren umgegangen und weigerte sich aufzugeben. Dafür mochte sie ihn umso mehr.

Marta hob das Glas an die Lippen, trank aber nichts. Sie saßen so dicht gedrängt am Tisch, dass sie sein warmes Bein an ihrem spürte. Falls sie heute zu viel tränke, täte sie am Ende womöglich etwas, das sie bereuen würde. Ihr Leben war kompliziert genug. In einer idealen Welt wäre sie gern Maceks Freundin, aber sie war es ihrer Mutter und Schwester schuldig, diszipliniert zu sein. Sich darauf zu konzentrieren, den Job zu behalten.

Sie legte den Kopf schief und beugte sich zu ihm vor, bis sie seinen Atem auf den Lippen spürte. Diszipliniert zu sein schloss nicht aus, dass sie sich ab und zu amüsierte, und sie musste nicht betrunken sein, um zu flirten.

»Ich weiß, wie man Spaß hat, Dorinel. Darum brauchst du dir keine Sorgen zu machen«, flüsterte sie. »Ich weiß auch, dass du mich zu einem glücklicheren Mädchen machen könntest. Aber soll ich dir diese Chance geben? Darüber muss ich noch nachdenken.«

Macek schob sein Gesicht noch näher an ihres heran. Sie dachte, er würde sie küssen. In diesem Moment wollte sie, dass er es tat. »Was ist los?«, fragte er. »Du siehst aus wie … wie sagt man? Wie ein Häschen, das im Scheinwerferlicht erstarrt ist.« Marta lehnte sich zurück und lachte. Macek stimmte mit ein. Der Rest des Abends verlief besser, als Marta zu hoffen gewagt hatte. Macek schenkte ihr jede Menge Aufmerksamkeit und bedrängte sie in keinster Weise. Er hatte beschlossen, sich Martas Wunsch, es langsam angehen zu lassen, zu fügen. Sie war es wert.

Als der Pub schloss, schlug er vor, in einen nahen Club zu gehen, aber sie lehnte die Einladung ab. Sie wollte nach Hause und sich schlafen legen. Er verbarg seine Enttäuschung gut und erbot sich, sie nach Hause zu bringen.

Die Vehemenz, mit der sie auch dieses Angebot ausschlug,

überraschte ihn. »Nein, Dorinel, geh du mit den anderen. Ich brauche keinen Leibwächter.« Martas Herz raste. Im Geist sah sie eine Kette von Ereignissen, die zu einer Katastrophe führten: Dorinel, der sich fragte, wie sie sich ein Zimmer in Islington leisten konnte. Weitere Fragen die folgten, bis er auf ihre Lügen stieß. Mr. Fenton, der herausfand, dass sie Lettland nur aus dem Atlas kannte und noch nie mit Kindern gearbeitet hatte.

Bei dem Gedanken, kein Geld nach Hause schicken zu können, drehte sich ihr der Magen um. Sie unterdrückte heftig blinzelnd die Tränen. »Geh mit den anderen. Amüsier dich.«

Macek gab sich geschlagen, hob die Hände, wandte sich um und ging nach Osten die Seven Sister Road hinunter. Seine Freunde warteten zweihundert Meter weiter geduldig im Lichtschein einer Dönerbude.

Marta sammelte sich kurz, ehe sie in die entgegengesetzte Richtung zur U-Bahnstation Finsbury Park ging.

29

Der letzte Zug der Victoria Line nach King's Cross verließ Finsbury Park um zwanzig nach zwölf. Marta sprang in letzter Sekunde in den Waggon, blieb fast in den Gleittüren stecken. Drinnen roch es nach schalem Bier und frisch Erbrochenem. Die einzigen anderen Passagiere, zwei Männer in Jeans und T-Shirt, saßen nebeneinander. Der kleinere der beiden beugte sich vor und spuckte etwas Unappetitliches auf den Boden. Sein Freund lachte und klopfte ihm kräftig auf den Rücken. Marta setzte sich ans andere Ende des Waggons.

Nachdem sie in King's Cross in die Northern Line umgestiegen war, fragte sie sich während der kurzen Fahrt nach Angel, ob Dorinel je wieder mit ihr reden würde. Sie glaubte nicht und konnte es ihm nicht verübeln.

Als Marta die U-Bahn-Station verlassen hatte, überquerte sie die A1 und ging schnell die White Lion Street hinauf. Die Straße war gut beleuchtet und noch voller Nachtschwärmer.

Nach zehn Minuten bog sie nach rechts in die Penton Road ein. Schätzungsweise würde sie noch mindestens zehn, vielleicht fünfzehn Minuten bis zu ihrem Ziel brauchen. Marta fluchte über ihre Zehn-Zentimeter-Pfennigabsätze. Die Stöckelschuhe sahen noch gut aus, die Bänder, Muskeln und Sehnen in ihren Füßen hingegen protestierten lautstark.

Sie erwog ernsthaft, die Schuhe auszuziehen, als ein Geräusch hinter ihr sie über die Schulter schauen ließ. Eine große Gestalt kam ihr entgegen, fraß die Distanz zwischen ihnen mit weitausholenden Schritten. Marta schaute auf die andere Straßenseite, hielt verzweifelt nach irgendeinem Passanten Ausschau.

Als sie ein langes, schmiedeeisernes schwarzes Geländer erreichte, das an fünf Reihenhäusern entlanglief, öffnete sie das Tor zum zweiten Haus, schloss es hinter sich und stieg ein halbes Dutzend Stufen zur Haustür hoch. Demonstrativ suchte sie nach ihrem Schlüssel, bevor sie schließlich einen aus der Jackentasche zog. Sie ließ sich Zeit, den Schlüssel ins Schloss zu stecken, wartete, dass der Fremde vorbeiging.

Ihre Hand zitterte, als die Gestalt das Tor erreichte. Mit angehaltenem Atem tat sie, als suche sie den richtigen Schlüssel, während sie den in der Nacht verklingenden Schritten lauschte. Die Panik löste sich auf wie Schweißperlen auf der Haut, und sie schalt sich dafür, so schreckhaft gewesen zu sein.

Marta kehrte zum Gehsteig zurück und beschloss, einen anderen Weg zu nehmen. Vorhin war sie an einer dunklen Gasse vorbeigekommen, die sie einige Mal genommen hatte, um zu Tess' Schule zu gelangen. Sie führte an einem Bürogebäude und mehreren Reihenhäusern entlang direkt zur Rising Hill Street und verkürzte ihren Weg um mehrere Minuten.

Sie ging die Penton Street wieder hinunter, bis sie den schmalen Eingang zu der Gasse erreichte.

30

Marta holt tief Luft und tritt in die enge Gasse. Im Kopf zählt sie ihre Schritte mit. Bei fünfundfünfzig sieht sie in einiger Entfernung das Licht einer Straßenlaterne.

Sie eilte weiter geradeaus. Einer ihrer Absätze bleibt im Straßenpflaster hängen, und sie stolpert, schrammt mit einem Knie über die Hauswand. Sie stützt sich ab, schaut auf und sieht die Silhouette eines Mannes am Ausgang der Gasse. Er streckt eine behandschuhte Hand aus und winkt sie heran. Als sie sich nicht rührt, ruft er nach ihr.

»Sie sollten um diese Zeit nicht allein unterwegs sein«, sagt er.

Die Straßenlaterne hinter dem Fremden bildet einen Lichtkranz um seinen Kopf. Sie macht einen kurzen Schritt zurück. Er kommt einen langen auf sie zu.

»Haben Sie keine Angst«, sagt er. »Ich bin Polizeibeamter.«

Martas Brustkasten brennt. Sie hat die Luft angehalten. »Sie sind von der Polizei?«

Der Fremde nickt und tritt einen weiteren Schritt auf sie zu. »Heute Nacht sind Dutzende von uns auf Patrouille. Haben Sie nicht die Warnungen gehört? Wo möchten Sie denn hin?«

Marta findet ihre Stimme wieder. »In die Rising Hill Street.«

Der Polizeibeamte lacht. »Da sind wir ja praktisch schon, nicht wahr?«

Er tritt zur Seite und bedeutet ihr weiterzugehen. Sie macht einen Schritt, er packt ihren Hals und stößt sie an die Mauer.

Sie schreit auf, ihre Beine knicken ein, und sie rutscht zu Boden. »Bitte nicht«, schluchzt sie.

»Lächle für die Kamera«, sagt er. Blinzelnd schaut sie auf das Mobiltelefon.

Sie sieht nicht, wie die Hand hervorschnellt, sieht nicht die Klinge mit dem schwarzen Griff, den behandschuhte Finger umfassen.

31

Fenton versuchte immer mit Tess zu frühstücken, selbst an Tagen, an denen er sie nicht zur Schule bringen konnte. So konnte er mit ihr über Dinge reden, die ihr wichtig und ihm oft ein komplettes Mysterium waren. Er versuchte nach Kräften, seiner Tochter gleichzeitig Mutter und Vater zu sein, aber scheiterte damit kläglich. Oft merkte er, dass er einfach nur nickte und lachte und ihr an den richtigen Stellen abwesend beipflichtete.

Er war an diesem Morgen um sechs aufgestanden und hatte ihr Lieblingsfrühstück zubereitet, Rührei und Räucherlachs auf Toast. Mit einer schwungvollen Bewegung stellte er ihr den Teller hin und rief laut: »Ta-da!«

Tess beäugte ihn argwöhnisch. »Mein Geburtstag ist doch erst in ein paar Monaten«, sagte sie.

Fenton stellte seinen eigenen Teller auf den Tisch, setzte sich zu Tess und verzog in gespieltem Schmerz das Gesicht. »Ich verwöhne doch nur mein liebstes Mädchen.« Seine Tochter grinste ihn an und begann zu essen. Er schmolz dahin, als er das niedliche Grinsen sah, und nahm sich vor, sie öfter mit ihrem Lieblingsfrühstück zu überraschen.

Es war vorgesehen, dass Marta Tess heute zur Schule brachte, weil er früher zur Arbeit musste. Dort erwartete ihn die lästige Aufgabe, einen detaillierten Bericht über das Ellis-Taylor-Fiasko zu schreiben, und das wollte er schnellstmöglich hinter sich bringen.

Zu erklären, warum sie Taylor zweier Morde bezichtigt

hatten, die er nicht begangen haben konnte, würde nicht leicht werden, ohne auf Detective Chief Superintendent Bell zu verweisen. Natürlich war es Bells Schuld. Der Trottel hatte die beiden Morde so schnell wie möglich aufklären und sich bei den Medien Liebkind machen wollen, aber das konnte Fenton nicht schreiben. Auf keinen Fall, sosehr er es auch wollte. Seinen Chef anzuschwärzen würde nicht gut ankommen. Man hielt einander den Rücken frei. Das ungeschriebene Gesetz. Die Sache war nur, dass Fenton nicht sicher sein konnte, ob Bell auch ihm im Zweifelsfall den Rücken freihalten würde. Er spülte eine Gabel voll Rührei mit einem Schluck Kaffee hinunter. »Ist Marta schon auf?«

Tess knabberte an ihrem Toast. »Weiß nicht, Dad. Hab sie noch nicht gesehen.«

Fenton stand auf und schob noch einen Toast in den Toaster. Er suchte gerade nach der Marmelade, als sein Handy klingelte. Er schaute aufs Display und seufzte. Daly war keine Plaudertasche. Wenn sie anrief, wurde es ernst. Achselzuckend entschuldigte er sich bei Tess und ging dran.

»Tut mir leid, Sir, aber ich habe angenommen, Sie wollen es so schnell wie möglich erfahren. Es gibt einen neuen Post im Netz.«

Fentons Magen krallte sich zusammen. »Scheiße«, sagte er.

»Diesmal ist es bei Flickr. Eine Nahaufnahme eines Frauengesichts. Sie schaut in die Kamera und fleht, glaube ich, um Gnade. Das Foto steht seit fünf Uhr im Netz und hat schon mehrere Tausend Aufrufe. Diese Perversen halten offenbar rund um die Uhr nach Neuigkeiten von unserem Killer Ausschau.«

»Unglaublich«, sagte Fenton mehr zu sich selbst als zu Daly. »Nur eine Porträtaufnahme?«

»Ja. Natürlich mit einer Botschaft.«

»Nämlich?«

»Wer den Jäger jagt, läuft Gefahr, zur Beute zu werden.«

Fenton verdrehte in Richtung Tess die Augen, verließ schnell die Küche und schloss die Tür hinter sich. »Was geht da ab?«, fragte er, ohne tatsächlich eine Antwort zu erwarten. »Kein Foto von der Leiche? Sie wurde noch nicht gefunden?«

»Bisher nicht«, sagte Daly. »Aber das dürfte nur eine Frage der Zeit sein …«

Fenton schüttelte den Kopf. In einer Stadt wie London, einer Metropole mit neun Millionen Einwohnern, konnte ein Raubtier immer Beute finden. »Ich bin in einer halben Stunde da.«

Er beendete das Gespräch, rannte nach oben, nahm ein Jackett aus dem Schrank. Marta hatte sich noch nicht blicken lassen. Wahrscheinlich ist sie an ihrem freien Abend spät ins Bett gekommen, dachte er. Sie musste in die Gänge kommen, wenn sie Tess pünktlich zur Schule bringen wollte.

Fenton ging zu ihrem Zimmer und klopfte leise. Keine Antwort. Er legte die Hand auf den Drehknauf und wollte schon hineingehen, doch ein natürlicher Widerwille, in die Privatsphäre einer jungen Frau einzudringen, hielt ihn zurück. Er überlegte immer noch, als Tess am Treppenabsatz auftauchte und ihn anstrahlte.

»Keine Sorge, Dad. Ist noch viel Zeit, bis wir in die Schule müssen.«

Fenton trat von der Tür zurück und erwiderte das Lächeln seiner Tochter. »Na schön, mein Schatz«, sagte er, bückte sich zu ihr hinunter und gab ihr einen Kuss auf die Stirn. »Hab einen schönen Tag. Ich komme wahrscheinlich wieder spät heim. Tut mir leid.«

Tess zuckte die Achseln. »Ist doch immer so. Bist du überhaupt schon mal früh nach Hause gekommen?«

Fenton sah auf die Uhr und ging nach unten. Draußen stemmte er die Hände in die Hüften und überlegte, wo er geparkt hatte. Fahrzeuge in allen Formen und Größen reihten sich auf beiden Seiten der engen Straße aneinander. Er fröstelte in der kühlen Morgenluft. Etwa fünfzig Meter entfernt machte er seinen Ford Focus aus, und als er darauf zuging, fiel ihm etwas auf. Der Wagen stand mit dem Heck zu ihm, doch durch die Rückscheibe konnte er erkennen, dass eine Art Pappkarton auf der Motorhaube lag. Blöde Rowdys, dachte er und beschleunigte seine Schritte. Als er den Wagen erreichte, sah er, dass der viereckige Standard-Pappkarton verkehrt herum auf der Motorhaube lag, neben der Windschutzscheibe. Fenton nahm den Karton, schob die Finger darunter. Die Klappen fühlten sich locker und klebrig an. Er hob den Karton hoch und starrte auf das Objekt, das auf der Motorhaube lag.

Er wandte sich ab, packte den Griff der Beifahrertür, krümmte sich und übergab sich in den Rinnstein. Mit dem Ärmel seines Jacketts wischte er sich über den Mund, hob den Blick und schaute abermals auf den abgetrennten Frauenkopf, die blauen Augen offen und leblos wie Murmeln.

32

Marta Blagars Enthauptung löste einen Medienrummel aus, der sich ausbreitete wie ein Flächenbrand.

Eine Stunde nach Fentons Entdeckung hatte der Mörder ein zweites Foto gepostet. Blake saß auf der Bettkante, den Laptop auf den Knien, und starrte gebannt auf die erste Aufnahme, auf das Gesicht der jungen Frau, die ahnte, dass sie gleich sterben würde.

Auf dem »Nachher«-Foto umgab eine dicke Blutschicht den gezackten Rand ihres Halses. Blake schluckte und rang mit dem Drang, den Blick vom Bildschirm abzuwenden. Der Gesichtsausdruck schien seltsam ernst, die Haut hell wie Alabaster, durchsichtig beinahe. Aus beiden Augen flossen Tränen aus Blut.

Blake klappte den Laptop zu, stand auf, zog sich aus und warf seine Klamotten zu den anderen aufs Bett. Er stieg in seine Shorts, streifte ein ärmelloses Unterhemd über, zog seine Sportschuhe an und stellte sich aufs Laufband.

Wie immer half das elektrische Summen des Geräts ihm, die Welt auszublenden und in Ruhe nachzudenken. Er hatte in letzter Zeit viel nachgedacht.

Seit der letzten Sitzung bei Dr. Vale fühlte Blake sich ruhiger und weniger belastet. Die Enthauptung des rumänischen Kindermädchens hatte noch etwas anderes verändert. Während er auf das Foto im Laptop gestarrt hatte, war tief in seinem Innern etwas in Bewegung geraten. Natürlich hatte das Foto ihn angewidert und drohte, viele grauenvolle Erinnerungen in ihm zu wecken. Aber vor allem hatte es ihn dazu gebracht, intensiver an Lauren zu denken. Wie sie auf dem Rücken lag, die Wunde am Hals offen wie ein zweiter Mund.

Er schwitzte inzwischen sehr. Die Schweißrinnsale, die ihm über das Gesicht liefen, vermischten sich mit seinen Tränen. Er zog das Unterhemd hoch und wischte sich damit über die Augen. Zum ersten Mal seit Langem fühlte er sich getrieben. Egal ob es richtig oder falsch war, er würde nicht einfach zusehen und nichts tun. Nie wieder. Er schlug mit der flachen Hand auf den roten Stopp-Knopf und griff nach seinem Handy.

Leah ging sofort dran. »Was gibt's?«, fragte sie.

Blake fand, ihre Telefon-Manieren ließen zu wünschen übrig, beschloss aber, mit seiner Meinung hinterm Berg zu halten. »Wie geht es dir?«

Sie seufzte tief. »Was glaubst du wohl?«

Nach ihrem letzten Gespräch hatte Blake auf eine freundlichere Reaktion gehofft. »Leah, bitte. Wir müssen reden. Es ist wichtig.«

»Wo liegt denn das Problem? Du klingst außer Atem.«

»Es gibt kein Problem. Wir müssen reden, aber nicht am Telefon.«

Sie seufzte erneut. »Was ist denn so wichtig?«

»Was glaubst du denn? Es geht um Lauren.«

Leah schwieg einen Augenblick. »In Ordnung«, sagte sie dann. »Komm vorbei.«

Zu Fuß brauchte Blake eine halbe Stunde zu den Docklands. Mit der U-Bahn hätte es zehn Minuten gedauert, er brachte es aber noch nicht über sich, in einen unterirdischen Tunnel hinabzusteigen. Er ging durch die Mile End Road, nahm die Bilder, Klänge und Gerüche des geschäftigen Straßenmarkts in sich auf und bog schließlich in die White Horse Lane ein. Als er die verstopfte Commercial Road überquerte, konnte er in der Ferne Londons Mini-Manhattan sehen. Canary Wharfs silberne Stahl- und Glastürme ragten aggressiv in die grauen Wolken, die über der Isle of Dogs hingen.

Als Blake bei Leah eintraf, wartete sie schon an der Tür, leger bekleidet mit einer engen schwarzen Jeans und einem pastellgrünen Pulli. Sie führte ihn durch den Flur, deutete zum Sofa und fragte, ob er Tee oder Kaffee wolle. Er lehnte beides ab. Leah setzte sich ihm gegenüber auf die Kante eines braunen Lederstuhls. Sie sah dünner aus als bei ihrer letzten Begegnung, ihre Züge wirkten angespannt.

»Ich habe darüber nachgedacht, was du gesagt hast. Dass wir unsere eigenen Ermittlungen starten sollen, um Laurens Mörder zu finden.«

Leah nickte. »Ich erinnere mich an das Gespräch. Du hast gesagt, du würdest darüber nachdenken.«

»Wie kommst du darauf, dass ich mehr ausrichten könnte als die Polizei?«

»Schlechter könntest du jedenfalls nicht sein. Ich will es unbedingt tun und hoffe weiter auf deine Unterstützung. Du weißt, wie und wem man die richtigen Fragen stellt.«

Sie wartete auf eine Erwiderung. Er schwieg. Leah senkte kurz den Blick, hob ihn wieder und schaute ihm in die Augen. »Ich habe die Nachrichten gesehen. Diese arme Frau.«

Blake schüttelte den Kopf. Er war nicht gekommen, um darüber zu reden. »Die Sache ist, ich muss ständig daran denken, dass Lauren noch leben würde, wenn ich sie nicht fortgetrieben hätte.«

Leah sah ihn teilnahmsvoll an. »Ich habe jedenfalls beschlossen, mir anderswo Unterstützung zu suchen, falls du nicht mitmachst. Wenn nichts dabei herauskommt, dann habe ich es wenigstens versucht. Ich begreife nicht, warum du diesen Mann nicht genauso verzweifelt finden willst wie ich. Lauren hat die ganze Zeit von dir gesprochen, verstehst du?«

»Sie hat mich verlassen.«

»Sie konnte nicht mehr mit ansehen, wie du dein Leben vergeudest. Sie sagte, du würdest dich in deinem Elend suhlen.«

Die Worte trafen Blake wie eine Ohrfeige. »Das hat sie gesagt?«

»Sie wollte dir unbedingt helfen, sagte aber, du wolltest dir nicht selbst helfen. Hast eine Therapie nicht mal in Betracht gezogen. Du musst mit dem Selbstmitleid aufhören und den Arsch hochkriegen, etwas tun.«

Blake grinste. Aus irgendeinem Grund fand er ihren Ärger amüsant. »Danke für den Ratschlag«, sagte er, stand auf und ging auf die andere Seite des Zimmers. »Genau genommen war ich inzwischen zwei Mal bei einer Therapeutin. Die Psychologin, an die ich nach meiner Rückkehr verwiesen wurde.«

Die Offenbarung traf Leah völlig unerwartet. Sie funkelte ihn an, unsicher, wie sie reagieren sollte. Ihr Geist war gefangen in einem Wirrwarr widerstreitender Emotionen. Schließlich gelang es ihr zu lächeln. »Das ist gut, wirklich gut. Ich freue mich. Ich hoffe sehr, dass es dich weiterbringt.«

Blake nickte, erleichtert, dass sie nicht schimpfte, weil er diesen Schritt nicht schon gegangen war, als er noch mit Lauren zusammen gewesen war. »Es hat mir schon geholfen«, sagte er. »Zumindest ein bisschen. Aber offen gestanden bin ich unschlüssig, ob ich noch mal hingehen soll.«

Sie sahen einander lange schweigend an, unsicher, was sie als Nächstes sagen sollten. Blake war derjenige, der als Erster die Augen niederschlug, Leah diejenige, die als Erste das Wort ergriff.

»Ich finde, du solltest weitermachen. So eine Therapie kann ungemein hilfreich sein.«

Blake hob den Blick und schaute Leah in die Augen. »Weißt du, die haben mich gezwungen zuzusehen, wie sie meinem Freund den Kopf abgeschnitten haben.«

Leah spürte ein seltsames Zucken im Bauch. Sie wusste, dass Blake mit Lauren nie über die damaligen Ereignisse gesprochen hatte. Dass er sich nun ihr gegenüber öffnete, verunsicherte sie.

Blake lachte leise über ihr Unbehagen. »Keine Sorge«, sagte er. »Ich werde dich nicht mit den hässlichen Details belasten. Ich wollte es dir nur erklären. Ich habe die damaligen Ereignisse, das Entsetzen in Earls Gesicht, einfach nicht aus dem Kopf bekommen. Aber seit Laurens Ermordung ist es anders. Seither sehe ich vor dem Einschlafen ihr Gesicht, denke nach dem Aufwachen sofort an sie.«

Leah schluckte schwer. Zum ersten Mal begriff sie, warum Blake so mit seinen Emotionen rang. Lauren hatte sich Hals über Kopf in ihn verliebt, als er noch nicht bereit für eine Beziehung gewesen war. »Ich freue mich für dich«, sagte sie. »Ich meine, dass du nun so mit mir reden kannst.«

Blake holte tief Luft. Über ein Jahr lang hatte er mit einem überwältigenden Gefühl der Hilflosigkeit gekämpft. Nun war dieses Gefühl durch etwas anderes ersetzt worden, das er nicht benennen konnte. Etwas Machtvolles.

»Ich nehme kein Geld dafür«, sagte er.

Leah stand schnell auf, Farbe flutete in ihre Wangen. »Heißt das, du …?«

»Ja, ich mache mit, ich nehme dafür aber kein Geld von dir an.«

»Du wirst Spesen brauchen, oder?« Leah wollte nicht zu reden aufhören, für den Fall, dass er seine Meinung wieder änderte. »Lass mich für die Auslagen aufkommen. Ich gehe davon aus, dass du professionelle Arbeit leistest und einen guten Job machst.«

Blake nickte, mehr zu sich selbst als zu Leah. »Mal sehen. Erst mal muss ich recherchieren.«

Leah blinzelte heftig, konnte aber nicht verhindern, dass ihr Tränen über das Gesicht rannen. »Wir schaffen das. Ich weiß, dass wir es können. Es muss aber auf einer professionellen Basis ablaufen. Ich möchte regelmäßige Berichte von dir.«

Blake musste zugeben, dass ihm die Aussicht auf regelmäßigen Kontakt mit Leah gefiel. »Ich kann dir aber nichts versprechen«, sagte er. »Wenn die Polizei diesen Mörder nicht finden kann, wird es auch für uns alles andere als ein Kinderspiel.«

Er stand auf, und Leah trat an ihn heran und drückte ihn fest an sich. Er spürte die Wärme ihrer warmen Wange am Hals und klopfte ihr verlegen auf den Rücken.

»Danke«, flüsterte sie. »Wir kriegen das hin.«

33

Ich denke, Fenton hat die Botschaft verstanden. Laut und deutlich. Finger weg von den großen Jungs. Jage nicht den Jäger. Leg dich nicht mit mir an.

Den Kopf abzuschneiden war einfacher als gedacht. Mir die Internet-Videos anzuschauen war eine gute Hilfe. Ein bequemer Weg, sich Tipps bezüglich der Schneidetechnik zu holen. Ich bin dermaßen gut in diesem Killer-Gewerbe, es ist geradezu furchterregend. Manchmal erschrecke ich über mich selbst.

Das Mädchen strahlte blanke Furcht aus. Sie strömte aus ihr heraus. Es gab diesen einen besonderen Moment, als bei ihr der Groschen fiel, als ihr bewusst wurde, dass dies die letzten Augenblicke ihres Lebens waren. Hier kommt die Macht des Internets ins Spiel. Warum die Kamera machtvoller ist als das Messer. Ich kann diesen besonderen Moment mit der Welt teilen.

Auf Twitter bin ich Trendthema, und auf Facebook verbreiten sich die Bilder dann wie ein Lauffeuer. Alles läuft nach Plan. Viele Leute bezeichnen mich als böse, das ist keine Überraschung. Aber sie fühlen sich trotzdem angezogen, sie klicken mich an, schauen hin.

Ich freue mich, wenn andere meine gute Arbeit zu schätzen wissen. Es war ein exquisites Gefühl, als ich den abgetrennten Kopf in Händen hielt. Nicht nur so gut wie Sex, sondern besser. Ich hätte nie gedacht, dass ich jemals so etwas sagen würde.

Die Berichterstattung der Medien versetzt die Stadt in Angst und Schrecken. Warnungen, dass man nachts nicht allein auf die Straße gehen soll, Zeugenaufrufe. Das Ganze ist unbezahlbar. Wenn Panik die Herde ergreift, erleichtert das Chaos es dem Jäger, sich seine Beute herauszupicken. Wenn die Leute den Kopf verlieren, steigt die Wahrscheinlichkeit, dass einer von ihnen den Kopf verliert.

Das einzig Negative an den Berichten ist der Umstand, dass die Zeitungen mich mit dem Bösen gleichsetzen. Das ist so eine primitive naive Sichtweise. Mich als böse zu brandmarken ist rundheraus dämlich. Sich selbst treu zu bleiben kann nicht böse sein. Was ich tue liegt mir im Blut, in meinem Schweiß. Sind Soldaten, die auf Befehl töten, böse? Oder Eltern, die töten, um ihre Kinder zu retten? Ist ein Mensch, der seinen todkranken Partner vom Leid erlöst, böse?

Ich glaube nicht an Gott oder den Teufel. Ich glaube auch nicht an den Atheismus. Ich frage mich, was die Psychologen dazu sagen würden.

Zu viele Leute werfen mit Worten um sich, ohne deren eigentliche Bedeutung zu begreifen. Sie kapieren es nicht. Sie sind zu dumm dafür.

Das Böse, genau wie die Schönheit, liegt im Auge des Betrachters.

34

Detective Chief Superintendent Bell schaute quer über den Schreibtisch und versuchte sich an einem Lächeln, doch ihm gelang nur auszusehen, als sei ihm ein Furz im Hintern steckengeblieben. Fenton führte es auf Bells Nervosität zurück. Der Grund dafür saß hinter seinem Schreibtisch, ihr Oberkörper kerzengerade, die Arme vor der Brust verschränkt.

Assistant Commissioner Patricia Hall hatte für die morgendliche Besprechung das Kommando in Bells Büro übernommen, und Fenton spürte das Unbehagen seines Chefs darüber, vorübergehend seinen persönlichen Machtsitz räumen zu müssen.

»Die Situation im vorliegenden Fall gerät außer Kontrolle. So darf es nicht weitergehen«, sagte Commissioner Hall, ihre Stimme leise und eindringlich. Ihr graues Haar war kurz geschnitten und hatte einen leichten Stich ins Blaue, der sich perfekt mit ihrem makellos gereinigten Kostüm ergänzte. Sie hatte einen zierlichen Körperbau und einen immerzu missbilligenden Gesichtsausdruck, der Fenton an seine alte Schuldirektorin erinnerte.

»Wir können nicht zulassen, dass auf Londons Straßen Menschen enthauptet werden. Der Umstand, dass das neueste Opfer bei dem Mann angestellt war, der die Ermittlungen leitet, verschlimmert die Dinge noch. Obendrein wird der Killer eine Internet-Berühmtheit.«

Bell rutschte auf seinem Stuhl herum wie ein fetter Wurm, der sich am Haken windet. »Wir tun alles, was möglich ist«, sagte er. »Wir geben unser Bestes, um diesen Mann schnellstmöglich hinter Schloss und Riegel zu bringen, und ich glaube, uns wird bald ein Durchbruch gelingen.«

Commissioner Hall warf ihm einen abfälligen Blick zu. »Ihr Bestes ist offenbar nicht gut genug. Der Mörder wird allmählich auf kranke Weise ein Star, und wir verkommen zur Lachnummer. Mir wurde berichtet, dass es jetzt T-Shirts mit einem blutroten *I_Killer*-Logo gibt und dass es reißenden Absatz findet.«

»Das ist widerwärtig«, sagte Bell.

Zum ersten Mal seit langer Zeit musste Fenton seinem Chef uneingeschränkt recht geben. »Ist eine kranke Welt da draußen.«

Commissioner Hall ließ sich nicht auf eine Diskussion über den moralischen Verfall der Gesellschaft ein. Sie bohrte ungerührt weiter. »Warum sind wir nicht in der Lage, die Posts zurückzuverfolgen?«

Bell nickte geistvoll, eine Taktik, die er immer dann einsetzte, wenn ihm die Felle davonzuschwimmen drohten. »Ich glaube, dazu kann uns DCI Fenton etwas sagen«, erklärte er.

Fenton behielt eine neutrale Miene. Sein Boss war ein Meister darin, den Schwarzen Peter weiterzugeben. »Ich bin kein Experte, aber es heißt, dass es alle möglichen Arten von Software gibt, die verhindert, dass man entdeckt wird. Und selbst wenn man sich nur in verschiedenen Cafés über das WLAN einloggt, ist man schon kaum aufspürbar.«

Hall runzelte die Stirn. »Sie sagen, man kann nichts tun?«

»Nein, das sage ich nicht. Wir haben Beamte, die sich an Wi-Fi-Spots in Cafés, Restaurants, Hotels und sogar in Bibliotheken aufhalten. Aber das ist zeitaufwendige Kleinarbeit.

Es wäre ein absoluter Glückstreffer, alles andere wäre gelogen.«

Commissioner Hall setzte ein Gesicht auf, das an ein teilnahmsvolles Lächeln erinnerte. »Wie kommen Sie persönlich mit alledem zurecht?«, fragte sie. »Es muss traumatisch gewesen sein, den Kopf dieser armen Frau zu finden. Vergessen Sie nicht, wir haben Psychologen für Beamte, die mit diesen Dingen Hilfestellung benötigen. Falls Sie es noch nicht getan haben, empfehle ich Ihnen, einen Termin zu machen.«

Fenton hatte ganz klar den Eindruck, dass es ihr eigentlich egal war, ob er traumatisiert war oder nicht. Sie sagte einfach, was sie glaubte sagen zu müssen, auswendig gelerntes Zeug, das man ihr während ihres Aufstiegs auf der Karriereleiter bei Management-Kursen eingetrichtert hatte.

»Ich komme schon klar«, sagte er. »Ich konzentriere mich auf die Arbeit.« Es war gelogen, und zwar nicht sehr überzeugend. Er hatte seit dreißig Stunden nicht geschlafen. Jedes Mal, wenn er die Augen schloss, sah er Martas Kopf auf seiner Motorhaube liegen. Die letzten beiden Nächte hatte er vor dem Zimmer seiner Tochter gehockt und zugehört, wie sie sich in den Schlaf weinte. Er war fix und fertig, stand immer noch unter Schock. Aber das würde er nicht zugeben. Dies war nicht der richtige Zeitpunkt, um Schwäche zu zeigen.

Bell öffnete den Mund, um etwas zu sagen, doch Fenton brachte ihn mit einem eisigen Blick zum Schweigen. »Der Täter hat sein Muster geändert, um ein gezieltes Anliegen zu verfolgen. Das könnte letztlich zu seinem Untergang führen. Anders als die ersten beiden Opfer hat er Marta, ich meine Miss Blagar, gezielt ausgewählt, um an mich heranzukommen. Der Killer wollte seine Überlegenheit demonstrieren.

Sein Ego bringt ihn dazu, ein höheres Risiko einzugehen. Bislang war er sehr vorsichtig. Während der Enthauptung muss er deutlich mehr Kontakt mit der Leiche gehabt haben. Dadurch erhöht sich unsere Chance auf forensische Beweise, die zu seiner Ergreifung führen können.«

Commissioner Hall hob eine Braue. »Dann fühlen Sie sich überhaupt nicht verantwortlich?«

»Wofür?«

»Dafür, dass Sie den Mörder während der letzten Pressekonferenz gereizt haben. Dass Sie ihn förmlich dazu angestachelt haben, jemanden aus Ihrem direkten Umfeld als Opfer zu wählen.«

Ehe Fenton antworten konnte, meldete sich Bell zu Wort. »Da muss ich Assistent Commissioner Hall ausdrücklich recht geben.«

»Natürlich müssen Sie das«, blaffte Fenton. »Sie sind der geborene Arschkriecher.«

Bells Gesicht lief rot an, und er wollte protestieren, doch Commissioner Hall ließ sein Gebrabbel mit einer knappen Handbewegung verstummen.

»Diese Art von Sprache ist unprofessionell«, sagte sie. »Persönliche Beleidigungen bringen uns nicht weiter. Ein Mörder terrorisiert die Stadt, und wir sehen langsam so aus wie eine Horde von Clowns, die nicht mal einen entlaufenen Esel fangen können.«

»Dem kann ich nur zustimmen«, sagte Bell. »Die Presse macht sich auf unsere Kosten lustig. Was ich sagen wollte, ehe Sie mir Ihre Beleidigung an den Kopf warfen, Detective, ist, dass Ihr absichtliches Ködern des Killers mächtig nach hinten losgegangen ist. Aus der Presseabteilung kam eine Beschwerde, der zufolge Sie Ihre Erklärung nicht vorher durchchecken ließen. Hätten Sie es getan, hätte man Ihnen nahegelegt, Ihren Ton abzumildern.«

»Die Pressearbeit ist mir scheißegal. Mir geht es nur darum, den Killer zu schnappen.« Fenton erwartete eine weitere Schimpftirade, doch stattdessen wechselten Hall und Bell nur einen unbehaglichen Blick. Fenton bekam ein mulmiges Gefühl.

»Wir alle möchten diesen Fall so schnell wie möglich zum Abschluss bringen«, sagte Hall. »Wir vergrößern noch einmal das Ermittlungsteam und halten es für wichtig, auch einen Psychologen hinzuzuziehen. Dr. Belinda Vale wird die Akten studieren und ein detailliertes Profil des Killers anfertigen. Diese vom FBI begründete Art der Ermittlungsarbeit hat sich als unschätzbar wertvoll erwiesen.«

Fenton sah nicht sehr überzeugt aus. »Man muss kein Genie sein, um die Persönlichkeit eines kaltblütigen Mörders zu beschreiben. Ich kann Ihnen jetzt schon sagen, dass er auf jeden Fall ein Psychopath ist. Er ist wahrscheinlich Mitte zwanzig, fit und athletisch. Mit ziemlicher Sicherheit lebt er in London und hat einen gut bezahlten Job. In seiner Freizeit verwandelt er sich in einen bösartigen Dreckskerl, der es liebt, Menschen zu töten, und dem einer abgeht, wenn seine Klinge die Haut seiner Opfer penetriert und er das Blut aus der Wunde herausschießen sieht. Natürlich wurde er als Kind missbraucht oder traumatisiert, deshalb ist es eigentlich gar nicht seine Schuld, dass er zu dem Menschen wurde, der er ist.«

Fenton zwang sich, seinen Monolog zu stoppen. Wut war seine natürliche Reaktion auf eine Bedrohung. Mit seinem neuesten Mord hatte der Killer klarstellen wollen, dass es ein Leichtes für ihn wäre, an Fenton und Tess heranzukommen. So leicht wie atmen. Allein die Drohung auszustoßen versetzte dem Kerl schon einen Kick.

Hall wechselte erneut einen Blick mit Bell. »Ihr Vorgesetzter und ich haben uns die Akten angesehen, und wir fragen uns, warum Sie nicht noch einmal Adam Blake vorladen und ihn richtig unter Druck setzen.«

»Er hat ein wasserdichtes Alibi. Der Wirt des South-Pole-Pubs hat bestätigt, dass Blake am Abend von Lauren Bishops Ermordung die ganze Zeit dort war.«

Hall hob eine knöchrige Hand. »Wir wissen alle, was Blake seinerzeit passiert ist. Reiner Zufall? Wir werden ihn vorladen. Ihn noch mal verhören. Das Alibi genau nachprüfen.«

Fenton war es nicht gewohnt, dass ihm jemand sagte, wie er seine Arbeit tun sollte. Es machte ihn sauer. Besonders wenn die Person, die die Anweisungen erteilte, recht hatte. »Ich werde mein Team darauf ansetzen.«

Hall wirkte leicht verdutzt, als hätte sie mehr Widerstand erwartet, ja darauf gehofft. Sie sah auf einen Papierbogen, der vor ihr auf dem Schreibtisch lag. Fenton nahm an, dass es Notizen waren, die sie sich vor dem Gespräch gemacht hatte, und es vergrößerte nur sein wachsendes Unbehagen. Seiner Erfahrung nach bedeutete es fast immer, dass eine schlechte Nachricht überbracht werde würde, wenn ein Vorgesetzter Notizen zu einem Meeting mitnahm.

Hall schaute zu Fenton auf und räusperte sich scharf. »Mir ist klar, dass Sie sich in einer ausgesprochen schwierigen Position befinden, in der ihre Familie, also ihre Tochter, die volle Priorität genießen sollte. Nach gründlicher Prüfung der Ermittlungslage und Einschätzung Ihrer persönlichen Situation habe ich beschlossen, Sie von den Ermittlungen abzuziehen.«

Fenton sagte nichts. Sein Verstand konnte das Gehörte nicht so schnell verarbeiten. Hilfesuchend schaute er zu Bell hinüber, doch der wich seinem Blick aus. Hall räusperte sich erneut. »Sie erhalten bezahlten Sonderurlaub aus dringenden familiären Gründen«, sagte sie. »Über die Dauer des Urlaubs, der mit sofortiger Wirkung beginnt, befinde ich noch. Ich betone, dies ist keine Disziplinarmaßnahme, sondern soll Ihnen Zeit und Raum zu geben, sich von dem erlittenen Trauma zu erholen und sich um Ihre Tochter zu kümmern.«

Fenton erstarrte, die Überraschung auf seinem Gesicht verwandelte sich in Unglauben. »Soll das ein Witz sein? Das ist verrückt. Es ergibt keinen Sinn. Mich von dem Fall abzuziehen wirft die Ermittlungen zurück. Damit spielen Sie dem Killer in die Hände.«

Hall schaute wieder auf ihre Notizen. »Tut mir leid«, sagte sie. »Es ist entschieden. Sie sind offiziell außer Dienst. Sie täten gut daran, die Zeit zu nutzen. Erholen Sie sich, verbringen Sie Zeit mit Ihrer Tochter. Wir wissen alle, was sie durchgemacht hat. Erst stirbt ihre Mutter an Krebs und jetzt das. Sie braucht ihren Vater.«

Fenton wandte sich an Bell. »Was sagen Sie dazu?«, fragte er vorwurfsvoll. »Sie wussten, dass es so kommen würde, nicht wahr?«

»Nach sorgfältiger Abwägung aller Gegebenheiten muss ich Assistant Commissioner Hall zustimmen.«

»Natürlich stimmt ein Arschloch wie Sie ihr zu.«

Hall biss die Zähne so fest zusammen, dass es ihr das Blut aus den ungeschminkten Lippen presste. »Mir ist klar, dass dies keine guten Neuigkeiten für Sie sind, deshalb bin ich bereit, Nachsicht walten zu lassen. Dieses eine Mal. Aber es gibt keinen Diskussionsspielraum. Sie sind vom Dienst suspendiert. Es ist beschlossene Sache.«

Fenton schüttelte den Kopf. Wie weit nach oben reichte dieser Pfusch? Falls nicht höher als bis zu Hall, hatte er vielleicht noch eine Chance, die Sache umzubiegen.

»Mich rauszunehmen wird die Ermittlungen verlangsamen, obwohl wir sie intensivieren müssen«, sagte er. »Was, glauben Sie wohl, wird die Presse daraus machen? Die klopfen sich auf die Schenkel vor Freude. Damit hätten wir unser Versagen eingeräumt. Wer soll meinen Posten übernehmen? Niemand im Team ist erfahren genug, um die Ermittlungen zu leiten. Es ist mein Fall.«

Hall zuckte mit den knöchrigen Schultern. »Es ist ja nicht so, als hätten Sie große Erfolge vorzuweisen. Im Gegenteil. Die Presse fordert bereits Konsequenzen. Vermutlich fände sie es sogar gut, wenn wir die Karten neu mischen. Wir werden eine Pressemitteilung herausgeben, in der wir erklären, dass Sie wegen persönlicher Gründe abgelöst wurden. Nach den jüngsten Ereignissen ist dies nachvollziehbar. Der Killer hat Sie und Ihre Familie im Visier. Dadurch wird die Sache persönlich. Es wäre nicht rechtens, wenn Sie weiter an den Ermittlungen teilnähmen. Das müssen Sie doch erkennen.«

Fenton sah das alles ganz anders. Für ihn gab es nur eins, nämlich Martas Killer zu schnappen. Das Böse war seiner Tochter zu nahe gekommen. Mit einem hat Commissioner Hall allerdings recht, sagte er sich. Die Sache ist jetzt persönlich.

»Mich abzuziehen ist ein großer Fehler«, sagte Fenton. »Es

ist gut möglich, dass meine Presseerklärung den Killer dazu gebracht hat, seinen ersten Fehler zu begehen. Sie hat sein Ego gekitzelt. Dass er seinen Auswahlprozess verändert hat bedeutet, dass er tagelang meine Wohnung beobachtet und Marta nachspioniert haben muss. Er musste ihr folgen und sich dann auf die Lauer legen. Gut möglich, dass ihn jemand gesehen hat oder dass ihn irgendwo eine Überwachungskamera gefilmt hat. Ich lasse das Material gerade von meinen Leuten prüfen. Es könnte unsere Chance sein.«

Hall nickte beipflichtend. »Das ist alles richtig«, sagte sie. »Seien Sie versichert, Ihr Ersatz, ein erfahrener Beamter aus einer anderen Abteilung, wurde bereits vollständig in den Fall eingewiesen. Ich wiederhole noch einmal, was ich vorhin gesagt habe. Sie sind vom Dienst suspendiert. Mindestens bis zum Abschluss dieses Falls. Davon gibt es kein Zurück.« Hall stand auf, das Gespräch war beendet.

Sobald sich die Tür hinter ihr geschlossen hatte, erhob Bell sich von seinem Stuhl, watschelte um seinen Schreibtisch und pflanzte sich auf seinen angestammten Platz. Er stieß einen lang gezogenen Seufzer aus, erleichtert, wieder auf der richtigen Seite des Schreibtischs zu sitzen, auf der Seite der Macht. »Tut mir leid, ich konnte nichts für Sie tun«, sagte er. »Die Entscheidung, Sie abzuziehen, wurde auf höchster Ebene getroffen. Da ließ sich nichts mehr machen. Mir blieb nichts anderes übrig, als zuzustimmen.«

Fentons Schultern sackten herab, und er ließ den Kopf hängen. Bell war ein jämmerliches kleines Arschloch, doch ihn zu beleidigen würde ihn, Fenton, nur für einen kurzen Augenblick von den Schuldgefühlen ablenken, die er Martas wegen empfand. Also hielt er den Mund.

Der Killer hatte eine junge Frau ermordet, nur um ihm eine Botschaft zu senden. Ihm eine Lektion zu erteilen. Ein unschuldiges Leben, einfach ausgelöscht. Er fragte sich, warum sie es für nötig gehalten hatte, ihn anzulügen bezüglich ihrer Herkunft. Seit ihrem Tod war Tess nicht mehr in der Schule gewesen. Sie hatte in den letzten drei Tagen kaum ihr Zimmer verlassen.

Eine Opferschutzbeamtin passte auf sie auf, während er unterwegs war, und die uniformierten Polizisten, die vor der Haustür Wache hielten, sollten Tess zusätzlich beruhigen. Doch sie vergrößerten nur ihre Furcht. Er würde jetzt nach Hause gehen und sie trösten, wenn sie weinte, und versuchen ihre Fragen zu beantworten. Er war kein Ermittlungsleiter mehr, führte kein Team mehr an.

Fenton stand auf und ging langsam zur Tür. Während seine Finger sich um die verchromte Klinge legten, wandte er sich zu Bell um. »Sie machen einen großen Fehler«, sagte er.

35

Blake stand an der Umfriedung der Westseite des Victoria Parks. Direkt vor ihm war das Gore-Tor, der Parkeingang von der Gore Road aus. Rechts vom Tor sah er die Stelle, wo Laurens Leiche im dichten Unterholz zwischen zwei ausgewachsenen Platanen gefunden worden war.

Die Spätnachmittagssonne stand tief und warf lange Schatten auf den Park, die kühle Luft vermittelte einen falschen Eindruck von Reinheit. Blake vergrub die Hände in den Jackentaschen und rief sich die Nachrichtenmeldungen über den Mord ins Gedächtnis. Die Polizei glaubte, dass Lauren kurz nach Sonnenuntergang getötet worden war.

Er malte sich aus, wie sie das weiche Licht der Abenddämmerung genossen hatte, während sie ahnungslos ihrem Mörder in die Arme gelaufen war. Mit diesem Bild im Kopf wandte er sich um und ging zur Mitte des Parks. Es wurde schnell dunkler, und er nahm an, dass ihm höchstens zwanzig Minuten blieben, bis die Parkwärter die letzten Besucher verscheuchen und die Tore absperren würden.

Neben zwei Fahrradfahrern, die in westliche Richtung radelten, sah Blake noch ein halbes Dutzend Hundehalter, die ihren Vierbeinern ein wenig Auslauf verschafften, ehe sie mit ihnen in ihre Wohnsilos zurückkehrten. Ein muskelbepackter schwarzbrauner Kampfhund, der einen dürren jungen Farbigen in einem grauen Trainingsanzug hinter sich herzog, kam ihm entgegen. Weder der Hund noch sein Herrchen würdigten Blake eines Blickes.

Nach fünf Minuten wandte der Weg sich nach Osten in Richtung eines modernen Backsteinbaus, vor dem einige Holztische standen. Über der gläsernen Eingangstür hing ein weißes Schild, auf dem in roten Großbuchstaben *Vic's Café* stand. Links neben dem Schild hing eine kleine schwarze Überwachungskamera, die in Blakes Richtung wies. Die Tische waren abgeräumt und gewischt und der Innenraum des Cafés sah leer aus, dennoch ging Blake zur Tür, drückte die Nase ans Glas und spähte hinein. Er sah weitere Tische, auf denen rot-weiß karierte Tischdecken lagen.

Blake klopfte mit der Faust an die Glasscheibe. Drinnen tat sich nichts, niemand erschien. Er überlegte, ob er erneut anklopfen sollte, als ihn jemand an die Schulter tippte. Blake fuhr herum, die Faust noch gehoben.

»Immer mit der Ruhe, Kollege, anklopfen bringt nichts. Wir haben geschlossen. Es gibt in der Nähe jede Menge Imbisse, falls Sie Hunger haben.«

Blake schaute auf ein Gesicht, das kopfüber stand. Ein glatter glänzender Schädel über einem braunen Haarwust. Der Mann war Ende dreißig, mindestens zehn Zentimeter kleiner als Blake und wahrscheinlich zwanzig Kilo schwerer. Das meiste zusätzliche Gewicht verteilte sich auf den Bereich zwischen Brustkasten und Gürtellinie.

Blake öffnete die Faust und schob die Hand wieder in die Jackentasche. »Ich will nichts essen. Ich möchte mit dem Chef sprechen. Es ist wichtig.«

»Sie sprechen mit dem Chef, Kollege. Dem Besitzer, Geschäftsführer und Koch. Das Einzige, was ich nicht mache, ist kellnern und Klos putzen. Das tun andere Leute für mich. Deshalb gibt es den Mindestlohn. Wie auch immer, was für

Sie wichtig ist, ist nicht unbedingt auch für andere wichtig. Klar? Der Park schließt in fünfzehn Minuten. Die Tore werden abgesperrt. Ich muss mich beeilen.«

Blake trat von der Tür zurück und deutete auf das Schild darüber. »Dann sind Sie Vic?«

Der Cafébesitzer kratzte sich am Bart, wandte sich um und setzte sich in östliche Richtung in Bewegung. Blake folgte ihm und musste ab und zu ein paar Schritte joggen, um mit ihm mitzuhalten. »Nein«, sagte der Mann über eine kräftige Schulter hinweg. »Mein Name ist Lee. Perry Lee. Der Laden heißt *Vic's Café*, weil wir im Victoria Park sind. Reine Marketingsache. So läuft das im Geschäftsleben, verstehen Sie?«

Blake schwieg. Er ging nicht davon aus, dass der Mann keine Antwort erwartete. »Ich stelle Nachforschungen im Mordfall Lauren Bishop an und würde mit Ihnen gern über Ihre Überwachungskamera reden.«

Perry Lee blieb stehen und schaute zu Blake auf. »Ich habe doch schon alles erzählt, Kollege«, sagte er. »Vor Wochen. Jetzt noch mal alles von vorn? Wer sind Sie überhaupt? Ein Bulle sind Sie jedenfalls nicht, das rieche ich.«

Blake nickte und lächelte, bemüht, den Mann zu beruhigen und zum Reden zu bringen. »Ist das so offensichtlich?«

Der Cafébesitzer ging weiter. Womöglich lächelte er, doch unter seiner wallenden Gesichtsbehaarung konnte Blake das nicht genau erkennen. »Ich erkenne einen Zivilbullen aus einer Meile Entfernung, keine Sorge. Die sehen immer aus wie eine Mischung aus Buchhalter und Nachtclub-Türsteher, und das gilt nur für die Frauen. Verstehen Sie, was ich meine?«

Blake entgegnete nichts. Er konzentrierte sich darauf, mit dem Mann Schritt zu halten. Die Sonne war inzwischen hinter dem Horizont versunken, und das Licht schwand schnell. Sie gingen in Richtung Cadogan-Tor. Blake schätzte, dass sie es in zehn Minuten erreichen würden.

»Ich habe sofort gesehen, dass Sie kein Polizist sind. Groß und hässlich genug sind Sie zwar. Aber Sie sehen ein bisschen zu gefährlich aus. Verstehen Sie, was ich meine? Sie haben etwas an sich, was Polizisten fehlt.«

»Das nehme ich jetzt mal als Kompliment, ja?«

»Nehmen Sie es, wie Sie wollen. Ist mir egal. Aber wenn Sie kein Polizist sind, wieso stecken Sie dann Ihre Nase in diesen Mordfall? Wer sind Sie überhaupt? Meinen Namen kennen Sie. Ziemlich unhöflich, sich nicht vorzustellen, finde ich.«

Blake fand, er habe keinen Grund zu lügen, und nannte Lee seinen Namen. »Die Familie des Opfers hat mich gebeten, mir den Fall genauer anzusehen. Als zusätzliche Hilfe für die Polizei sozusagen. Das ist alles.«

Lee warf Blake einen Seitenblick zu, der ihn wissen ließ, dass Perry sich keinen Scheiß erzählen ließ. »Wie gesagt, ich habe dem Detective alles erzählt, an dem Tag, als die Leiche gefunden wurde. Junger Kerl. Jünger als ich. Ince hieß er, glaub ich. Irgend so was. Er schien zu wissen, was er tut.«

Blake nickte. »Ich bin den Weg abgegangen, den Lauren Bishop genommen hat, und dabei ist mir die Überwachungskamera über Ihrer Tür aufgefallen. Ich wollte sicherstellen, dass die Polizei die Aufnahmen gesehen hat.«

Der Cafébesitzer blieb erneut stehen und deutete auf ein paar Büsche, die vielleicht hundert Meter entfernt waren, die wenigen schmutzig braunen Blätter daran waren gelb gesprenkelt. »Da hinten lag die Leiche«, sagte er. »Hat wohl viel Blut gegeben. Der Park war praktisch den ganzen Tag geschlossen, und meine Wocheneinnahmen waren im Eimer.«

Blake zwang sich, zum Kamera-Thema zurückzukehren. »Ich weiß, dass der Park eigene Überwachungskameras hat. Die über Ihrem Café ist aber Ihre eigene, ist das richtig?«

»Richtig, Kollege. An den Haupttoren gibt es Überwachungskameras, die kleineren Eingänge sind nicht abgedeckt. Ich muss mich doch schützen. Wär' doch blöd, es nicht zu tun. Es gibt viele schräge Vögel hier draußen. Die Ausrüstung ist teuer, aber die Investition lohnt sich. Meine Kamera filmt jeden, der das Café betritt oder daran vorbeigeht. Ist eine Digitalkamera, aber ich habe sie so eingestellt, dass die Daten automatisch auf eine DVD kopiert werden. Ich hebe sie eine Woche auf, bis sie mit neuem Material überspielt werden. Im Café selbst habe ich keine Kamera. Wie gesagt, die Dinger sind teuer.«

Sie waren weitergegangen und nur noch zweihundert Meter vom Parkausgang entfernt. »Mein Van steht draußen. Ich muss schnell nach Hause. Auf mich wartet jemand, und sie ist lecker. Verstehen Sie, was ich meine? Ich kann jetzt nicht mehr trödeln.«

»Verstehe«, entgegnete Blake. »Sie sagen, Sie haben der Polizei das Filmmaterial aus der Kamera gegeben, und zwar am Tag des Leichenfunds.«

»Habe ich doch gesagt, oder? Langsam verliere ich die Geduld. An dem Tag war der ganze Park geschlossen. Nur Leute, die hier ein Geschäft haben, durften rein. Ich habe mir die DVD angesehen, aber mir ist nichts Besonderes aufgefallen, denn ich wusste ja nicht, wie die Tote aussah. Erst als ich ihr Bild in den Nachrichten sah, ist mir klar geworden, dass sie auf den Aufnahmen zu sehen war.«

Blake packte den Cafébesitzer am Ellbogen. »Ihre Kamera hat Lauren Bishop gefilmt?«

»Lassen Sie mich los«, schimpfte Lee und zog den Arm weg. »Ich habe es dem Detective gesagt, dass sie auf den Aufnahmen zu sehen ist. Sie kam kurz vor Feierabend ins Café.«

Es war ein kühler Abend, doch Blake wurde heiß unter dem Adrenalinschub, der sein Blut flutete. »Sie haben der Polizei eine DVD mit Filmmaterial aus Ihrer Kamera gegeben, das zeigt, wie das Mordopfer am Tattag Ihr Café betritt?«

»Ja, so ist es. Wie gesagt, Detective Ince war sein Name. Junger Bursche, aber er wusste, was er tat. Hat gute Arbeit geleistet. Im Park wimmelte es von Polizisten, aber niemand hat mich wegen der Kamera angesprochen. Zu dem Zeitpunkt hatte ich noch nicht die Nachrichten gesehen und wusste nicht, dass ich die Frau auf Film habe, verstehen Sie? Zum Glück war dieser Ince kompetent. Er ist irgendwann vorbeigekommen, hat ein paar Fragen gestellt und die DVD mitgenommen. Ich dachte, die würden sich wieder bei mir melden, aber bisher ist nichts gekommen.«

Blake sagte nichts. Er war in Gedanken woanders. Er fragte sich, warum die Polizei bei ihrem Zeugenaufruf nicht das Filmmaterial mit Lauren veröffentlich hatte. Er dachte immer noch angestrengt nach, als sie den Ausgang erreichten und auf die Cadogan Terrace hinaustraten.

Lee deutete auf einen weißen Van ganz in der Nähe. »Da ist mein Wagen. Wie gesagt, ich habe eine Verabredung und muss los.«

Blake nickte. »Nur eines noch. Kam Lauren Bishop allein in Ihr Café oder in Begleitung?«

Lee zuckte die Achseln und zupfte an seinem Bart. »Ihr folgte ein Mann, ein großer Typ, ist aber schwer zu sagen, ob sie zusammen waren. Ich hab es auch diesem Ince erzählt. Man erkennt das Gesicht des Mannes nicht, weil er runterschaut. Beide sind auf dem Film, aber ich erinnere mich nicht, sie im Café gesehen zu haben. Der Laden hat gebrummt ohne Ende, verstehen Sie, was ich meine?«

Blake wühlte in seiner Jackentasche nach einer der Visitenkarten, die er während seiner Reporterzeit oft verteilt hatte. »Danke, dass Sie mit mir gesprochen haben«, sagte er. »Falls Ihnen noch etwas einfällt, rufen Sie mich bitte an.«

Lee verzog das Gesicht und betrachtete die Visitenkarte, als hätte man ihm einen Hundehaufen angeboten. »Meinetwegen. Aber ich habe Ihnen alles gesagt, was ich weiß. Ich habe meine Pflicht erfüllt und der Polizei die DVD gegeben.«

Blake beobachtete, wie Lee einstieg, den Motor startete und sich in das abendliche Verkehrsgewusel stürzte. Er wartete, bis der Wagen außer Sicht war, wandte sich dann um und ging nach Süden Richtung Mile End Road.

Es schien gut möglich, dass der Killer Lauren ins Café gefolgt war, sie vielleicht nett angesprochen hatte, um mit ihr zum Gore-Tor spazieren zu können. Dort hatte er das Messer gezückt und sie ins Unterholz geführt.

Blake hatte nicht erwartet, derart schnell einen ersten Erfolg zu erzielen. Hier stimmte etwas nicht. Die Polizei besaß Filmmaterial von Lauren am Tag ihrer Ermordung. Sie hatten entschieden, es nicht zu veröffentlichen und seine Existenz geheim zu halten. Es ergab keinen Sinn.

36

Blake hatte halb damit gerechnet, dass die Polizei sich noch einmal bei ihm melden würde. Er erkannte Ince von ihrer letzten Begegnung. Diesmal war er in Begleitung eines älteren Detectives, einer Frau, die Blake ihren Dienstausweis gerade so lange unter die Nase hielt, dass er den Namen Daly lesen konnte.

Eine halbe Stunde später saß er in dem vertrauten Verhörzimmer mit den weißen Wänden und nippte an einem lauwarmen Kaffee. Ince begann das Verhör mit einigen allgemeinen Punkten, dann folgte die Frage nach Blakes Aufenthaltsort am Abend von Laurens Ermordung.

»Das haben wir doch alles schon besprochen«, sagte er verdrossen. »Ich war den ganzen Abend im Pub. Sie filmen doch diese Verhöre. Sehen Sie sich doch einfach das letzte an und lassen mich in Ruhe.«

Ince legte die Hände auf den Tisch und beugte sich vor. Blake roch sein billiges Rasierwasser. »Wir glauben Ihnen nicht. Wir werden Ihr Alibi noch einmal gründlich überprüfen und wollen genau wissen, wo sie waren, als Edward Deere und Marta Blagar ermordet wurden.«

Blake seufzte. Er konnte sich kaum auf Inces Worte konzentrieren, weil er ständig an das Filmmaterial aus *Vic's Café* denken musste. Wenn die Polizei es hatte, warum bewahrten sie Stillschweigen darüber? Und wenn sie es nicht hatte, warum behielt Ince es für sich? Was immer die Antwort sein mochte, er beabsichtigte nicht, sein Wissen preiszugeben, ehe er wusste, was hier lief.

Daly löste sich von der Wand und ließ Ince mit einer knappen Kopfbewegung wissen, dass sie übernahm.

»Wer den Jäger jagt, läuft Gefahr, zur Beute zu werden. Was bedeutet der Satz Ihrer Meinung nach?«

»Die Bedeutung ist ziemlich klar, oder?«

Daly setzte sich ihm gegenüber an den Tisch. »Ich würde gern Ihre Interpretation hören.

Blake hielt seinen Blick auf die Polizistin gerichtet. »Wie Tausende anderer Leute einschließlich Ihnen habe ich die Botschaften des Mörders gelesen. Ich nehme an, nur die Person, die sie geschrieben hat, kennt ihre genaue Bedeutung.«

Daly ließ einen Moment verstreichen, ehe sie die nächste Frage stellte. »Nach allem, was Ihnen im Irak widerfahren ist, wie haben Sie sich gefühlt, als Sie das Foto von dem abgetrennten Kopf gesehen haben?«

»So wie jeder andere normale Mensch auch. Mir wurde speiübel.«

»Aber vorher sind Sie ins Internet gegangen und haben nach dem Foto gesucht.«

»Ich war neugierig.«

»Wie steht es mit den Fotos Ihrer früheren Freundin? Haben Sie sich die auch angeschaut?«

»Ich habe gelernt, dass es besser ist, sich Dingen zu stellen. Ihnen auszuweichen tut einem nicht gut.«

Daly brachte ein teilnahmsvolles Lächeln zustande. »Klingt wie etwas, das ein Therapeut sagen würde.«

Blake verkrampfte auf seinem Stuhl. »Keine Sorge, Mr. Blake. Ihre Krankenakte bleibt vorerst vertraulich, aber es würde mich überraschen, wenn Sie nicht in psychologischer Behandlung wären. Eine PTBS kann ernste Probleme verursachen. Wir erleben das bei der Polizei ständig. Wutanfälle, Gewaltausbrüche. Verlieren Sie schnell die Beherrschung?«

Blake schüttelte den Kopf.

»Waren Sie wütend auf Lauren Bishop? Wollten Sie sie bestrafen, weil sie Sie verlassen hat?«

»Ich habe Lauren geliebt«, sagte er. Seine Stimme war kaum mehr als ein Flüstern.

Daly nickte. »Das macht es noch schlimmer, nicht wahr? Noch schwerer zu ertragen. Der Mörder Ihrer früheren Freundin ist dazu übergegangen, seinen Opfern den Kopf abzuschneiden. Ist das nicht ein seltsamer Zufall?«

Blake sprang so abrupt auf, dass er dabei den Stuhl umstieß. »Ich muss gehen«, sagte er. »Ich habe nichts getan.«

Ince trat vor, aber Daly winkte ihn zurück. »Stellen Sie den Stuhl auf und setzen Sie sich«, sagte sie. »Wir haben noch viel zu besprechen.

37

Dr. Belinda Vale lebte allein. Es war besser so. Sie hätte sich nicht träumen lassen, zwei Jahre nach ihrer Hochzeit wieder solo zu sein, aber sie hatte sich damit abgefunden. Ihr Ex-Mann schob das Aus für ihre Beziehung auf ihre Arbeitswut.

Sie hatten sich nicht als Freunde getrennt. Die Beleidigungen und das höhnische Lächeln hatten sie härter getroffen, als sie sich anmerken ließ. Sie wollte ihm keine Macht geben. Du verbringst so viel Zeit damit, in den Köpfen deiner Patienten herumzufuhrwerken, dass du nicht erkennst, wie durchgeknallt du selbst bist, hatte er gesagt.

Ihr wachsendes Interesse für die Psychologie von Mördern hatte das Fass zum Überlaufen gebracht. Er hatte ihre Faszination als krank bezeichnet, und zum Abschied hatte er ihr geraten, selbst mal zum Therapeuten zu gehen.

Sie nahm eine halb leere Weißweinflasche aus dem Kühlschrank. Oder war sie halb voll? Sie wusste nicht, in welcher Stimmung sie gerade war, und schenkte sich ein großes Glas ein. Auf dem Weg zum Arbeitszimmer trank sie einen Schluck. Der Wein war herb und kalt und ließ sie zusammenzucken. Sie stellte das Glas auf den Schreibtisch und fuhr den Laptop hoch.

Nachdem die Scheidung durch gewesen war, hatte Dr. Vale eine Dreizimmerwohnung im Barbican's Shakespeare Tower gekauft. Finanziell war es die beste Entscheidung, die sie je getroffen hatte. Ihre Praxis war ein lukratives Geschäft, und es war auch in anderer Weise bereichernd, Menschen zu helfen, die psychische Probleme hatten. Auf freiberuflicher Basis für die Polizei zu arbeiten brachte nur ein Taschengeld, doch sie wusste, dass sie ein Händchen für diese Dinge hatte. Irgendwie fühlte sie sich lebendiger, wenn sie sich mit den Details eines gewaltsamen Todes befasste.

Das kleinste der drei Zimmer war kaum größer als ein Abstellraum, und gleich nach ihrem Einzug hatte Dr. Vale es in ein Büro verwandelt. Bevor sie sich hinsetzte, schaltete sie das Licht aus und schloss die Tür. Wenn sie ein Täterprofil erstellte, saß sie am liebsten im Dunkeln und richtete ihre ganze Aufmerksamkeit auf den Laptop-Bildschirm.

Der Schreibtisch stand am kleinen Fenster, und einen Moment lang nahm sie den Blick auf das abendliche Ost-London in sich auf. In der Dunkelheit pulsierte die Stadt mit Lichtern, Energie und Leben. Ist der Killer dort draußen, fragte sie sich? Wahrscheinlich. Serienmörder verlassen nur selten ihre vertraute Gegend. Es behagt ihnen, sich in ihrer Todeszone zu bewegen. Zweifellos gab es noch andere beschädigte Seelen dort draußen, Menschen, die ans Töten dachten, die sich vorstellten, es zu tun, und einen täglichen Kampf austrugen, um ihre Wut im Zaum zu halten.

Dr. Vale lächelte leise. Sie schweifte ab. Ihre Finger flogen über die Tastatur, während sie die Dateien mit den Polizeiberichten über die drei Morde aufrief. Die Aussicht, sich in den Kopf des Mörders zu versetzten, erfüllte sie mit Furcht und Begeisterung gleichermaßen. Bevor sie mit der Arbeit am Profil beginnen konnte, musste sie so viel wie möglich über die drei Opfer herausfinden und wie ihre Leben genau geendet hatten. Wen und wie der Killer tötete, würde wertvolle Erkenntnisse über sein Begehren und seine Motive liefern.

Auch würde sie die Internet-Posts des I_Killers studieren. Für sie waren diese Zeilen etwas Wunderbares und Rares. Ein seltener Einblick in den Geist eines »echten Psychopathen«. Mit zitterndem Finger öffnete sie die erste Datei.

***

Um 5:30 Uhr stieg Dr. Vale aus dem Bett, zog ihren seidenen Morgenmantel über und eilte ins Arbeitszimmer. Während der Laptop hochfuhr, warf sie einen Blick aus dem Fenster. Ein weiterer grauer Morgen brach an. Sie hatte den ersten Entwurf ihres Profils um zwei Uhr morgens beendet und war eingeschlafen, sobald ihr Kopf auf dem Kissen lag.

Wie immer hatte sie den Entwurf in Form kurzer Notizen verfasst und brannte nun darauf, sie zu lesen. Das Frühstück musste warten. Falls sie mit dem Text grundsätzlich zufrieden war, würde sie ihn ausformulieren, herausstehende Punkte nötigenfalls ausbauen und ihn dann dem Ermittlungsteam geben.

Sie richtete ihr Augenmerk auf den Bildschirm, öffnete den Dokumente-Ordner und ging die Liste durch, bis sie die Datei fand. Sie öffnete sie und las.

Serienkiller sind zumeist männlich, ihre ersten Opfer sind oft zwischen Mitte zwanzig und Mitte dreißig. Kein Grund anzunehmen, dass es diesmal anders ist. Tötungsart und Enthauptung beim letzten Mord erfordern ein Höchstmaß an Geschwindigkeit, Kraft und Entschlossenheit.

Obwohl die beiden ersten Morde ein impulsives Element zu enthalten scheinen, dürften sie aus Sicht des Killers einen bestimmten Zweck gehabt haben. Die dritte Tat beinhaltete eine sorgsame Auswahl des Opfers und eine detaillierte Planung. Der vierte Mord – ich bin sicher, dass es ihn geben wird, sollte der Killer nicht vorher gefasst werden – wird wieder eine geplante Tat ohne impulsives Element sein und eine weitere Enthauptung beinhalten. Killer hat sich nach der ersten Tat weiterentwickelt. Die eindeutige Eskalation der Gewalt ist eine Identitätssuche. Enthauptung ist nun dominante Signatur. Die Leichen in die Kreuzigungsposition zu legen ist, wie ich denke, bedeutungslos. Unwahrscheinlich, dass es sich hierbei um ein religiöses Element handelt. Psychopathen brauchen keinen Gott. Sie beten nur sich selbst an.

Killer baut erfolgreich große Gefolgschaft in den sozialen Medien auf. Ist süchtig nach der dunklen Seite der menschlichen Psyche und benutzt die Internet-Posts, um weitere Follower anzuziehen und auch sie süchtig zu machen. Serienkiller sind gemeinhin intelligent und pedantisch in ihrer Planung. Sind besessen von den Details ihrer Taten, wollen, dass alles »passt«. Sind oft erfolgreich im Berufsleben und verstehen es, im Alltag völlig unauffällig zu sein. Unser Killer mag ein Monster sein, aber er erscheint nicht so. Im Gegenteil. Er dürfte charmant und artikuliert sein, ein extrovertierter Mensch, oder vielleicht ist er introvertiert und gibt sich nur extrovertiert. Dürfte hochgradig narzisstisch sein. Achtet auf seine Gesundheit und sein Äußeres.

Kennt sich ausgezeichnet mit Forensik aus und versteht es, am Tatort keine Spuren zu hinterlassen. Serienkiller sind oft fasziniert von der Polizeiarbeit und den Fahndungsmethoden. Bisherige Opfer: ein Mann, zwei Frauen. Wenn ich müsste, würde ich sagen, das nächste Opfer wird wieder weiblich sein.

Messer sind oft die bevorzugte Tatwaffe von sexuell motivierten Killern. Ein Messer zu benutzen bedeutet absolute, beinahe intime Nähe zum Opfer, persönlichen Kontakt; es gibt allerdings keine Hinweise auf sexuellen Missbrauch der Opfer vor oder nach der Tat. Die eigentlichen Tötungsakte waren höchstwahrscheinlich nicht sexuell motiviert, könnten aber nach den Taten die Libido und die sexuelle Befriedigung des Killers steigern.

Dr. Vale wandte sich vom Laptop ab und schaute aus dem Fenster auf die Skyline Ost-Londons. Der erste Mord. Das erste Mal. Ein viszerales Hochgefühl. Das dabei empfundene Vergnügen war so intensiv und erlesen, dass alles andere dagegen verblasste. Der zweite Mord hatte weniger intensive Gefühle beim Täter ausgelöst. Ein Obdachloser, der unter einer Brücke schlief. Es war keine Herausforderung gewesen. Beim nächsten Mal hatte es ein schwierigeres Ziel sein müssen, eine Herausforderung, an der man wachsen konnte. Die Hausangestellte des Chef-Ermittlers, eine Enthauptung. Eine Demonstration der Dominanz, der Macht, der Allmacht.

Sie wandte sich vom Fenster ab und massierte ihre pochenden Schläfen, ehe sie weiterlas.

Nicht alle Serienkiller sind Psychopathen, dieser allerdings ist einer, alles deutet darauf hin. Der Frau den Kopf abzuschneiden, nicht aus rasender Wut, sondern bei einem kühl geplanten Mord, erfordert ein Höchstmaß an Psychopathie. Wir sprechen nicht von Wahnsinn, ganz und gar nicht. Ein psychotisches Hirn ist physisch anders. Hirnscans haben gezeigt, dass Psychopathen Abnormitäten im präfrontalen Cortex aufweisen, Bereiche, die man mit Selbstbeherrschung, Empathie und Reue assoziiert. Etwa einer von hundert Menschen ist ein Psychopath. Das ist eine erhebliche Zahl, aber glücklicherweise entwickeln sich nur die wenigstens dieser Leute zu Mördern. Es ist allgemeiner Konsens, dass es stets einen persönlichen Auslöser gegeben hat, wenn ein Psychopath sich zum Mörder entwickelt – eine traumatische Kindheit, sexueller oder körperlicher Missbrauch oder regelmäßiges Miterleben von Gewalt.

Ich denke, der Killer ist durchaus gebildet, wahrscheinlich nicht formal, doch er hatte die Intelligenz und den Antrieb, sich autodidaktisch zu bilden. In seiner Kindheit könnte es möglicherweise einen abwesenden Vater gegeben haben oder eine emotional distanzierte Mutter oder beides.

Psychopathen hassen Autoritätsfiguren, weil sie sich selbst nach Macht sehnen. Oft haben sie Berufe, die ihnen diese Macht über andere und einen gewissen Status verleihen, Anwalt, Chirurg, Verwaltungsbeamter, Polizist, Geschäftsmann, Journalist.

Detective Chief Inspector Dan Fentons Kindermädchen auszuwählen kündet von dem Wunsch, den Einsatz erhöhen zu wollen, die Spannung zu steigern. Allgemein wird angenommen, dass Serienkiller immer größere Risiken eingehen, weil sie gefasst werden wollen. Das ist falsch. Das Gegenteil ist der Fall. Oftmals haben sie einen Überlegenheitskomplex, manchmal einen Gottkomplex, und halten sich demzufolge für unbesiegbar. Sie glauben, sie werden nie gefasst. Das übersteigerte Selbstvertrauen führt zu Fehlern und schließlich zu ihrer Festnahme.

Die Person, nach der wir suchen, hat gelernt, ihre Psy-

chopathie vor ihrer Umwelt zu verbergen. Ich möchte noch einmal ausdrücklich betonen, dass ihre Taten monströs sein mögen, die Person selbst aber alles andere als wie ein Monster erscheint. Sie verbirgt sich hinter der Fassade schierer Gewöhnlichkeit.

Das Hofieren und Manipulieren der Öffentlichkeit und das Verspotten der Polizei über die sozialen Medien weisen auf Ruhmsucht hin, auf das Bedürfnis nach Anerkennung. Mögliche Identitätsprobleme in der Kindheit. Der Killer kann es nicht den Medien überlassen, über seine Taten zu berichten. Muss die öffentliche Wahrnehmung steuern. Ein Spiel mit hohem Risiko, das letztlich zu seiner Entdeckung führen könnte. Was der Killer nicht kontrollieren kann, ist sein randalierendes Ego.

Die Psychologin scrollte zum Anfang des Texts zurück und überflog ihn noch einmal. Besser ging es für den Moment nicht. Obwohl sie überzeugt war, dass der Bericht einige gute Punkte enthielt und dem Ermittlungsteam weiterhelfen würde, war sie sich der Grenzen des Profilings vollauf bewusst. Eine ungenaue Wissenschaft, manchmal sehr ungenau, es gab kein magisches Element darin, keinen geheimnisvollen Kunstgriff.

Dr. Vale schaltete den Laptop aus, klemmte ihn sich unter den Arm und lächelte verdrossen. Sosehr sie es auch liebte, Profiling war kein Ersatz für unwiderlegbare forensische Beweise, für ein Geständnis oder dafür, den Täter auf frischer Tat zu ertappen. Es war, als würde man erklären, wie und warum es zu einem Vulkanausbruch gekommen war, statt vorherzusagen, wann es geschehen würde.

38

»Es ist meine Schuld, dass sie tot ist, Dad, meine Schuld.« Fenton schüttelte den Kopf und streckte die Hand nach seiner schluchzenden Tochter aus.

»Nein, Tess. Es hat nichts mit dir zu tun. Manchmal stoßen guten Menschen schlimme Dinge zu, so ist es leider im Leben.« Als Fentons Hand sich sanft auf den Kopf des Mädchens herabsenkte, wich Tess zurück, rutschte zur Bettkante und zog die Pyjamaärmel über die Hände.

»Du meinst, so wie Mom«, sagte sie leise.

Fenton nickte und schluckte den Kloß im Hals hinunter.

»Genau. Sie war ein guter Mensch. Die Beste.«

Zwei Wochen waren seit Martas Ermordung vergangen. Tess hatte sich jeden Tag in den Schlaf geweint. Hatte sie all diese Tränen nur Martas wegen vergossen? Er bezweifelte es. Er hatte Tess' Handy konfisziert und ihr den Gebrauch ihres Laptops verboten. Zu groß war seine Angst, dass eine ihrer Freundinnen ihr einen Link zu Martas Fotos schicken könnte.

Er trat heran und setzte sich neben sie. Sie hielt den Kopf gesenkt, rutschte ein Stück von ihm weg. Fenton seufzte. »Es ist schrecklich, was mit Marta geschehen ist. Aber du bist nicht schuld. Das ist doch völliger Quatsch. Ich gehe jetzt eine Weile nicht zur Arbeit, damit ich mich richtig um dich kümmern kann. Keine Sorge, Schatz, wir werden Martas Mörder finden. Ich verspreche es dir.« Er versuchte zu klingen, als würde er seine Worte glauben. Für ihn stand zweifelsfrei fest, dass seine Suspendierung den Ermittlungen ernsthaft schadete. Sein Ersatz zum Beispiel, Detective Chief Inspector Norman Tobin, hatte den wohlverdienten Ruf, eher von der langsamen Sorte zu sein. Wie viele Leichen würde es wohl noch geben, bis der DCI auf Betriebstemperatur war?

Man hatte Fenton angewiesen, dem Revier fernzubleiben und jedwede Kontaktaufnahme zum Ermittlungsteam zu unterlassen. Das ergab keinen Sinn. Er hatte den Killer gereizt, ihn auf dem falschen Fuß erwischt. Zwischen ihnen bestand jetzt eine Verbindung, und diese Verbindung ließ sich benutzen, um dem Dreckskerl eine Falle zu stellen.

Er rutschte zu seiner Tochter heran und legte einen Arm um ihre Schultern. Diesmal wich sie nicht zurück. Ihr zierlicher Körper erschauderte.

»Du verstehst nicht, was ich dir zu sagen versuche«, erklärte sie. »Ich bin schuld, dass Marta tot ist. Ich hätte sie retten können. Es ist wirklich meine Schuld. Wirklich, Dad.«

Fenton kannte den Schmerz, den Schuldgefühle und Hilflosigkeit verursachten. Nach dem Tod seiner Frau hatte er monatelang damit gelebt, und selbst heute noch kehrte der Schmerz an schlechten Tagen zurück. »Wie meinst du das, Tess? Es ist einfach nicht wahr. Wenn überhaupt, dann bin ich schuld. Der Mörder hat Marta ausgewählt, weil ich der Ermittlungsleiter war. Er wollte mich damit treffen, mir zeigen, wie klug er ist und wie dumm ich bin.«

Tess schüttelte den Kopf, legte beide Hände an die Brust ihres Vaters und schob sich von ihm fort. »Bitte hör doch mal zu. Wir hätten es dir sagen sollen, das weiß ich jetzt, aber es ist zu spät. Marta hat gesagt, es sei für alle das Beste, es nicht zu verraten. Wir hatten beschlossen, es für uns zu behalten.

Es war unser Geheimnis, aber es ist fürchterlich schiefgegangen. Wir hätten dir sagen sollen, was passiert war. Hätte ich es dir sofort erzählt, wäre Marta noch am Leben. Du hättest sie gerettet.«

Stirnrunzelnd stand Fenton auf, wandte sich um und beugte sich zu seiner Tochter vor. Er schob die Hände unter ihre Ellbogen und half ihr sanft auf die Beine.

»Was hättest du mir erzählen sollen, Tess? Welches Geheimnis?«

»Über den Mann nach der Schule.«

»Welcher Mann, Tess? Was erzählst du da?«

»Es war vor etwas über zwei Wochen, an einem Montag, glaube ich. Marta ist zu spät zum Abholen gekommen. Ich bin losgegangen, um ihr eine Lektion zu erteilen, um ihr Angst einzujagen. Ich war schrecklich. Es war, bevor ich angefangen habe, sie zu mögen.«

»Was war das für ein Mann, Tess?«

»Er war nett. Er hat mich gefragt, ob ich mich verlaufen habe. Er hatte ein hübsches Lächeln. Wir haben ein paar Minuten geredet, bis Marta gekommen ist.«

»Warum hast du mir nicht davon erzählt? Ich verstehe es nicht.«

Tess schniefte und wischte sich mit dem Pyjamaärmel die Nase ab. »Marta hat befürchtet, du könntest sauer sein, weil sie sich verspätet hatte. Sie hatte Angst um ihren Job. Sie hat es nicht gesagt, aber ich habe es ihr angemerkt, und ich dachte, du würdest sauer auf mich sein, weil ich allein losgegangen war. Wir haben beschlossen, nichts davon zu erzählen. Danach sind wir Freundinnen geworden, deshalb hielt ich es für eine gute Sache, das Geheimnis zu bewahren.

Fenton begriff nicht, was er da hörte. »Ich verstehe nicht«, sagte er. »Was hat das mit Martas Tod zu tun?«

Tess schniefte erneut. »Der Mann hat über dich gesprochen. Er sagte, er würde dich kennen. Er hat mich gebeten, dir eine Botschaft zu übermitteln.«

Fentons Magen krampfte sich zusammen. Er beugte sich hinunter, bis er auf Höhe von Tess' rotgeränderten Augen war. »Erinnerst du dich, was er gesagt hat?«

Tess nickte. »Glaube schon. Es war nichts Schlimmes oder so. Er meinte, ich soll dir sagen, dass du auf die kleinen Dinge achten sollst.«

»Bist du sicher, Tess? Waren das seine genauen Worte?«

»Ich glaube ja … sag ihm, er soll auf die kleinen Dinge achten.«

Fenton sank auf die Knie und umfasste sanft die Schultern seiner Tochter. »Wie hat der Mann ausgesehen? Würdest du ihn wiedererkennen?«

Tess' Unterlippe bebte. »Er war sehr groß und klang nett. Aber er trug einen Hoodie und eine Baseballkappe unter der Kapuze. Trotzdem fand ich, dass er freundlich aussah.«

Fenton zog seine Tochter an sich. »Keine Sorge, Schatz, dich trifft keine Schuld«, flüsterte er. Sie vergrub ihr Gesicht an seiner Brust und drückte ihn fester an sich.

Er ließ eine noch immer schniefende Tess im Schneidersitz auf dem Bett zurück, vertieft in die Lektüre ihres Lieblingsbuchs, *Wilbur und Charlotte*. Ihre Mutter hatte es ihr einen Monat vor ihrem Tod geschenkt. Tess hatte es so oft gelesen, dass sie ganze Passagen auswendig konnte.

Fenton machte sich einen Kaffee und setzte sich an den Küchentisch, unentwegt die Worte des Fremden im Kopf.

War dies der Mann, der Marta enthauptet hatte? Sein Magen rumorte. Die einzige kleine »Sache«, auf die er achten musste, war Tess. Es klang wie eine harmlose Botschaft, doch er empfand es als ernste Drohung.

Er trank den Kaffee aus, ging in den Flur und stieg die Treppe hinunter. Er verspürte den plötzlichen Drang nach frischer Luft, außerdem wollte er sicherstellen, dass die uniformierten Beamten der Tagesschicht erschienen waren. Er trat gerade rechtzeitig nach draußen, um noch die Wachablösung mitzubekommen.

Eine sommersprossige Polizistin begrüßte ihn mit einem Nicken, als sie ihre Position vor der Haustür einnahm. Fenton beobachtete, wie die Nachtschicht davonfuhr. »Wo ist Ihr Kollege?«, fragte er.

Die Polizistin lächelte. Es ließ sie noch jünger aussehen, viel zu jung, um in Uniform durch Londons Straßen zu streifen. »Heute bin nur ich hier, Sir«, sagte sie.

Fenton schüttelte den Kopf. »Ich gehe nicht weit. Nur ein Stück die Straße hoch, ein paar Minuten.«

Es war Mitte Oktober, und der Himmel, dicht bewölkt und mit verschiedensten Grauschattierungen durchsetzt, lastete schwer auf der Stadt. Fenton schob die Hände in die Hosentaschen und ging in östliche Richtung durch die Rising Hill Street.

Geparkte Autos säumten beide Straßenseiten; nur die Stelle, wo sein Wagen mit Martas Kopf auf der Motorhaube gestanden hatte, war leer. Sie war noch immer mit weißem Absperrband gesichert, obwohl die Forensiker schon vor Tagen ihre Arbeit beendet hatten.

Fenton wusste, was er eigentlich hätte tun müssen. Es

war das Gegenteil dessen, was er tun wollte. Richtig wäre, New Scotland Yard anzurufen und dem neuen Ermittlungsleiter mitzuteilen, was Tess ihm eben erzählt hatte. Zeit seines Lebens hatte er immer das Richtige getan, doch nun verschwamm zum ersten Mal die Linie zwischen richtig und falsch. Richtig für wen? Für die Polizei, für seine Vorgesetzten, für die Allgemeinheit? Was war denn richtig für ihn und seine Tochter?

Wenn er sich korrekt verhielt, würden sie Tess aufs Revier holen und stunden-, vielleicht tagelang verhören, bis sie jedes Detail der Begegnung mit dem Fremden aus ihr herausgequetscht hatten. Sie würde damit klarkommen, daran hegte er keinen Zweifel. Sie war taffer, als sie aussah.

Dennoch wollte er ihr die Prozedur gern ersparen, nach allem was sie in letzter Zeit durchgemacht hatte. Es war ja nicht so, als hätte sie das Gesicht des Mannes deutlich erkannt, außerdem gab es keine Garantie, dass der neue Ermittlungsleiter die richtigen Schlüsse ziehen und mit den neuen Informationen etwas anzufangen wissen würde. Es gab keinen unwiderlegbaren Beweis dafür, dass der Mann vor der Schule der Killer war, doch sein Bauchgefühl und die der Botschaft innewohnende Drohung sagten Fenton alles, was er wissen musste.

Er wollte den Killer hinter Schloss und Riegel sehen, und zwar so schnell wie möglich. Auch wollte er, mehr als alles andere, derjenige sein, der den Kerl schnappte. Beim gegenwärtigen Stand der Dinge würde es nicht dazu kommen.

Er war offiziell außer Dienst, aber was sollte ihn davon abhalten, den Killer inoffiziell zu jagen? Nun, zum einen würde man ihn hochkantig rauswerfen. Damit hätten sich nach fünfzehn Dienstjahren seine Pensionsansprüche in Luft aufgelöst. Doch seine absolute Priorität galt Tess. Der Killer war ihr einmal gefährlich nahe gekommen. Das würde nie wieder geschehen.

Das Wissen, dass der Mann, der mit seiner Tochter geredet hatte, aller Wahrscheinlichkeit nach der Killer war, ließ Fenton frösteln und brachte ihn auf einen Gedanken, der seit Tagen verschwommen am Rande seines Bewusstseins herumgegeistert war. Der Killer wusste, wo er wohnte, und war Marta und Tess vermutlich mehr als einmal zur Schule gefolgt.

Wie bei den meisten Polizeibeamten üblich, wurden auch Fentons persönliche Angaben wie Adresse und Telefonnummer in keiner der kommerziellen öffentlichen Online-Datenbanken genannt. An der Kreuzung Penton Street und Chapel Market machte Fenton auf dem Absatz kehrt und trat den Rückweg an. Diesmal waren seine Schritte länger, er ging schneller.

Der Killer musste Fentons Adresse dem Computersystem der Polizei entnommen haben. Er war entweder ein Computerfreak und hatte sich in das Netzwerk gehackt, oder er war einer der zivilen Mitarbeiter bei New Scotland Yard. Oder aber er war selbst Polizist.

39

Fenton hatte gerade den Schlüssel ins Schloss geschoben, als die Pressemeute eintraf. Ein aus vier Autos bestehender Konvoi hielt mit quietschenden Bremsen am Bordstein. Aus jedem Wagen sprangen jeweils ein Reporter und ein Fotograf.

Eine große Frau in einem braunen Hosenanzug erreichte Fenton als Erste und hielt ihm ein digitales Aufnahmegerät unter die Nase. »Was ist der wahre Grund dafür, dass man Sie von dem Fall abgezogen hat?«

»Kein Kommentar.«

»Bedroht der Mörder Ihre Familie?

»Kein Kommentar.«

Die anderen Reporter versammelten sich vor dem Haus, alle hielten ihre Aufnahmegeräte hoch. »Wie haben Sie sich gefühlt, als Sie den Kopf Ihres Kindermädchens auf dem Auto gefunden haben?«

»Ist dies das Ende Ihrer Polizeilaufbahn?«

»Möchten Sie dem Mörder eine Botschaft übermitteln?«

Fenton hob beide Hände, und die Reporter verstummten. »Ihre Fragen richten Sie bitte an unsere Presseabteilung«, sagte er. »Die Telefonnummer kennen Sie bestimmt.«

Die Frau im Hosenanzug machte einen neuen Anlauf. »Was möchten Sie all den Leuten sagen, die die Posts des Mörders toll finden und tausendfach weiterverbreiten?«

Im nächsten Moment brach ein Blitzlichtgewitter los. Fenton hob die Hand, um sein Gesicht zu verdecken, trat über die Schwelle und schlug die Haustür hinter sich zu. Er packte die Türklinke, seine Fingerknöchel traten weiß hervor. Vernünftig wäre gewesen, auch die letzte Frage komplett zu ignorieren, die Klappe zu halten und Partington die Pressearbeit zu überlassen.

Er riss die Tür wieder auf und trat hinaus auf die Schwelle. Die Reporter, schon unterwegs zu ihren Wagen, eilten umgehend zurück, aufgeregt wegen der Aussicht auf ein deftiges Zitat, einen neuen Ansatz, um ihre Redakteure bei Laune zu halten.

Fenton holte tief Luft. »Jeder, der im Internet Bilder von Menschen sucht, deren Ermordung kurz bevorsteht, und sich dann auch noch die Fotos ihrer entstellten Leichen ansieht, sollte sich schämen. Er sollte mal an die Opfer und deren Familien denken und dann einen langen intensiven Blick in den Spiegel werfen.« Die Reporter riefen durcheinander und stürmten vor, bombardierten ihn mit neuen Fragen. Fenton trat zurück und schlug die Tür abermals zu.

Er saß auf dem Sofa, den Kopf in den Händen, als sein Handy klingelte. Er zog es aus der Tasche, dachte, es könnte Daly mit einer wichtigen neuen Information sein, aber dann fiel ihm ein, dass man ihn ja von dem Fall abgezogen hatte.

Leah Bishops Stimme war leise, er verstand sie kaum. »Sie müssen lauter sprechen«, sagte er. »Hören Sie mich?«

»Laut und deutlich, Detective.«

Er wollte ihr schon vorschlagen, ihn Dan zu nennen, doch er verwarf den Gedanken. »Tut mir leid, ich kann keine Fragen zu den Ermittlungen beantworten. Wenden Sie sich an die zuständige Abteilung bei New Scotland Yard.«

»Deshalb rufe ich nicht an. Ein Freund möchte mit Ihnen sprechen.«

Fenton erinnerte sich, ihr nach der Pressekonferenz seine Privatnummer gegeben und ihr versichert zu haben, Sie könne ihn jederzeit anrufen, um nach dem aktuellen Stand der Ermittlungen zu fragen. »Tut mir leid, Miss Bishop, aber wie gesagt, ich gehöre nicht mehr zum Ermittlungsteam.«

»Ich weiß. Aber Sie sind derjenige, mit dem mein Bekannter sprechen will. Es ist wichtig.«

Er überlegte, so zu tun, als hätte er keinen Empfang mehr, und einfach aufzulegen, aber seine Neugier siegte.

»Wer ist dieser Bekannte?«

»Jemand, den ich gebeten habe, Nachforschungen im Mord an meiner Schwester anzustellen. In allen drei Morden eigentlich. Sie wissen schon, ein frischer, unverstellter Blick auf die Fakten. Darum geht es, nichts weiter. Nicht, dass ich der Polizei misstrauen würde.«

Anlass dazu hätten Sie genug, glauben Sie mir, dachte Fenton. »Reden Sie von einem Privatdetektiv? Weiß er, was er tut?«

»Ich rede von Adam Blake. Er bekommt kein Geld von mir. Er möchte helfen.«

»Blake? Das ist ja wohl ein Witz.«

»Es war mir nie ernster.«

»Sie wissen, dass er nach wie vor zum Kreis der Verdächtigen gehört?«

»Ja. Man hat ihn ein zweites Mal verhört, und er durfte wieder gehen. Ich vertraue ihm völlig. Er sagt, er müsse Ihnen einige wichtige Fragen stellen. Er sagt, Sie könnten eine wertvolle Unterstützung sein.«

»Sagt er das? Schön, dass wenigstens einer so denkt.« Fenton machte eine Pause, um die Situation zu überdenken. Dies war eine unerwartete Wendung. Sein Instinkt hatte ihm von Anfang an gesagt, dass Blake kein Killer war, und auf seinen Instinkt hatte er sich immer verlassen können. Dem Vernehmen nach war Blake ein gewiefter Journalist gewesen. Vielleicht würde er unter seiner, Fentons, Führung tatsächlich etwas Brauchbares ausgraben.

»Ich brauche etwas Zeit, um darüber nachzudenken«, sagte Fenton. »Ich schließe es nicht aus, aber ich muss vorsichtig sein.«

»Großartig. Ich wäre, nein, wir wären Ihnen so dankbar, wenn Sie Zeit für ein Treffen finden könnten. Ich verstehe, dass Sie in einer schwierigen Lage sind.«

Fenton hatte gehofft, dass seine Suspendierung von kurzer Dauer sein würde, aber nach seinem Auftritt auf der Türschwelle war das eher unwahrscheinlich. »Ich rufe Sie in zwei Stunden zurück«, sagte er und beendete das Gespräch, ohne eine Antwort abzuwarten.

Er hatte die Frau von Anfang an gemocht und tat es noch immer. Abgesehen davon, dass sie attraktiv war, schien sie intelligent und vertrauenswürdig zu sein. Blake war offenkundig blitzgescheit, aber undurchschaubar wie der Londoner Winternebel. Er strahlte eine gefährliche Energie aus, die Fenton an einige der explosivsten Kriminellen erinnerte, mit denen er es über die Jahre zu tun bekommen hatte. Aber man weiß nie, dachte Fenton. Vielleicht funktioniert es.

40

Es gibt nichts Besseres als den Tod, um sich lebendig zu fühlen. Ich war auch vorher gut beieinander, versteht mich nicht falsch, aber jetzt sehe, höre, rieche und fühle ich auf einer höheren Ebene. Das ist es, was das Erwachen mit einem macht.

Die Welt ist besessen von meinen Heldentaten, und es wäre ein Leichtes, deshalb abzuheben. Inspector Ahnungslos wurde suspendiert. Mit eingezogenem Schwanz nach Hause geschickt. Scotland Yards bester Ermittler bekam es mit einem überlegenen Intellekt zu tun und zerbrach daran. So einfach ist die Sache. Wie wollte man von ihm erwarten, eine Schlacht gegen eine Naturgewalt zu führen, wenn man ihm nicht mal zutrauen kann, die Mitglieder seines eigenen Haushalts zu schützen?

Die Zeit vergeht mit jedem Tag schneller. Ich muss mich auf meine Mission konzentrieren. Ich bin kurz davor, sie fortzuführen, möchte aber nichts übereilen. So passieren Fehler. Ich mache keine Fehler. Ich liefere perfekte Arbeit.

99,9 Prozent der Bevölkerung könnte nicht tun, was ich tue. Sie sind einfach nicht in der Lage dazu. Ihr Geist ist schwach. Ich sehe überall nur schwache Menschen, die ein Leben in Ignoranz und Niederlage leben. Die meisten von ihnen wissen nicht einmal, dass sie schwach sind. Die, die es wissen, akzeptieren es, vom Leben besiegt worden zu ein. Das ist der Grund, warum die Zahl meiner Follower mit jedem Tag wächst. Durch das Internet bekommen sie eine Kostprobe davon, was es heißt, ich zu sein.

Wie Sie merken, bin ich in philosophischer Stimmung. So philosophisch wie ein Psychopath eben sein kann. Analytisch ist vielleicht das passendere Wort. Vermutlich war es die Nachricht, dass die Polizei einen Profiler engagiert hat, die meine Gedanken in diese Richtung lenkte. Es ist ein Witz, und zwar ein schlechter. Ich weiß genau, was im Bericht der Frau stehen wird, und es macht mich scheißwütend, dass sie zu wissen glaubt, was in meinem Kopf vorgeht.

Was mich am meisten ärgert, ist das Familienzeug, das sich die Seelenklempnerin zweifellos ausdenken wird. Denn mehr ist es nicht. Steckt ihre Nase in Dinge, die sie nichts angehen, damit sie sich wichtig fühlen kann. Behauptet irrigerweise, etwas über ein überlegenes Geschöpf zu wissen, um ihr ohnehin aufgeblähtes Ego weiter aufzublasen. Falls sie wüsste, wodurch ich wirklich auf diesen Weg gebracht wurde, würde sie dann anders denken? Ich bezweifle es.

Ich kann es nicht ertragen, dass irgendeine Frau mit einem Doktortitel über mich, über Mutter urteilt. Ich enthaupte Leute nicht, weil ich keinen Vater hatte. Es treibt mich nicht dazu, das Blut Unschuldiger zu vergießen, weil Mutter war, wie sie war.

Ich töte, weil ich es kann. Da, jetzt habe ich es gesagt. Wenn ich das Ganze noch mit ein bisschen Aufregung und einem kleinen Verwirrspiel garnieren kann, umso besser. Zu wissen, dass ich ein Leben nehmen kann, verleiht mir beinahe grenzenlose Macht. Damit aufzuhören oder es nur zu versuchen, hieße, mir mein größtes Abenteuer zu verwehren. Das kann niemand von mir verlangen.

41

Detective Constable Ralph Ince beobachtete, wie seine Zielperson das viktorianische Stadthaus in High Holborn verließ.

Sieben Stunden zuvor hatte er Dr. Vale problemlos im Schwarm der Pendler ausgemacht, die aus der Holborn-U-Bahn-Station heraufkamen. Sie hatte vier Minuten zu ihrer Praxis gebraucht, und Ince war ihr in sicherer Entfernung gefolgt. Ihre erste Patientin, eine große, elegante Frau in einem schwarzen Ledermantel, war um zwei Minuten nach neun eingetroffen.

Danach war ein Strom von Patienten gefolgt, die kamen und gingen. Damit ihm nicht langweilig wurde, wechselte Ince immer wieder die Position zwischen dem Bushäuschen und dem Türeingang einer Apotheke. Glücklicherweise lagen beide Standorte in der Nähe eines Cafés, wo es ordentliche Cola und glasierte Donuts gab.

Nun überquerte Ince die Straße und folgte der Psychologin zurück zur U-Bahn-Station. Er mischte sich unter die Passanten, positionierte sich in einer Gruppe japanischer Touristen, die gekleidet waren, als würden sie einen Schneesturm erwarten. Alle paar Meter erhaschte er einen Blick auf Dr. Vales Hinterkopf oder ihre schwarzen High Heels und die schlanken Fesseln. Sie war amtliches Material, ein echter Hingucker. Geld hat sie bestimmt auch, dachte Ince. Es war ihm ein Rätsel, warum Leute so viel dafür hinblätterten, sich im Kopf herumpfuschen zu lassen. Was für eine Geldverschwendung!

Am Eingang zur U-Bahn-Station blieb er stehen und beobachtete, wie sie die Stufen hinabstieg und auf die Ticketbarriere zuging. Nachdem er nun wusste, dass sie einen Zug der Central Line nehmen und nach Hause fahren würde, machte er getrost kehrt und ging zu seinem ganz in der Nähe geparkten Wagen. Es war nicht nötig, ihr zu folgen. Er kannte bereits ihre Adresse. Er hatte sich alle Informationen, die er benötigte, aus der Datenbank der Polizei besorgt.

Wie alle Beamten bei New Scotland Yard hatte er Zugang zu dem Computernetzwerk, das man allerdings nicht dazu verwenden sollte, sich private Informationen zu besorgen, vor allem wenn die Recherche nicht mit einer offiziellen Ermittlung zusammenhing. Ein unangemessener Gebrauch der polizeilichen Datenbanken war ein grober Regelverstoß. Allerdings musste man ihn erst einmal dabei ertappen, und er wusste seine Spuren zu verwischen.

Ince überquerte die Straße und ging ins Corner Café. Die junge Schwarze hinterm Tresen sah ihn hereinkommen und lächelte ihn an. Sie bediente ihn an diesem Tag bereits zum vierten Mal.

Als er den Tresen erreichte, hatte sie schon einen glasierten Donut in eine Papiertüte gelegt. Er nickte zum Gruß und gab ihr einen Zehnpfundschein.

»Sagen wir zwei Donuts und ein Wasser, meine Gute«, erklärte er.

Sie hob die Brauen und strahlte ihn an. »Diesmal keine Cola?«

»Nur ein Wasser. Eine Literflasche.« Während sie sich umwandte und das Mineralwasser aus dem Regal nahm, nahm er ihre Figur in Augenschein. Nicht schlecht, dachte er. Ganz und gar nicht. Wäre er nicht so beschäftigt, würde er die Kleine ernsthaft in Erwägung ziehen. Das arme Mädchen wusste gar nicht, was ihr entging. An der Tür schaute er noch einmal zurück und zwinkerte ihr zu. Er hatte noch ihr Lachen in den Ohren, als er in seinen Wagen stieg. Die Fahrt durch das Stadtzentrum dauerte ewig. Es dämmerte, der Himmel leuchtete purpurn. Ince schaute in den Rückspiegel und lächelte sich an. Bisher war es ein guter Tag gewesen. Er hatte mit Daly abgesprochen, dass er zum Victoria Park fahren und noch einmal mit einigen der Leute reden würde, die sie nach dem Mord an Lauren Bishop befragt hatten. Daly wiederum blieb auf dem Revier und arbeitete noch einmal die Akten durch in der Hoffnung, etwas zu finden, das sie übersehen hatten.

Ince verfolgte eigene Pläne. Im Park mit irgendwelchen Leuten olle Kamellen durchzukauen wäre eine Vergeudung seiner kostbaren Zeit gewesen. Am Morgen war er mit dem starken Gefühl aufgewacht, dass jemand Dr. Belinda Vale im Auge behalten sollte. Nur er allein wusste durch seine zusätzliche Beschattungsarbeit, die er an seinen freien Tagen geleistet hatte, dass die Psychologin Adam Blake behandelte. Er konnte es nicht erklären, aber etwas daran erfüllte ihn mit Unbehagen.

Ince hatte halb damit gerechnet, dass Blake für eine neuerliche Sitzung erscheinen würde, aber der Kerl hatte sich nicht blicken lassen. Er gestattete sich ein weiteres Lächeln bei dem Gedanken, dass sein Boss von dem Fall abgezogen worden war. Es war gut zu wissen, dass die obere Riege nicht völlig verblödet war. Fenton hatte sein Verfallsdatum überschritten. Es wurde Zeit, dass er neuen Talenten Platz machte.

Als Ince auf der Ostseite des Barbican's Shakespeare Tower vorfuhr, war der Himmel schwarz und mondlos. Er zählte sieben Stockwerke ab und blickte zur Ecke des Gebäudes, wo, wie er wusste, Dr. Vales Wohnung lag. In einem der Zimmer brannte Licht. Ince nahm an, dass es das Wohnzimmer war. Er fummelte mit dem Hebel unter seinem Sitz herum und rutschte zurück, um mehr Beinfreiheit zu haben. Der Kleinwagen aus dem Polizeibestand war unbequem und reichlich zugig. Dafür war er unauffällig und würde keine Aufmerksamkeit erregen, und damit war er perfekt für die anstehende Aufgabe.

Er zog die Donuts aus der Jackentasche, fischte einen aus der Tüte, nahm einen großen Bissen und legte ihn auf den Beifahrersitz. Der Zucker ging ihm beinahe augenblicklich ins Blut, und er leckte sich die Glasur von den Lippen. Er musste streng mit sich sein und seinen Proviant rationieren. Er würde den ganzen Abend hier sitzen, vielleicht länger. Wenn man eine Aufgabe übernimmt, dann erledigt man sie richtig. Ende der Diskussion.

Ihm fiel ein, dass er das Wasser auf die Rückbank geworfen hatte. Er schob einen Arm nach hinten und tastete herum, bis seine Finger sich um die Plastikflasche schlossen. Er schraubte sie auf, öffnete die Fahrertür einen Spaltbreit und goss zwei Drittel des Wassers in den Rinnstein aus. Schon als kleiner Junge hatte er das Zeug nicht gern getrunken. Alle sagten, es habe keinen Geschmack, doch sie täuschten sich. Wasser schmeckte widerlich. Er hatte es gekauft, weil die Flasche ihm dienlich sein würde, wenn er irgendwann pinkeln musste.

Im Fenster neben Dr. Vales Wohnzimmer ging das Licht an. Es war entweder das Schlafzimmer oder das Bad. Er öffnete das Handschuhfach und nahm ein kleines, aber leistungsstarkes Fernglas heraus. Er drehte am Schärferegler herum, bis er klar und deutlich sah, wie die Psychologin in einen Schrank griff und einen seidenen Hausmantel herausnahm. Sie legte ihn aufs Bett und griff sich mit beiden Händen in den Rücken, um den Reißverschluss ihres Kleides zu öffnen.

Ince atmete schneller. Ohne die Augen vom Fernglas zu lösen, nahm er den Donut vom Beifahrersitz und leckte über die Glasur.

42

Blake trank einen Schluck warmes Bier und begrüßte Fenton mit einem knappen Nicken. Es war sein Vorschlag gewesen, sich im *Star* zu treffen. Er kannte den Pub in der Fleet Street von früher und wusste, dass es dort keine nervige Musikbeschallung gab. Außerdem hatte die Kellerbar den Vorteil, dass Handys hier unten nutzlos waren.

Fenton setzte sich gegenüber von Blake an den Tisch, ein Whiskyglas in der Hand. »Worum geht es hier?«, fragte er.

Der Anflug eines Lächelns huschte über Blakes Gesicht. Ihm gefiel es, dass der Polizist gleich zum Punkt kam. »Hat Leah Ihnen nicht erklärt, worum es geht?«

»Doch, aber ich will es von Ihnen hören.«

Blake ließ sich Zeit mit einer Antwort und sah sich im Schankraum um. Er war seit über einem Jahr nicht mehr hier gewesen. Nichts hatte sich verändert. Genau genommen hatte sich hier vermutlich seit Jahrhunderten nichts verändert. Die Beleuchtung war trüb, die Holztische waren wurmstichig und der Raum roch nach umgekipptem Bier, Männerschweiß und Testosteron. Obwohl es noch früh war, füllte sich der Pub allmählich.

»Leah möchte, dass ich Nachforschungen über den Mord an ihrer Schwester anstelle«, sagte er. »Erst habe ich abgelehnt. Ich hielt es für besser, die Sache der Polizei zu überlassen. Aber Leah kann sehr hartnäckig sein.«

Fenton fand es irritierend, dass Blake so zwanglos Leahs

Vornamen benutzte. »Was hat die Schwester Ihrer früheren Freundin getan, um Ihre Meinung zu ändern?«

»Sie hat mich überzeugt, dass es nichts schadet, ein paar Fragen zu stellen, und dass es ein zusätzlicher Bonus wäre, falls meine Unterstützung auf irgendeine Weise zur Ergreifung des Täters führen sollte. Nach einigem Nachdenken habe ich zugesagt.«

Fenton trank einen Schluck Whisky und studierte den Mann, der ihm gegenübersaß. Groß und schlank, Anfang dreißig, Jeans, weißes T-Shirt, braunes Cordsakko. Das dunkle, wuschelige Haar betonte ein kantiges Gesicht. Seine Augen standen dicht beieinander, ihr Blick glich dem eines Falken. Er hatte etwas Unberechenbares an sich. Fenton fragte sich, ob es schon immer so gewesen war.

»Ich denke, Ihr erster Gedanke, es der Polizei zu überlassen, war der richtige«, sagte Fenton. »Der neue Ermittlungsleiter betrachtet Sie immer noch als verdächtig, vor allem seit der Enthauptung.«

Blake starrte in sein Bierglas. »Was ist mit dem früheren Ermittlungsleiter? Was denken Sie?«

Fenton trank einen weiteren Schluck Whisky. »Mein Bauchgefühl sagt mir, dass es Zeitvergeudung ist zu versuchen, Sie mit diesen Verbrechen in Verbindung zu bringen. Diese Eskalation hin zu einer Enthauptung ist entweder reiner Zufall oder aber jemand versucht, Ihnen mit Absicht das Leben schwer zu machen.«

Blake schwieg, und Fenton nutzte die Stille, um nachzudenken. Falls die Enthauptung dazu gedacht war, Blake in Verdacht zu bringen, dann hatten er und sein Team womöglich von Beginn an in die falsche Richtung ermittelt.

»Halten Sie es für möglich, dass der Killer Lauren ausgewählt hat, weil sie Ihre Ex-Freundin war? Dass ihre Ermordung gar kein Zufall war?«

Blakes Gesichtsausdruck änderte sich nicht, doch Fenton spürte seine plötzliche Anspannung. »Das ergibt keinen Sinn. Mir fällt kein Grund ein, warum es jemand auf mich abgesehen haben könnte. Außerdem, was ist mit dem zweiten Opfer? Es besteht keine Verbindung zwischen Edward Deere und Lauren oder mir.«

Fenton wusste keine Antwort darauf. »Sie haben recht. Der Mord an Deere passt nicht hinein, aber vielleicht sollten wir nichts ausschließen.« Er war noch nicht sicher, ob er sich mit Blake zusammentun sollte, aber er war gewillt, ihn anzuhören. »Was haben Sie mir zu berichten?«

Blake schob das Bierglas zur Seite und beugte sich vor. »Ich habe bereits ein paar Nachforschungen angestellt. Ich war im Victoria Park und habe mit einigen Leuten über den Tag von Laurens Ermordung gesprochen. Ich bin auf etwas Seltsames gestoßen. Auf etwas, das keinen Sinn ergibt. Leah dachte, Sie haben vielleicht eine Erklärung dafür.«

Fenton seufzte. Heutzutage hielt sich jeder für einen Detektiv. Im Fernsehen liefen einfach zu viele Krimis. »Ach ja? Wo ist sie denn? Ich dachte, sie würde hier sein.« Die Gelegenheit, Leah wiederzusehen, war mit ein Grund dafür gewesen, warum er sich zu dem Treffen bereit erklärt hatte.

»Ihr muss etwas dazwischengekommen sein«, sagte Blake. »Sie wird schon noch auftauchen.«

Fenton nickte, mehr zu sich selbst. »Ich habe nicht viel Zeit. Zu Hause passt eine fremde Opferschutzbeamtin auf meine Tochter auf. Sie wird erst zu Bett gehen, wenn ich wieder daheim bin.«

Blake verzog das Gesicht, als hätte er einen unangenehmen Geschmack auf der Zunge. »Dann also zur Sache: Ich begreife nicht, warum Sie bei Ihrem Zeugenaufruf nicht das Filmmaterial der Überwachungskamera veröffentlicht haben, das Lauren beim Betreten des Cafés zeigt.«

Fenton schüttelte langsam den Kopf. »Wovon sprechen Sie?«

»Von dem Filmmaterial der Überwachungskamera, das zeigt, wie Lauren und womöglich ihr Mörder *Vic's Café* betreten. Es nicht zu veröffentlichen, ergibt keinen Sinn.«

»Ich weiß immer noch nicht, wovon Sie sprechen.«

»Sie haben doch die Ermittlungen geleitet, oder?«

»Das wissen Sie doch.«

Blake überlegte einen Augenblick lang, ob es irgendwelche Umstände geben könnte, unter denen man den Chef-Ermittler eines Mordfalls nicht über derart wichtiges Beweismaterial unterrichten würde. Die Antwort lautete Nein. »Der Besitzer des Cafés ist sicher, dass man auf dem Film Lauren sieht.«

Fenton rutschte zur Stuhlkante vor. »Haben Sie die Aufnahmen gesehen?«

»Nein. Er hat sie jemandem aus Ihrem Team ausgehändigt. Detective Ince.«

»Ince hat den Film an sich genommen?«

»Das sagt zumindest der Cafébesitzer.«

»Glauben Sie ihm?«

»Ja, klar. Warum hätte der Typ, ein gewisser Perry Lee, mich anlügen sollen? Er sagte, er habe schon gedacht, die

Polizei hätte seine Überwachungskamera übersehen. Er hat sie selbst installiert. Sie ist nicht Teil des Überwachungssystems im Park. Er dachte, Ihr Team hätte gepfuscht, bis Ince auftauchte und nach den Aufnahmen des Vortages fragte. Lee prüft den Film am Ende jedes Tages, aber er wusste nicht, dass Lauren darauf zu sehen ist, bis er ihr Foto in den Nachrichten sah und sie wiedererkannte. Ich nahm an, Sie wüssten von den Aufnahmen und hätten entschieden, sie nicht zu veröffentlichen.«

Fenton grübelte über das Gehörte nach, dachte das Undenkbare. Warum sollte Ince wichtiges Beweismaterial zurückhalten? Um jemanden zu schützen? Vielleicht sich selbst? Das war nicht möglich. Oder doch?

Während der Gesprächspause zählte Blake eins und eins zusammen. »Falls dieser Ince die Aufnahmen versteckt oder zerstört hat, macht es ihn zu einem Verdächtigen.« Als ihm die Bedeutung seiner Worte dämmerte, ballte Blake die Fäuste. »Scheiße«, sagte er, »der Mörder könnte ein Bulle sein.«

43

Fenton hob eine Hand. »Immer mit der Ruhe«, sagte er. »Keine voreiligen Schlüsse. Wir müssen sorgfältig überlegen, dürfen uns nicht verleiten lassen, etwas Dummes zu tun.«

»Was gibt es denn da groß zu überlegen? Ince hält Beweismaterial zurück, das uns zu dem Killer führen könnte. Vor allem, wenn er auf den Aufnahmen zu sehen ist. Oder wollen Sie etwa sagen, dass Ince nicht der Täter sein kann?«

Fenton spülte den restlichen Whisky hinunter. Die Hitze des Alkohols brannte in seiner Kehle. »Ich sage, dass wir mit größter Vorsicht vorgehen müssen. Wir besitzen noch keinen unwiderlegbaren Beweis. Falls der Killer tatsächlich jemand ist, der bei New Scotland Yard arbeitet, sollten wir unseren Verdacht auf keinen Fall offiziell melden. Denn dann würde der Killer erfahren, dass wir ihn im Visier haben. Er könnte untertauchen, seine Spuren verwischen. Vielleicht auf Nimmerwiedersehen verschwinden.«

Blake war klar, dass Fenton recht hatte, aber die Aussicht, die Dinge langsam anzugehen, gefiel ihm überhaupt nicht. »Während wir herumeiern, sucht der Killer sich das nächste Opfer. Wir müssen etwas tun, und zwar schnell.«

»Wir tun gar nichts. Ich bin Polizist. Aber das bin ich nicht mehr lange, wenn ich in eine laufende Mordermittlung eingreife. Ich wage es nicht einmal, daran zu denken, einen genauen Blick auf Ince zu werfen, seine Vergangenheit und sein Privatleben zu überprüfen. Das könnte ich nicht tun, und ich könnte auch niemand anderen darum bitten, ohne ernsthafte Schwierigkeiten zu bekommen. Verstehen Sie?«

Blake runzelte die Stirn. »Halten Sie mich für dumm?«

»Ich denke, Sie sind ein bisschen empfindlich.«

Blake war nicht sicher, was er von Fenton halten sollte. Er stand im Ruf, ein erstklassiger Detective zu sein und war mit vierunddreißig der jüngste Ermittlungsleiter, den es bei New Scotland Yard gab. Blake fand ihn allerdings irritierend zaghaft. Er schien ein ehrlicher, anständiger Mann zu sein, aber Blake vertraute ihm nicht. Er kannte Fenton gerade mal zwanzig Minuten, und er vertraute selbst Leuten nicht, die er seit zwanzig Jahren kannte.

»Falls, theoretisch, Ince der Mörder ist, hat er Zugang zu den Ermittlungsakten«, sagte Blake. »Er ist der Polizei immer einen Schritt voraus.«

Fenton nickte. »Er hätte auch Zugang zu den Datenbanken. Ich glaube, so hat der Mörder meine Adresse herausgefunden und sich an das Kindermädchen meiner Tochter herangemacht.«

»Wie alt ist sie?«

»Elf.«

»Wie geht es ihr?«

»Was meinen Sie wohl?«

Blake wusste nicht, was er darauf antworten sollte, also hielt er den Mund. Die Männer starrten sich über den Tisch hinweg an, als Leah eintraf.

»Ich hasse unbehagliches Schweigen«, sagte sie, zog vom Nachbartisch einen Stuhl heran und setzte sich, alles in einer einzigen fließenden Bewegung. »Ich fühle mich dann immer so … na ja, eben unbehaglich.« Sie lächelte. Fenton erwiderte das Lächeln. Blake nicht. Er stand auf und ging zur Bar. Als er an den Tisch zurückkehrte, in einer Hand ein neues Bier, in der anderen einen Weißwein und einen Whisky, hatte Fenton Leah auf den aktuellen Stand gebracht. »Ich kann nicht glauben, dass Sie und Blake schon einen Verdächtigen haben«, sagte sie. »Ich wusste, dass Sie ein gutes Team bilden würden.«

Blake stellte die Getränke ab und setzte sich. »Als ich an der Bar war, hatte ich eine Idee«, sagte er. »Falls der Detective mitmacht, können wir die Sache deichseln.« Fenton nickte unverbindlich, bedeutete Blake, weiterzureden.

»Selbst falls Detective Ince unschuldig ist, sieht es danach aus, als wäre der Killer jemand, der bei der Polizei arbeitet. Er hat die Möglichkeit, die IT-Sicherheitssperren zu durchbrechen und sich ungehinderten Zugang zu den Datenbanken zu verschaffen. Ich kenne jemanden, der das Talent besitzt, in Netzwerke einzudringen, in die man nicht eindringen soll. Mit Unterstützung unseres Detectives hier könnte dieser Jemand das Scotland-Yard-System hacken, sich umschauen und uns sagen, wer sich unberechtigterweise bestimmte Informationen beschafft hat.«

Fenton lachte, doch es klang humorlos. »Ich soll irgendeinem dahergelaufenen Hacker helfen, ins Computersystem der Polizei einzudringen? Sie sind wahnsinnig.«

»Es ist die einzige Möglichkeit, die Dinge zu beschleunigen. Wir müssen den Killer finden, ehe er noch jemanden enthauptet.« Fenton zuckte zusammen. Er schloss die Augen, versuchte das Bild von Martas blutbesudeltem Kopf zu verdrängen.

Blake spürte, dass er einen Nerv getroffen hatte, und versuchte den Vorteil zu nutzen. »Die Person, die ich kenne, hat für verschiedene überregionale Zeitungen an großen Investigativgeschichten mitgearbeitet. Er schuldet mir einen Gefallen, und er ist gut. Mit mehr Zeit könnte er sich auch ohne Ihre Hilfe ins System hacken. Aber wir haben keine Zeit. Wenn Sie ihm Ihr Passwort geben, ist die Sache in ein paar Stunden erledigt. Der Mann verwischt alle Spuren. Er hat es schon oft getan und wurde nie ertappt.«

Fenton wandte sich hilfesuchend zu Leah. Sie zuckte die Achseln. »Wenn es nötig ist, um Laurens Mörder zu finden ... wenn es einen weiteren Mord verhindert ... ist es das nicht wert?«

»Natürlich will ich ihn fassen. Aber ich möchte auch einen Job haben, in den ich zurückkehren kann, wenn alles vorüber ist. Mir gefällt meine Arbeit.«

Leah und Blake wechselten einen Blick, der Fenton das Gefühl gab, ein Außenseiter zu sein. »Das einzig Illegale, worum wir Sie bitten, ist, uns Ihr Passwort zu verraten. Niemand wird es je herausfinden. Falls Sie uns darüber hinaus mit Rat und Tat unterstützen möchten, nähmen wir es dankend an. Auch darüber würden wir Stillschweigen bewahren. Jedwede Drecksarbeit können Sie mir überlassen.«

Fenton sah Leah an. Es war schummrig in dem Pub, doch er war ihr nahe genug, um die grauen Flecken im Blau ihrer Augen zu erkennen. Er war willens, Blake zu glauben, besonders den Teil mit der Drecksarbeit. Ihm kam der Gedanke, dass er die Entscheidung im Innern längst getroffen hatte. Warum hätte er sonst herkommen sollen? Er wollte den angefangenen Job zu Ende führen. Den Killer hinter Gitter bringen. Nicht, weil das Schwein es verdient hatte. Nicht, weil es seine Pflicht war. Er musste es für Tess tun.

Blake rutschte ungeduldig auf seinem Stuhl herum. Fenton nahm sich vor, ihn noch ein wenig auf die Folter zu spannen. In aller Seelenruhe nahm er seinen Whisky, trank einen Schluck und schmatzte genießerisch.

»Eine Sache habe ich Ihnen noch nicht erzählt«, sagte er. »Ich glaube, der Killer hat mit meiner Tochter gesprochen. Vor ihrer Schule, einige Tage vor Martas Ermordung.«

Blake und Leah wechselten einen ungläubigen Blick. »Im Ernst?«, sagte Blake. »Warum zeigen wir ihr dann nicht einfach ein Foto von Ince?«

»Sie sagt, sie erinnert sich an nichts, außer dass der Mann groß war. Tess ist klein für ihr Alter. Für sie ist jeder Mann groß. Außerdem trug er einen Hoodie und darunter noch eine Baseballkappe. Er hat ihr eine Botschaft für mich aufgetragen, deren eigentliche Bedeutung ist, dass er jederzeit an Tess herankommt. Dass ich sie nicht beschützen kann.« Leah langte über den Tisch, legte ihre Hand auf Fentons Handgelenk und drückte sanft.

Blake schüttelte fassungslos den Kopf. »Was zum Teufel ist los mit Ihnen? Ein Killer bedroht Ihre Tochter, und Sie überlegen noch immer, ob Sie uns Ihr Passwort verraten?«

44

Blake marschierte mit schnellen Schritten über das Victoria Embankment Richtung Westminster Bridge. Zu seiner Linken floss die schlammbraune Themse. Eine blaue Passagierfähre tuckerte flussaufwärts nach Hampton Court und zog eine Spur aus schäumendem Wasser hinter sich her. Er hatte es eilig. Die Person, mit der er verabredet war, würde nicht auf ihn warten, falls er sich verspätete. Jimmy Mouseman blieb nie lange an einem Ort.

Jimmy war ein Auftragshacker. Er verdiente sich seinen Lebensunterhalt, indem er E-Mails, Facebook-Seiten und Textnachrichten hackte. Alles, was der Kunde wollte. Gegen ein entsprechendes Honorar. Es war ein kühler Nachmittag. Die Wolken hingen tief und sahen bedrohlich aus. Blake zog den Jackenreißverschluss hoch und stellte den Kragen auf, um sich vor dem Wind zu schützen, der vom Wasser her wehte. Als er an der Nadel der Kleopatra vorbeiging, nutzte er die rote Verkehrsampel und überquerte rasch die Straße, joggte an der Embankment-U-Bahn-Station vorbei, bog nach rechts in die Northumberland Avenue ab und eilte über die Strand Street zum Trafalgar Square.

Für Blake war dieser Platz das Herz der Stadt und wie immer wimmelte es dort von Menschen. Er passierte die niedrige Begrenzungsmauer und wandte sich nach rechts. Mouseman war am vereinbarten Treffpunkt, lag ausgestreckt auf einer Steinbank, der Hinterkopf auf den verschränkten Händen, die übergroße Kapuze seines grauen Pullovers bis zum Kinn über das Gesicht gezogen.

Blake trat vorsichtig heran, packte die Fußknöchel des Mannes und schwang seine Beine von der Bank. Der Hacker musste sich festhalten, um nicht herunterzurutschen, und stieß einen Schwall wilder Verwünschungen aus. Blake setzte sich neben ihn und stieß ihn freundschaftlich mit dem Ellbogen an.

»Beim Nickerchen überrascht, was? Du wirst leichtsinnig. Ich dachte, du bist immer voll auf Zack.«

Mouseman zog die Kapuze zurück, bis man seine Augen erkannte. Er warf Blake einen Blick zu, der ihn schaudern ließ. »Das war total überflüssig, Kumpel. Sehr unhöflich. Du kommst mindestens eine Minute zu spät und hast Glück, dass ich noch hier bin. Also, worum geht's? Ich habe keinen Bock, hier ewig rumzuhängen.«

Blake hatte irgendwann einen großen Artikel über die dunkle Welt der Hacker geschrieben, und Mouseman hatte eingewilligt, sich anonym interviewen zu lassen. Leute wie er lebten unterhalb des Radars, waren ständig auf der Hut. Mouseman war nicht sein richtiger Name, und Blake war sicher, dass der breite Cockney-Akzent auch falsch war.

»Beruhig dich, Jimmy. Verstehst du keinen Spaß mehr? Ich habe einen Job für dich, einen großen. Das Honorar ist entsprechend.«

Mouseman sprang auf, steckte die Hände in die Taschen seines Hoodies und blickte zu einer Gruppe japanischer Touristen, die zwischen den Löwenstatuen am Fuß der Nelsonsäule umhergingen. Der Hacker war genauso groß wie Blake, doch unter seinen weiten Sportswear-Klamotten verbargen sich einige zusätzliche Pfunde.

»Hör zu, Kumpel, du hast zwei Minuten. Ich will weg hier. Der Platz ist zu offen. Zu viele Kameras. Zu viele Beobachter. Das macht mich nervös.«

Blake überlegte, wie er vorgehen sollte. Er wollte Mouseman nicht verschrecken. Der Hacker arbeitete überwiegend für die Boulevardpresse, für zwielichtige Anwälte und auch mal für einen Internet-Betrüger. In dem Interview hatte er sich gegenüber Blake gerühmt, jeden Auftrag erledigt zu haben und nie erwischt worden zu sein. New Scotland Yards schwer gesichertes Computersystem zu hacken wäre allerdings ein anderes Kaliber. Ein größeres Risiko. Falls es schiefginge, würden ihn immense Probleme erwarten.

»Die Sache ist die, Jimmy: Du sollst ins System von New Scotland Yard eindringen. Dich umschauen, einigen Spuren folgen, herausfinden, ob irgendwer in Dingen herumgestochert hat, die ihn nichts angehen. Wir haben besonders einen Namen im Kopf, den du dir anschauen sollst.«

Als Blake zu Ende gesprochen hatte, wandte Mouseman sich ihm langsam zu, zog die Kapuze vom Kopf und offenbarte dicke Pausbacken und einen schiefen blonden Pony. »Du verarschst mich, stimmt's?«, sagte er.

»Es ist mir ernst, Jimmy. Es ist wichtig, und es ist leichter, als du glaubst. Ich kann dir ein Passwort geben.«

Mouseman machte große Augen. Blake hatte das Zauberwort genannt.

»Hast du gerade Passwort gesagt?«

»Ja. Es macht die Sache leichter und sicherer für dich.«

»Was du nicht sagst. Worum geht's denn bei der Geschichte?«

»Ich schreibe keinen Artikel, Jimmy. Ich arbeite nicht mehr

für die Presse. Das ist größer als jede Zeitungsgeschichte. Glaub mir.«

Mouseman dachte so angestrengt nach, dass Blake es praktisch in seinen Hirnwindungen rattern hörte. Der Hacker versuchte das Risiko abzuschätzen. Wenn die Sache tatsächlich so wichtig war, hatte er eine starke Verhandlungsposition.

»Fünftausend Pfund«, sagte er.

Der gierige Glanz in Mousemans Augen machte Blake eine Gänsehaut. »Fünfhundert. Das ist das Budget für den Job. Es ist wichtig. Es geht um Leben und Tod. Du kannst dein dubioses Talent zur Abwechslung mal für etwas Gutes einsetzen. Denk darüber nach.«

Mouseman zog sich die Kapuze mit beiden Händen wieder über den Kopf und starrte ins Leere. Nach einigen Sekunden zuckte er die Achseln. »Ich hab's mir überlegt. Ich mach's nicht. Gutes zu tun hat noch nie etwas gebracht außer Schwierigkeiten. Such dir einen anderen Deppen.«

Die Möglichkeit einer Absage hatte Blake überhaupt nicht in Erwägung gezogen. Er hatte keinen Plan B. Als der Hacker sich umwandte, packte er dessen Arm und wirbelte ihn zu sich herum, packte mit beiden Händen den Kapuzenstoff und drückte Mouseman auf die Bank.

Blake zog den Stoff um den fetten Hals des Hackers zusammen und presste sein schmerzverzerrtes Gesicht auf den kühlen Stein. Mouseman kniff die Augen zu, Blake spürte sein Zittern. Er beugte sich vor, brachte den Mund dicht an Mousemans Ohr.

»Hör zu, Schweinebacke. Du wirst das für mich tun, weil es das Richtige ist. Du wirst es tun, und hinterher bekommst du von mir fünfhundert Pfund. Du wirst mit dem Honorar zufrieden sein und dich freuen, deinen Mitmenschen einen Dienst erwiesen zu haben. Haben wir uns verstanden?«

Mouseman öffnete die Augen, und Blake lockerte seinen Griff ein wenig, sodass der Hacker nicken konnte. »Gut. Das war die richtige Antwort. Ich wusste, dass du es letztlich so sehen würdest wie ich. Wie gesagt, die Sache ist wichtig, es geht um Leben und Tod. Kapierst du das, Leben und Tod?«

Mouseman nickte erneut. Aus seiner linken Augenhöhle quoll ein winziges, klares Tröpfchen, rann ihm über die Nase und fiel auf die Steinbank. Blake war nicht sicher, ob es Schweiß oder eine Träne war.

45

»Erzählen Sie mir, warum es so dringend war«, sagte Dr. Vale. Sie saß Blake direkt gegenüber, die Beine übereinandergeschlagen. Ihre Hände lagen auf dem Schoß, umfassten ein ungeöffnetes Notizbuch.

Blake wich der Frage und ihrem Blick aus. Er sah sich im Zimmer um, als betrachte er es zum ersten Mal. »So was zu mieten, muss ein Heidengeld kosten. Kein Wunder, dass Sie so ein horrendes Honorar nehmen.«

Dr. Vale widerstand der Versuchung zu lächeln. Die Dinge blieben am besten auf professioneller Ebene. Sie sagte nichts, legte aber den Kopf schräg, lud Blake dazu ein weiterzureden.

»Danke für den kurzfristigen Termin.«

Dr. Vale akzeptierte den Dank mit einem Nicken und versuchte es erneut. »Warum mussten Sie mich so dringend sehen?«

»Weil ich besorgt bin. Nein, nicht besorgt – ich habe Angst.«

»Wovor? Ich dachte, Sie fühlen sich besser.«

Blake rutschte auf dem Stuhl herum, hob die Hand und rieb sich den Nacken. »Das stimmt ja auch. Ich fühle mich besser. Aber Sachen, die ich verdrängt hatte, sind jetzt schwer am Brodeln. Ich weiß nicht, was ich dagegen tun soll.«

Dr. Vale öffnete das Notizbuch und begann zu schreiben. Blake beugte sich vor. Er hätte gern gewusst, was er gesagt hatte, das so interessant gewesen war, doch er konnte es aus der Entfernung nicht lesen. Sie schloss das Buch, hob den

Kugelschreiber an den Mund und trommelte damit auf die Unterlippe.

»All diese Emotionen herauszulassen ist der erste Schritt, wieder der zu werden, der Sie vor Ihrer Traumatisierung waren.«

Blake schüttelte heftig den Kopf. »Das Problem ist, dass es schlimme Gefühle sind, die einfach nicht verschwinden. Sie erfassen mich und werden immer stärker.«

»Welche Gefühle?«

»Sagen Sie es mir, Sie sind die Psychologin.«

»Negative Gefühle. Zorn wäre natürlich. Zorn zu unterdrücken ist schlecht.«

Blake stieß ein humorloses Lachen aus. »Zorn ist natürlich? Was ist mit alles verzehrender rasender Wut? Ich habe Angst, die Kontrolle zu verlieren. An dieses Gefühl.«

Dr. Vale vermutete, dass mehr dahintersteckte als ein simples Hochkommen aufgestauter Emotionen. »Ich nehme an, Sie verfolgen die Nachrichten«, sagte sie. »Die Jagd nach dem Mörder, der die Rumänin enthauptet hat.«

»Dem kann man kaum entgehen.«

Blake versuchte, möglichst beiläufig zu klingen, doch es gelang ihm nicht.

»Es ist keine gute Idee, Ihre Gefühle auf jemand anderen zu projizieren.«

Blake starrte ausdruckslos ins Leere, seine Kiefermuskeln zuckten. »Ich weiß, wie das Böse aussieht«, sagte er.

Dr. Vale widerstand dem Drang, etwas zu entgegnen. Sie machte sich erneut Notizen, allerdings nur, weil sie Zeit zum Nachdenken brauchte. Ihre therapeutische Arbeit mit dem Profiling zu vermischen wäre keine gute Idee, doch die beiden Bereiche waren im Begriff, miteinander zu kollidieren, und sie konnte nur schwer etwas dagegen tun.

»Das Wesen des Bösen und ob es tatsächlich existiert ist ein komplexes Thema. Lassen Sie uns nicht damit anfangen. Mich besorgt viel mehr die Wirkung, die der Mörder auf Sie hat. Ich weiß, es ist schwer, aber ich würde vorschlagen, dass Sie vorerst keine Nachrichten über die Ermittlungen lesen und sich darauf konzentrieren, ihre Erlebnisse im Irak zu verarbeiten.«

Blake kam in den Sinn, dass er Dr. Vale vielleicht darüber unterrichten sollte, dass die Schwester seiner toten Ex-Freundin ihn engagiert hatte, um den Mörder zu finden. Erneut rieb er sich den Nacken. »Das ist hier wie ein Arztbesuch, richtig? Oder wie wenn man zum Priester zur Beichte geht, ja?«

»Ich verstehe nicht, was Sie meinen.«

»Na ja, kann ich sicher sein, dass alles, was wir hier besprechen, vertraulich ist? Dass Sie es niemandem weitererzählen, der Polizei oder sonst wem?«

Dr. Vale verkrampfte ein wenig auf ihrem Stuhl. »Jetzt beunruhigen Sie mich«, sagte sie. »Wenn Sie mir etwas erzählen, das eine konkrete Bedrohung gegen eine andere Person darstellt, ist es vorbei mit der Vertraulichkeit.«

Blake schüttelte den Kopf und lächelte. »Nein, um so etwas geht es nicht. Ich wollte nur wissen, wo wir in dieser Frage grundsätzlich stehen. Es ist nicht leicht, einer Fremden seine Geheimnisse zu erzählen. Die Morde, die Enthauptung und das Zeug im Internet haben Gefühle in mir hochgeholt, die ich längt vergessen geglaubt hatte.«

Dr. Vale überlegte, ob sie ihm mitteilen sollte, dass sie als Profilerin bei der Jagd nach dem Mörder beteiligt war, befand aber, dass es die Beziehung zwischen Patient und Therapeuten nur verkomplizieren würde. »Das ist natürlich eine zwangsläufige Folge, und deshalb schlage ich ja vor, die Berichterstattung zum Fall möglichst zu minimieren und auf keinen Fall die im Internet geposteten Fotos zu betrachten.«

Blake zuckte zusammen, als sie die Fotos erwähnte. »Ich denke ständig an Lauren, an das, was geschehen ist, daran, dass ich sie enttäuscht habe. Ich glaube, das hört erst auf, wenn ihr Mörder gefasst ist.«

Dr. Vale hob ihren Kugelschreiber, entschied sich aber gegen eine Notiz. Blakes Therapie und ihre Profiling-Arbeit überschnitten sich zunehmend.

»Ich befürchte, Sie setzen die Morde mit dem gleich, was Ihrem Freund im Irak widerfahren ist«, sagte sie. »Das könnte gefährlich sein, es könnte Sie erheblich zurückwerfen.«

Blake zuckte die Achseln, holte tief Luft und ließ den Atem langsam durch die Nase ausströmen. »Ich denke das Gegenteil. Es geht hier nicht um Earl. Das habe ich verarbeitet. Es geht allein um Lauren. Ich finde erst wieder richtig zur Ruhe, wenn ihr Mörder gefasst ist.«

Dr. Vale hob abermals den Kuli, und diesmal machte sie eine kurze Notiz. Als sie Blake wieder ansah, fiel ihr dessen optimistische Miene auf. »Den Mörder zu fassen bringt Ihnen Lauren nicht zurück.«

»Das ist mir natürlich klar. Ich befürchte aber, dass der Killer untertaucht und auf Nimmerwiedersehen verschwindet, falls die Polizei ihn nicht bald findet.«

Es behagte Dr. Vale nicht, welchen Verlauf das Gespräch nahm. Sie wollte Blake wieder zu seinem Wut-Problem zurückführen, sprang aber automatisch auf das Mörder-Thema an.

»So schnell taucht er nicht unter. Er wird wieder töten. Es ist unausweichlich. So unausweichlich wie der Tod. Solange er frei herumläuft, wird er weitermachen.«

Blake rutschte ein wenig auf seinem Stuhl herum. »Sicher«, sagte er. »Ist ja Ihr Job, die Psyche anderer Leute zu verstehen. Wenn Sie meinen, dass er weitertötet, wird es wohl so sein.«

»Eigentlich ist das überhaupt nicht unser Thema«, sagte Dr. Vale. »Aber wenn wir schon mal dabei sind … der Mörder wird nicht aufhören können, selbst wenn er es will. Die Zahl seiner Follower in den sozialen Medien steigt und steigt, und dieser Zuspruch treibt ihn an. Er liebt die Aufmerksamkeit. Das kann er nicht aufgeben. Er ist einer Sucht verfallen.«

Blake wirkte überrascht. »Hoppla – woher kam das denn auf einmal?«

Dr. Vale lächelte verlegen. »Tut mir leid. Ich konnte mich nicht bremsen. Aber zurück zu Ihnen. Dieses Wut-Problem macht mir Sorgen. Wut ist eine natürliche, wichtige Emotion. Sie soll uns vor Bedrohungen schützen. Sie kann auch ein Ausdruck von Angst sein.«

Blake schloss die Augen und schüttelte den Kopf, als versuche er, eine frisch aufgestiegene Erinnerung zu löschen. »Ich habe keine Angst vor dem Killer. Ich will ihn aufhalten. Ich werde alles dafür tun. Ich kann es nicht erklären, aber ich habe das Gefühl, als hätte ich keine andere Wahl.«

Dr. Vale hielt einen Moment lang inne. Sie musste nachdenken. Schließlich fragte sie Blake: »Sagen Sie, wovor haben Sie Angst?«

»Vor mir selbst.«

46

Die Schlampe hat eine Grenze überschritten. Behauptet, mich zu kennen. Mein wahres Ich. Verbreitet Lügen über mich. Stellt Mutmaßungen über meine Kindheit an. Für wen hält sie sich eigentlich?

Sie hält sich für etwas Besonderes. Will, dass andere sie großartig finden. Zu dieser Sorte von Leuten gehört sie. Um zu kriegen, was sie will, lügt sie. Keine kleinen Lügen. Nein, große, fette, dreckige, perverse Lügen. Sie wiederholt sie mit solcher Überzeugung, dass niemand ihr zu widersprechen wagt.

Ich rege mich selten über Dinge auf. Ich ziehe es vor, meine Reaktionen gut abzuwägen, wenn Leute mir Unrecht tun. Mir Zeit zu nehmen, auf den richtigen Moment zu warten und dann zum Messer zu greifen. Ich habe das Vertrauen vieler nervtötender Leute untergraben. Es geht ganz leicht. Alle diese Opfer waren schwach. Da, ich habe es gesagt. Den Nagel ohne nachzudenken voll auf den Kopf getroffen. Sie waren alle Opfer. Opfer seit dem Tag ihrer Geburt.

Das Urteil dieser Frau besagt, ich wäre nichts weiter als ein minderwertiges Produkt meiner Kindheit. Ehe ich die Kunst der Tarnung verinnerlichte, musste ich mich mit Kinderpsychologen herumschlagen. Sie gelangten zu dem Schluss, dass ich anders als andere Kinder war, weil meine Eltern keine emotionalen Bindungen zu mir geknüpft hatten.

Wie dumm ist das denn? Keiner von ihnen besaß den Grips, um die Wahrheit zu erkennen. Ich habe keine emotionalen Bindungen zu meinen Eltern geknüpft, weil ich anders war als andere Kinder. Was ist Psychologie überhaupt? Viele lange Wörter, die einen glauben machen sollen, es sei wissenschaftlich, aber es ist nur Gerede. Gerede über Narzissmus, Paranoia, Minderwertigkeitskomplexe, Überlegenheitskomplexe. Jeder Psychologe, mit dem ich es zu tun hatte, litt unter mindestens einer dieser Persönlichkeitsstörungen.

Fragen Sie sich doch mal: Warum wird jemand Psychologe? Welches Bedürfnis erfüllt es? Vielleicht möchte er anderen Menschen helfen. Schwachsinn. Er will Macht besitzen. Vielleicht ist das meine wahre Gabe. Meine Superpower. Wie ein Röntgenblick. Ich durchschaue die Leute.

Als ich sechs war, habe ich meine Eltern verloren. Habe ich deshalb herumgejammert? Nein. Ich habe bei zehn verschiedenen Pflegefamilien gelebt. War ich sauer auf sie, wenn sie mich weggeschickt haben? Nun, ja, war ich. Trotzdem, das Leben ging weiter. Ich passte mich ihm an, brachte es zu etwas. Diese Kurpfuscherin von einer Psychologin hat einen Gott-Komplex. Bedauerlicherweise (für sie) glaube ich nicht an Gott.

Ich bin nicht das Produkt meiner Vergangenheit. Ich bin der Denker meiner Gedanken. Ich bin der Herrscher über meine Gegenwart. Ich bin der Schöpfer meiner Zukunft. Ich bin mein eigener Gott.

Was mich wirklich stört, ist, dass sie kein einziges positives Wort über mich sagt. Sie erweist mir nicht den Respekt, den ich verdiene. Ich foltere meine Opfer nicht, nicht körperlich. Ich habe keine Kinder getötet. Noch nicht.

47

Nach dem Treffen im *Star* wartete Fenton zwei Tage, ehe er Leah Bishop zu sich einlud. Er erklärte, es wäre nützlich, noch einmal über den Fall zu reden und einige Fragen über Laurens Vergangenheit zu klären.

Erst nachdem Leah zugesagt hatte, wurde ihm klar, dass er ihr etwas zu essen würde anbieten müssen. Kochen hatte nie zu seinen Stärken gezählt, doch er löste das Problem, indem er etwas bei einem Lieferservice orderte.

Das Essen war um Punkt sieben da, eine Stunde, bevor Leah eintreffen sollte. Durch das Glaspanel am Ofen warf Fenton einen prüfenden Blick auf die Alu-Behälter. Sie waren noch da. Er hatte den Ofen so eingestellt, dass das Essen weder anbrennen noch kalt werden würde.

Er schaute auf die Uhr und beschloss nachzuschauen, ob Tess bettfertig war. Er ging zu ihrer Tür, klopfte zweimal leise an, machte auf und schob den Kopf durch den Spalt.

Seine Tochter saß im Pyjama auf dem Bett, umgeben von ihren Kissen, ihr Lieblingsbuch in den Händen, den Blick auf den Text gerichtet. Als sie merkte, dass er sie beobachtete, schaute sie leicht genervt auf. Fenton gab ihr das Daumenhochzeichen und bildete mit dem Mund lautlos die Worte »Alles in Ordnung?« Sie verdrehte die Augen, nickte ungeduldig und las weiter.

Fenton schloss die Tür, kehrte in die Küche zurück und warf einen neuerlichen Blick in den Ofen. Er schaute erneut auf die Tür. Leah hatte sich schon um zehn Minuten verspätet.

Er fragte sich, ob sie es sich anders überlegt hatte. Er könnte es ihr nachfühlen. Er hatte sich selbst gefragt, ob es klug war, sich bei ihm zu treffen statt an einem neutralen Ort. Auf keinen Fall sollte sie auf falsche Gedanken kommen.

Der Klang der Türklingel ließ ihn zusammenschrecken. Er warf einen letzten Blick in die Küche und sah den Stapel frisch gewaschener Klamotten am Boden. Er hatte völlig vergessen, die Sachen in den Schrank zu legen. Eilig stopfte er sie wieder in den Wäschetrockner.

Er ging nach unten und öffnete die Tür. »Tut mir leid, dass ich zu spät komme«, sagte Leah lächelnd und trat ein.

Fenton entschied sich dagegen, ihr die Hand zu geben, und verzichtete auch auf ein freundschaftliches Wangenküsschen. »Macht nichts«, sagte er und trat zur Seite, um seinen Gast vorbeizulassen. Ehe er ihr folgte, schaute er zu den beiden diensthabenden Polizisten hinaus. Beide Männer nickten ihm zu.

Oben bedeutete Fenton Leah, sich an den Küchentisch zu setzen, und nahm saubere Teller und Besteck aus dem Geschirrspüler. Sobald Leah saß, stand sie wieder auf. »Ich helfe Ihnen«, sagte sie. »Hätte ich gewusst, dass wir essen, hätte ich Wein mitgebracht.«

»Kein Problem, ich habe welchen da«, sagte Fenton. »Ich hoffe, Sie mögen Chinesisch.« Er gab ihr Teller und Besteck und fischte die heißen Alu-Kartons mit Nudeln, würzigem Huhn und dem entsprechenden Gemüse aus dem Ofen. »Ich hielt es für besser, Ihnen meine Kochkünste zu ersparen.«

Leah löffelte sich eine ordentliche Portion Nudeln auf den Teller. »Ich bin auch nicht gerade eine Meisterköchin. Das hier ist der reinste Luxus für mich.«

Fenton war nicht sicher, ob sie scherzte, freute sich aber, dass sie ihm half, sich zu entspannen. Die Unterhaltung kam zum Erliegen, während sich beide gleichzeitig eine Gabel voll Hühnerfleisch in den Mund schoben. Fenton nutzte die Gelegenheit, um seinen Gast zu studieren. Sie war leger, aber elegant gekleidet, trug eine maßgeschneiderte Hose und einen Kaschmirpullover. Sie schaute von ihrem Teller auf, und er schlug die Augen nieder.

»Wie gesagt, im Kühlschrank ist Wein, falls Sie welchen möchten.«

Leah schüttelte den Kopf. »Sie sagten, Sie hätten noch Fragen über Lauren.«

Erfreut, direkt zum Thema kommen zu können, schluckte Fenton seine halb gekauten Nudeln hinunter. »Um Blake richtig unterstützen zu können, wäre es hilfreich, noch einige offene Punkte zu klären. Wie Sie wissen, scheint es, als wäre Lauren in Begleitung ihres Mörders durch den Park gegangen, bis sie schließlich den Tatort erreichten. Ich frage mich, ob es bedeutet, dass sie ihn vorher kennengelernt hat. War sie in diesen Dingen ein besonders vorsichtiger Mensch?«

Leah spießte mit der Gabel ein Stück Hühnchen auf und überlegte einen Moment. »Lauren war so etwas wie ein Freigeist. Sehr offen, sehr freundlich. Falls jemand sie angesprochen hat und sie mit der Person ein bisschen Zeit verbracht hatte, hätte sie diese Person ohne zu zögern begleitet, wenn sie denselben Weg gehabt hätte. Vor allem an einem öffentlichen Ort wie dem Victoria Park. Aber Lauren war nicht dumm oder unvorsichtig. Hätte sie das Gefühl gehabt, dass etwas faul war, wäre sie auf der Hut gewesen. Sie konnte Menschen und Situationen gut einschätzen.«

Fenton stand auf, ging zur Spüle und füllte zwei Gläser mit Wasser. Er reichte Leah eines, das sie dankend entgegennahm. Er setzte sich wieder und trank einen Schluck. »Hat Ihre Schwester in den Wochen vor ihrer Ermordung je davon gesprochen, dass sie sich beobachtet oder verfolgt fühlte?«

Leah runzelte die Stirn. »Nein, nichts dergleichen. Worauf wollen Sie hinaus? Ich dachte, Lauren wäre schlicht zur falschen Zeit am falschen Ort gewesen.«

»Ich will auf gar nichts hinaus. Ich lote verschiedene Möglichkeiten aus. Leute wie dieser Killer sind in der Regel hochgradig psychotisch. In den meisten Fällen wählen diese Psychopathen ihre Opfer sorgfältig aus, meistens aus einem Grund, der allein in ihrem kranken Kopf existiert, und verfolgen sie tage- oder wochenlang. In einigen Fällen treten sie mit dem Opfer eigens in sozialen Kontakt. Alle besitzen die unheimliche Fähigkeit, den Leuten die Befangenheit zu nehmen. Wenn man die Gelegenheit erhält, so eine Person einige Male zu treffen, und weiß, wonach man Ausschau halten muss, bemerkt man, dass etwas sonderbar mit ihnen ist. Etwas stimmt nicht ganz mit ihnen.«

Leah legte ihre Gabel auf den Teller. »Tut mir leid«, sagte sie. »Es ist lecker, aber ich habe keinen großen Hunger.«

»Schon gut«, sagte Fenton. »Ich weiß, dass es nicht leicht ist, über diese Dinge zu reden.«

Leah schluckte schwer. Tränen traten ihr in die Augen, aber sie blinzelte sie weg. »Lauren und ich hatten eine schwierige Beziehung. In einigen Dingen waren wir einander sehr ähnlich, in anderen grundverschieden. Unsere Eltern sind vor sieben Jahren bei einem Autounfall in Frankreich ums Leben gekommen. Danach sind wir auseinandergedriftet. Erst nachdem sie Blake verlassen hatte, kamen wir uns wieder näher.«

Fenton schob sich ein Stück Hühnchen in den Mund, um nichts sagen zu müssen. Er hatte nicht damit gerechnet, dass Leah sich ihm dermaßen öffnen würde, und wusste nicht damit umzugehen. Er ging auf Nummer sicher und nickte weise, während er kaute. Leah verstand den Wink und wechselte das Thema. »Ich dachte, ich würde heute Abend Ihre Tochter kennenlernen. Es muss schrecklich für sie gewesen sein, was dem Kindermädchen zugestoßen ist.«

»Tess hat schon gegessen«, sagte Fenton. »Sie ist in ihrem Zimmer. Eine typische Elfjährige. Als ich zuletzt nach ihr gesehen habe, hat sie gelesen.«

»Das ist toll«, sagte Leah. »Die meisten Elfjährigen hängen heute nur am Computer oder an ihren Smartphones. Sie muss so vieles verarbeiten. So jung die Mutter zu verlieren. Es muss furchtbar gewesen sein, für Sie beide.«

Fenton war nicht sicher, wie es geschehen war, doch plötzlich waren sie bei dem einen Thema angelangt, das er lieber gemieden hätte. In den vergangenen anderthalb Jahren war er immer der Starke gewesen. Für Tess. Es gelang ihm, indem er so tat, als wäre es nie geschehen.

Doch etwas an Leah brachte ihn dazu, reden zu wollen. »Marta war das erste Kindermädchen, das Tess gemocht hat. Sie hatten sich langsam angefreundet. Martas Vorgängerinnen hat Tess das Leben extrem schwer gemacht. Die Frauen hatten das Gefühl, ihr die Mutter ersetzen zu müssen, und sie wollte davon nichts wissen.«

»Wie hieß Ihre Frau?«

»Josephine. Ich nannte sie Josie.«

»Sie war krank?«

»Krebs. Nach der Diagnose ging es ganz schnell.«

Leah schob ihre Hand über den Tisch und legte die Finger auf seine. Fenton lächelte verzagt. Er hatte befürchtet, die Beherrschung zu verlieren und vor ihr zusammenzubrechen, nun aber merkte er, wie gut es tat, es ausgesprochen zu haben. Er zog die Hand weg und stand auf.

»Kaffee?«, fragte er. »Oder vielleicht doch lieber Wein?«

»Kaffee wäre toll.«

Keiner von ihnen sagte etwas, während Fenton den Kaffee zubereitete, aber es war ein behagliches Schweigen. Als er die Tassen auf den Tisch stellte, ging die Tür knarrend auf, und Tess kam herein. In der Mitte der Küche blieb sie stehen und musterte Leah missbilligend.

Fenton wusste nicht, wieso, aber er fühlte sich wie ein Junge, den man mit einer Hand in der Keksdose ertappt hatte. »Hallo, Tess«, sagte er. »Ich habe Leah gerade von dir erzählt. Wir trinken Kaffee. Wenn du willst, mach ich dir einen heißen Kakao.«

Ohne ihn zu beachten, marschierte Tess zur Spüle und holte sich ein Glas Wasser. Dann ging sie zur Tür zurück. Als sie nach der Klinke griff, zögerte sie und warf Leah einen Schulterblick zu.

»Falls Sie das neue Kindermädchen sind, verschwenden Sie Ihre Zeit«, sagte sie. »Ich bin jetzt alt genug, um auf mich selbst aufzupassen.«

»Ich bin kein Kindermädchen«, sagte Leah und lachte leise. »Es ist aber trotzdem schön, dich kennenzulernen.«

Tess schaute zu ihrem Vater. »Ist das hier ein Date oder was?«

»Es ist kein Date, Quatsch«, sagte er. »Leah und ich arbeiten zusammen. Es ist ein Arbeitstreffen.« Tess warf ihm einen mitleidigen Blick zu und ging hinaus, schloss die Tür hinter sich.

»Es tut mir leid«, sagte er zu Leah gewandt. »Tess ist ein tolles Mädchen. Sie macht eine schwere Zeit durch, das ist alles. Sie war seit Martas Tod nicht mehr in der Schule. Offen gestanden überlege ich, ob ich sie für eine Weile zu meinen Eltern nach Devon schicken soll. Bis der Mörder gefasst ist.«

Leah trank einen Schluck Kaffee. Er schmeckte säuerlich. »Ich verstehe, dass Sie um ihre Sicherheit besorgt sind, aber meinen Sie nicht, dass Tess in einer so schweren Zeit nicht lieber bei ihrem Vater bleiben möchte?« Fenton war beeindruckt. Leahs Worte bestätigten seinen ersten Eindruck von ihr. Dass sie eine Frau war, die man näher kennenlernen sollte.

»Darf ich Ihnen etwas sagen?«, fragte er. »Etwas Persönliches? Etwas, das ich noch niemandem verraten habe?«

Leah zögerte, musterte Fenton skeptisch. Er war ein gut aussehender Mann, ohne sich dessen bewusst zu sein, ein sensibler, kluger Mann, der noch immer die Last seiner Trauer trug.

»Ja«, sagte sie.

Fenton legte die Hände auf den Tisch, verschränkte sie ineinander. Er öffnete den Mund, schloss ihn, öffnete ihn erneut. »Ich habe Josie enttäuscht und lasse Tess im Stich.«

»Aber das ist doch nicht wahr. Sie geben Ihr Bestes, das sieht doch jeder.«

»Aber mein Bestes ist nicht gut genug.«

Leah griff erneut über den Tisch, diesmal aber zog er die Hände weg. Sie spürte, dass er noch mehr zu sagen hatte, und schwieg.

»Eine Woche, bevor sie starb, machte Josie eine Liste. Sie liebte es, Listen zu machen. Sie war so organisiert. Drei Dinge musste ich ihr versprechen, nur drei Dinge.«

Fenton machte eine Pause und schüttelte den Kopf. »Verzeihen Sie. Sie haben gerade erst Ihre Schwester verloren. Sie müssen sich diese Dinge nicht anhören.«

»Schon gut. Erzählen Sie weiter. Die Liste.«

»Nummer eins, ich soll Josies Liebe nehmen und auf Tess übertragen, unserer Tochter doppelt so viel Liebe geben. Das ist leicht. Das kriege ich hin. Kein Problem. Nummer zwei: Tess mindestens einmal am Tag zum Lachen bringen. Hier versage ich bisher kläglich. Drittens, wenn die Zeit reif ist, soll ich für Tess eine neue Mama finden. Nun, das ist ein Rohrkrepierer.«

»Josie muss eine bemerkenswerte Frau gewesen sein. Sie haben ihr ein Versprechen gegeben und es ernst gemeint. Sie tun Ihr Bestes. Mehr geht nicht.«

Fenton schlug die Hände vors Gesicht und rieb seine Augen. Er musste sich zusammenreißen. Dies sollte ein Arbeitstreffen sein, und er machte sich zum Narren. »Darf ich Ihnen noch ein paar Fragen zu Ihrer Schwester stellen?«

»Schießen Sie los.«

»Wie lange war sie mit Blake zusammen?«

»Fast ein Jahr, glaube ich.«

»Was hat sie Ihnen über das Ende der Beziehung erzählt? Warum hat sie ihn verlassen?«

Leah überlegte einen Augenblick, ehe sie antwortete. »Es war ziemlich kompliziert. Sie hat ihn geliebt, das war offensichtlich.«

»Aber sie hat ihn verlassen.«

»Ja. Sie wollte es nicht, hatte aber das Gefühl, als bliebe ihr keine andere Wahl. Lauren erkannte das Gute in ihm. Sie wollte ihm helfen. Als klar wurde, dass er sich nicht selbst helfen wollte, gab sie auf. Er war verloren. Wie ein Kind, das sich im dunklen Wald verirrt hat. So hat sie es mir erzählt. Sie wollte ihn hinausführen, bekam aber Angst, dass es sie selbst ins Dunkel ziehen würde.«

Leah wollte einen Schluck Kaffee trinken, aber dann fiel ihr ein, dass die Milch sauer war, und sie ließ die Tasse stehen. »Worum geht es Ihnen eigentlich? Ich habe Blake gebeten, sich den Mordfall anzusehen, und Sie haben ihm Ihre Unterstützung zugesagt. Ich verstehe die Fragen nicht.«

»Ich möchte einfach verstehen, warum Sie Blake mit der Aufgabe betrauen. Man kann in dieser Stadt viele erfahrene Privatermittler anheuern. Den einen oder anderen könnte ich Ihnen sogar empfehlen. Ich weiß, dass Blake ein allseits respektierter Journalist war, aber das ist nicht dasselbe.«

Leah zuckte die Achseln. »Ich glaube, er wird gute Arbeit leisten. Er besitzt die nötigen Fähigkeiten. Ansonsten wäre es Zeitvergeudung. Ich habe Erkundungen über ihn eingeholt und weiß, dass er einen ausgezeichneten Ruf als Reporter genießt.«

»Wenn Sie mich fragen, ist er ein bisschen zu furchtlos«, sagte Fenton. »Es verläuft ein schmaler Grat zwischen Tapferkeit und Dummheit. An der irakisch-syrischen Grenze herumzuhängen, mit nichts weiter als einem Stift, einem Notizbuch und einem Smartphone bewaffnet, ist schon ziemlich leichtsinnig.«

»Haben Sie Ihre Meinung geändert?«

»Nein. Ich möchte nur verstehen, mit wem ich warum zusammenarbeite.«

Leah nickte. »Ein weiterer Grund, warum ich mich für Blake entschieden habe, ist, dass ich etwas für Lauren tun möchte. Zu Ende bringen, was sie begonnen hat. Sie hat immer gesagt, er müsse wieder anfangen zu arbeiten. Sich auf seinen Beruf besinnen. Auch glaube ich, dass er es für Lauren tun möchte. Tun muss. Beantwortet das Ihre Fragen?«

»Ich denke schon.«

Leah sah auf ihre Armbanduhr. »In zehn Minuten kommt mein Taxi«, erklärte sie. »Vielleicht können Sie mich noch kurz über Ihre Fortschritte in Kenntnis setzen.«

Fenton hielt das Wort Fortschritt für ein bisschen übertrieben, behielt den Gedanken aber für sich. »Wir stehen immer noch am Anfang«, sagte er. »Ich werfe einen frischen Blick auf die drei Morde. Ich habe zwar keinen Aktenzugang mehr, habe aber einige Unterlagen zu Hause und mein Erinnerungsvermögen ist ausgezeichnet.«

»Was ist mit diesem Verdächtigen, von dem Blake spricht? Diesem Detective, der das Filmmaterial aus dem Café an sich gebracht hat?«

»Ihn als Verdächtigen zu bezeichnen geht im Moment noch ein bisschen zu weit, finde ich«, sagte Fenton. »Wir haben bisher nur die Aussage des Cafébesitzers. Falls es stimmt, darf Ince nicht erfahren, was wir wissen. Wenn er Wind davon bekommt, könnte er die Aufnahmen zerstören. Falls er es nicht längst getan hat. Aber die Sache für uns zu behalten behagt mir nicht. Ich bin weiterhin Polizist, nur gegenwärtig nicht im Dienst. Man könnte mich beschuldigen, Beweismaterial zurückzuhalten.«

»Keiner weiß von Ihrer Zusammenarbeit mit Blake. Von mir wird es niemand erfahren.«

Fenton trank einen Schluck vom sauren Kaffee, verzog das Gesicht und trank einen weiteren Schluck. »Hoffen wir, dass es dabei bleibt. Ich mag Blake, aber er scheint kein Problem damit zu haben, das Gesetz zu brechen.«

»Wovon reden Sie?«

»Dieser Hacker, den er engagiert hat, wird ins Computersystem der Polizei eindringen, um herauszufinden, ob sich irgendjemand Informationen besorgt hat, die er sich nicht hätte besorgen dürfen.«

Leah runzelte die Stirn, ihre perfekt gezupften Augenbrauen stießen beinahe aneinander. »Warum stellt das ein Problem dar?«

»Weil es hochgradig illegal ist und der Hacker uns in böse Schwierigkeiten bringen kann, falls er erwischt wird.«

48

Fenton stand in der Tür und beobachtete, wie Leah ins schwarze Taxi stieg. Als der Wagen losfuhr, lächelte sie und hob eine Hand ans Fenster.

Die beiden diensthabenden Polizisten vor dem Haus grinsten einander an. Der größere der Constables wandte sich um und zuckte teilnahmsvoll die Achseln.

Fenton ging wieder ins Haus. In der Küche holte er sich ein Bier aus dem Kühlschrank und vergegenwärtigte sich noch einmal den Abend. Er wünschte, er hätte die Sachen über Josie für sich behalten. Was zum Teufel war in ihn gefahren?

Abgesehen von seinem peinlichen Ausbruch waren es zwei nützliche Stunden gewesen. Doch etwas Wichtiges hatte er vergessen. Der Killer hatte Marta wegen ihrer Verbindung zu Fenton ausgewählt. Daran bestand kein Zweifel. Das bedeutete letztlich, dass jeder, der mit ihm in Verbindung stand, ein potenzielles Opfer war.

Seine größte Sorge galt natürlich Tess. Aber er hatte Leah einschärfen wollen, auf der Hut zu sein, jederzeit wachsam, bis der Killer hinter Schloss und Riegel war. Er hob die Flasche an den Mund und trank. Das kalte Bier kribbelte in seinem Bauch. Hoffentlich würde er sie bald wiedersehen, dachte er. Bis dahin musste der Sicherheitsratschlag warten.

Er trug die Flasche zur Spüle und goss das restliche Bier aus. Er überlegte, ob er noch einmal nach Tess schauen sollte. Doch vermutlich war sie gerade eingeschlafen und würde nur unnötig aufwachen.

Außerdem behagte Fenton der Gedanke nicht, seine Tochter könne ihn womöglich noch einmal wegen Leah in die Mangel nehmen. Er schlich auf Zehenspitzen an Tess' Zimmer vorbei, fühlte sich wie ein Feigling. Dann hörte er sie weinen und blieb stehen. Er öffnete die Tür und trat ein. Tess hatte sich die Bettdecke über den Kopf gezogen. Fenton zog sie sanft zurück. »Was ist los, Schatz?«

Tess hatte sich zusammengerollt und umklammerte ihr Buch. »Ich will nicht fortgehen«, sagte sie. »Bitte, Daddy.«

Fenton setzte sich auf die Bettkante und tupfte seiner Tochter mit dem Daumen eine Träne von der Wange. »Ich verstehe nicht, was du meinst, Schatz.«

Tess schniefte lautstark. »Ich habe dich gehört. Du schickst mich weg.«

Fenton beugte sich zu ihr hinunter und küsste sie auf den Kopf. »Ich dachte, vielleicht fändest du es schön, eine Weile bei Oma und Opa zu bleiben. Du findest es immer toll, wenn wir sie besuchen.«

Tess schloss die Augen und drückte ihr Gesicht ins Laken. »Ich will bei dir bleiben.«

Fenton zog ihr die Bettdecke über die Schultern. »Ich möchte tun, was für dich am besten ist, Tess. Ich habe nur gesagt, dass ich darüber nachdenke, okay?« Tess schniefte erneut.

Als Fenton zu Bett ging, war es bereits Mitternacht. Seine Augen taten weh, doch er wusste, dass er nicht so bald einschlafen würde. Er lag in der Dunkelheit, die Hände hinterm Kopf, starrte an die Zimmerdecke und dachte an die Ereignisse der letzten Tage.

Worauf ließ er sich da ein? Er hatte sich immer streng an die Vorschriften gehalten, hatte stets regelkonform gearbeitet. Darauf beruhte zu großen Teilen sein Erfolg. Die meisten wichtigen Kriminalfälle wurden durch langsame akribische Polizeiarbeit gelöst. Bei einer Mordermittlung musste man jeden Ermittlungsschritt sorgfältig und in der richtigen Reihenfolge erledigen, die ersten Zeugenbefragungen, das Überprüfen der Verdächtigen, schließlich die Auswertung der forensischen Beweise. Ein sorgfältiger Schritt nach dem anderen. So führte er seine Mordermittlungen, und bislang hatte es sich bestens bewährt.

Nun aber war er plötzlich suspendiert, hatte sich in eine inoffizielle Ermittlung verstrickt und arbeitete mit jemandem zusammen, der den Begriff regelkonform nicht einmal zu kennen schien. Es war noch nicht zu spät, aus der Sache auszusteigen. Sich einzugestehen, dass er einen Fehler begangen hatte. Worauf wartete er eigentlich noch?

Er wollte nicht die erste Frau enttäuschen, mit der er sich seit Josies Tod wohlfühlte, doch das war nicht der wahre Grund, warum er weitermachen würde. Fenton schloss die Augen, um die unerwünschten Gedanken zu blockieren. Nach einigen Sekunden öffnete er sie wieder. Während seine Augen sich an die Dunkelheit anpassten, akzeptierte er die unleugbare Wahrheit.

Er wollte um jeden Preis an der Ergreifung des Killers teilhaben. New Scotland Yard hatte entschieden, ihm dieses Privileg zu nehmen. Das konnte er nicht akzeptieren. Es war inakzeptabel. Das Leben seiner Tochter wurde bedroht. Das Böse war in sein Leben eingefallen. Er würde nicht einfach dasitzen und Däumchen drehen, bis sein Ersatzmann womöglich einen Glückstreffer landete.

Fenton schloss wieder die Augen. Seine Lider waren nun

bleischwer vor Müdigkeit. Er drehte sich auf die Seite, bereit, sich dem Schlaf hinzugeben. Dann klingelte sein Handy. Er drehte sich wieder um, fischte das Telefon vom Nachttisch und knipste die Lampe an.

»Was zum Teufel soll das, Blake?«, fragte er. Am liebsten hätte er ins Handy gebrüllt, doch er musste die Stimme gesenkt halten, um Tess nicht aufzuwecken. »Wissen Sie, wie spät es ist?«

»Ich weiß, wie spät es ist, Detective, keine Sorge. Aber falls Sie es nicht wissen, hier ein kleiner Tipp. Schauen Sie auf Ihr Handydisplay. Da steht die Uhrzeit.«

Fenton setzte sich auf und schwang die Beine aus dem Bett. Er hatte Leah erzählt, dass er Blake mochte, und das stimmte auch, aber manchmal ging der Kerl ihm fürchterlich auf die Nerven.

»Ich gehe davon aus, dass es wichtig ist.«

»Tut mir leid, dass ich Ihren Schönheitsschlaf unterbreche«, sagte Blake. »Ich weiß, wie sehr Sie ihn brauchen.«

»Worum geht es?«

»Detective Constable Ince.«

»Genauer, bitte.«

»Der Mann ist ein schlimmer Finger. Er hat sich Zugang zu Bereichen des Computernetzwerks verschafft, die über seiner Sicherheitsstufe liegen, und Informationen über Personen gelesen, die er nicht hätte lesen dürfen.«

Fenton stand auf und schaltete die Deckenbeleuchtung ein. »Sind Sie sich sicher?«

»Mein Kontaktmann ist sicher, und ich vertraue ihm.«

»Mist«, sagte Fenton. »Wie ist Ince ohne entsprechende Freigabe an diese Dateien gelangt? Die Sicherheitsbarrieren im System gelten als praktisch unüberwindbar.«

»Ich glaube, das Wort praktisch ist der Schlüssel zur Beantwortung Ihrer Frage. Meinem Kontaktmann zufolge muss Ince über Spezialwissen verfügen. Über ein Talent, das er vor seiner Umgebung geheim hält.«

»Welche Dateien hat er sich angeschaut?«

Blake zögerte, ehe er antwortete. Als er schließlich sprach, war offenkundig, dass er seine Worte mit Bedacht gewählt hatte.

»Ich möchte jetzt nicht über solche Einzelheiten sprechen. Auch Telefone lassen sich leicht hacken, wenn man sein Handwerk versteht. Setzen Sie Ihren Schönheitsschlaf fort. Wir reden morgen früh. Wir sollten uns irgendwo draußen treffen.«

»Wo zum Beispiel? Ich will Tess nicht lange allein lassen.«

»Ich schicke Ihnen morgen eine SMS. Bis dahin gute Nacht.«

Fenton warf das Handy aufs Bett. An Schlaf war im Moment nicht zu denken. Er klaubte das Telefon wieder auf, ging auf Google und gab »I_Killer« ein. 1,7 Millionen Treffer in 0,89 Sekunden. Scheiße.

Er widerstand dem Drang, das Handy an die Wand zu schleudern, als ihm der dritte Eintrag in der Trefferliste ins Auge fiel. *BBC-Eilmeldung. Neuer Post des Serienkillers.* Er öffnete die Seite. Die Meldung war kurz. *Der Mörder, der seine Nachrichten mit »I_Killer« signiert, schickt seinen Internet-Followern erschreckenden neuen Post. Die Polizei gibt an, die Nachricht sei vor einer Stunde bei Twitter aufgetaucht.*

Mein nächstes Opfer hat sein kindliches Gesicht gezeigt #I_Killer.

Fenton las die Meldung noch einmal. Der Kerl wollte seine Follower auf seine nächste Opfergabe vorbereiten, ihnen den Mund wässrig machen … *sein kindliches Gesicht.* Angst um Tess loderte in seiner Brust auf.

49

Der Regent's Canal war eines von Londons bestgehüteten Geheimnissen. Der vierzehn Kilometer lange Kanal verband den Paddington-Arm des Grand-Union-Kanals im Westen mit dem Limehouse-Becken im Osten, und für Blake war die Wasserstraße eine Oase der Ruhe in einer Stadt voller Probleme.

Er saß auf einer dem Kanal zugewandten Holzbank und hob das Gesicht gen Himmel, um sich von der Herbstsonne die Haut wärmen zu lassen. Der Spaziergang vom Victoria Park zur York-Way-Kanalbrücke in Süd-Islington hatte ihm genügend Zeit gegeben, um zu überlegen, wie er mit Fenton umgehen sollte.

Der suspendierte Detective würde zur Vorsicht raten; würde seine immense Erfahrung anführen und empfehlen, keine voreiligen Schlüsse zu ziehen. Blake hatte anderes im Sinn. Ihm stand der Sinn danach, Nägel mit Köpfen zu machen, und zwar besser heute als morgen.

Als ein schnaufender mittelalter Mann in knallbunter Fahrradbekleidung an ihm vorbeiradelte, nickte er ihm aufmunternd zu; aus der entgegengesetzten Richtung joggte eine junge Frau an ihm vorbei, deren Lächeln er erwiderte. Seit bald einem Jahr lief Blake nur daheim auf dem Laufband, und nun, während ein schmales rot-grünes Boot unter der Brücke hindurchschipperte, überlegte er, ob er nicht auch mal hier draußen am Kanal joggen sollte.

Er vernahm Schritte, wandte sich um und sah Fenton die

Anhöhe herabsteigen. In seinem schwarzen Anzug samt schwarzer Krawatte sah der Detective aus, als wäre er unterwegs zu einer Beerdigung. »Auf die Minute pünktlich«, sagte Blake. »Schön, dass Sie sich so in Schale geworfen haben. Hätte ich das gewusst, hätte ich mir was Eleganteres angezogen.« Fenton blieb vor der Bank stehen, zog einen weißen Papierbeutel aus der Jackentasche und warf ihn Blake zu. »Klappe halten und essen«, sagte er.

Blake öffnete die Tüte und nahm einen Bagel mit Schinken und Streichkäse heraus. Der Bagel war noch warm. Er biss hinein und leckte sich über die Lippen.

»Woher wussten Sie, dass ich nicht gefrühstückt habe?«

»War geraten«, sagte Fenton, zog einen weiteren Papierbeutel aus der anderen Jackentasche und fischte den gleichen Bagel heraus. »Die Dinger sind gut, was? Werden bei mir um die Ecke jeden Morgen frisch gebacken.«

Blake nahm einen weiteren Bissen und legte den Rest des Bagels neben sich auf die Bank. »Sehr lecker. Aber was ist mit dem Kaffee, den ich bestellt habe?«

Fenton ignorierte den Seitenhieb. »Dann erstatten Sie mal Bericht.«

Blake schüttelte den Kopf. »Oh nein, so läuft das nicht«, sagte er. »Um es klarzustellen: Ich erstatte Ihnen keinen Bericht. Die einzige Person, der ich Bericht erstatte, ist meine Auftraggeberin. Ihnen gebe ich Informationen weiter. Ich unterrichte Sie über den Stand der Dinge. Ich leite die Ermittlungen. Sie sind der Berater, nichts weiter.«

Fenton biss in seinen Bagel und legte sich seine Antwort zurecht. »Ich bin nicht sicher, ob Ihre Auftraggeberin Ihnen hundertprozentig beipflichten würde, aber lassen Sie uns keine Wortklauberei betreiben. Erzählen Sie mir von Ince.«

Blake hatte nichts gegen den Detective. Er respektierte ihn und seine beruflichen Erfolge und war froh, ihn als Berater hinter sich zu wissen. Aber dies waren seine Ermittlungen, und er würde sie auf seine Weise anstellen.

»Ince hat in Ihrem angeblich unüberwindlichen Computersystem herumgestochert wie ein Schwein in der Scheiße.«

»Könnten Sie sich etwas spezifischer ausdrücken?«

»Er hat natürlich Zugang zu den Mordakten, weil er zum Ermittlungsteam gehört.«

»Natürlich.«

»Aber meinem Experten zufolge hat er sich Dateien angesehen, für die er keine Sicherheitsfreigabe hat.«

»Zum Beispiel?«

»Zum Beispiel die Personalakten mehrerer Kollegen samt Privatadressen, Telefonnummern, Familienangehörigen, solche Sachen. Er hat sich außerdem die Dateien angesehen, in denen Einzelheiten über die Familien der Mordopfer stehen, eine Psychologin namens Belinda Vale überprüft und in den Akten und Dokumenten eines bestimmten früheren Ermittlungsleiters herumgestöbert.«

»Reden Sie von mir?«

»Selbstverständlich.«

Fenton erwog, sich zu Blake auf die Bank zu setzen, entschied sich aber dagegen. »So verdächtig das alles klingen mag, nichts von alldem beweist, dass Ince etwas mit den Morden zu tun hat.«

»Wieso wusste ich nur, dass Sie das sagen würden?«

»Es beweist, dass er sich illegalerweise unberechtigten Zugang zu den Polizei-Datenbanken verschafft hat. Dafür würde man ihn sicherlich aus dem Polizeidienst entlassen und unter Anklage stellen, aber wir können ihn nicht hochgehen lassen, denn dadurch würden wir zugeben, dass Sie und Ihr Hacker-Kumpel selbst das Gesetz gebrochen haben. Für Computerhacken bekommt man bis zu zehn Jahre Gefängnis.«

Blake lächelte. »Lustig, wie Sie in dem Satz über den Gesetzesbruch ruck, zuck von ›wir‹ zu ›Ihr‹ gewechselt haben.«

Fenton machte einem weiteren Fahrradfahrer Platz. »Ich hoffe nur, dass Ihr Experte weiß, was er tut, das ist alles.«

»Keine Sorge«, sagte Blake. »Er hat mir zugesichert, alle Spuren vollständig verwischt zu haben. Was Ince betrifft, weiß ich, was Sie meinen, aber alle Indizien deuten auf ihn. Wir können uns nicht leisten, ewig herumzueiern. Wir wissen nicht, wann der Killer wieder zuschlägt.«

Fenton schluckte den letzten Bissen Bagel hinunter, wischte sich mit der Papiertüte die Hände ab und stopfte die Tüte wieder in die Jackentasche. »Wir müssen sicherstellen, dass wir genug gegen ihn in der Hand haben, bevor wir die Bombe platzen lassen. Falls Ince der Killer ist und mitbekommt, dass wir ihm auf den Fersen sind, könnte er untertauchen. Wir brauchen einen handfesten Beweis.«

Ach was, dachte Blake. »Was schlagen Sie vor?«

»Eine altmodische Beschattung. Sie observieren ihn und seine Wohnung. Finden Sie heraus, was er in seiner Freizeit treibt.«

Blake schüttelte den Kopf. »Das ist alles? Mehr fällt Ihnen nicht ein, nachdem Sie jahrelang leitender Ermittler in Mordfällen waren?«

»Es funktioniert. Glauben Sie mir, diese Grundlagenarbeit zeitigt Erfolge. Wenn es keine DNA-Spuren gibt, keine

Fingerabdrücke und keine Aufnahmen von Überwachungskameras, ist die beste Technologie der Welt nutzlos.«

»Schön, ich observiere ihn – und was dann?«

»Im besten Fall führt er Sie zu einer Garage oder einem angemieteten Lagerraum voller Beweismittel. Die Tatwaffe, Fotos, der Laptop oder das Smartphone, von dem er seine Posts absetzt. Im schlechtesten Fall ist Ince nur ein Cyber-Spanner. Während Sie ihn observieren, werde ich den einen oder anderen Freund bei der Polizei bitten, sich Inces Vergangenheit anzuschauen.«

Blake erhob sich von der Bank und trat einen Schritt auf Fenton zu. »Die neue Twitter-Botschaft des Killers haben Sie bestimmt schon gesehen.«

Fenton nickte. »Natürlich. Jeder hat sie gesehen.«

»Er macht seine Follower heiß. Sie sollen sich auf seine nächste Show vorbereiten. Was, wenn ich herausfinde, dass jemand in unmittelbarer Gefahr schwebt?«

»Dann handeln wir schnell. Ich kontaktiere meine Kollegen und erzählen ihnen, was los ist.«

»Selbst wenn es bedeutet, dass Sie anschließend als Wachmann im Supermarkt arbeiten könnten?«

»Ich werde nicht den Mund halten und jemanden sterben lassen.«

Blake nickte. Er wusste, dass Fenton letztlich stets das Richtige tat. Es war eine seiner Stärken und gleichzeitig seine größte Schwäche. »Eine Sache noch«, sagte er. »Können Sie mir verraten, warum es bei New Scotland Yard eine Akte über Dr. Belinda Vale gibt?«

Fenton zuckte die Achseln. »Sie ist Psychologin mit einer eigenen Praxis in Holborn, glaube ich. Sie arbeitet auch als

Profilerin und soll ziemlich gut darin sein. Sie wurde wohl hinzugezogen, um ein Profil über den Killer zu erstellen. Warum fragen Sie?«

Blake wollte nur ungern zugeben, dass er sich in psychologischer Behandlung befand. Er war ja nur ein paar Mal bei Vale gewesen. Es Fenton zu verheimlichen würde ihm die Peinlichkeit ersparen, und es gab keinen Grund, warum der Detective es erfahren sollte. Dennoch entschloss er sich, dem Mann reinen Wein einzuschenken. Scheiß drauf, dachte er. Ihm konnte egal sein, was andere über ihn dachten.

»Ich war ein paar Mal bei ihr«, gab er zu. »Um über die alten Geschichten zu reden. Ich hatte keine Ahnung, dass sie Teil des Ermittlungsteams ist.«

Fenton spürte Blakes Unbehagen. »Zwei Kollegen von mir mussten wegen PTBS frühzeitig in den Ruhestand gehen«, sagte er. »Einer hatte sich eine Kugel eingefangen, als er einen Drogendealer verhaften wollte. Er hat fast eine Niere verloren. Der andere wurde zu einer Wohnung gerufen, nachdem eine Nachbarin seltsame Geräusche gehört und die Polizei gerufen hatte. In der Wohnung fand er zwei Mädchen, sechs und vier, tot auf dem Bett. Ihre drogensüchtige Mutter hatte sie erwürgt, bevor sie sich mit einer Heroin-Überdosis selbst umgebracht hat. Beide Kollegen haben mir erzählt, dass die Therapie ihnen sehr geholfen hat.«

Blake war klar, dass der Detective mit der Geschichte sein Verständnis und sein Mitgefühl zum Ausdruck bringen wollte, doch er brauchte weder das eine noch das andere. »Schön, wir machen es erst mal so, wie Sie sagen«, entgegnete er. »Ich observiere Ince, und wir warten ab, was geschieht. Ich melde mich bei Ihnen. Danke für das Frühstück.«

Er wandte sich in die Richtung, aus der er gekommen war, und machte sich auf den Heimweg. Nach einigen Schritten rief Fenton ihm nach: »Ach so, eins noch. Falls Ince unser Mann sein sollte, müssen Sie extrem vorsichtig sein. Tun Sie nichts Unbedachtes.«

Beinahe hätte Blake gesagt, Fentons Besorgnis rühre ihn. Doch er nickte nur kaum wahrnehmbar und ging weiter. Als er den York-Way-Tunnel erreichte, schaute er zurück. Fenton war verschwunden.

Das Treffen war gelaufen, wie Blake erwartet hatte. Er hatte Fentons vorsichtiger Herangehensweise grundsätzlich zugestimmt, doch eine Strategie, die auf stundenlangem Beobachten und Herumstehen beruhte, passte nicht zu seinem Temperament. Er war ein Mann der Tat. Blake nahm ein paar tiefe Atemzüge. Er wusste, dass London eine der am stärksten verschmutzten Städte Europas war, doch hier am Kanal in der Herbstsonne roch die Luft frisch, süß beinahe. Als er einen blonden Jugendlichen und seine noch blondere Freundin in roten Plastikkanus vorbeipaddeln sah, fühlte Blake sich so gut und ausgeglichen wie schon lange nicht mehr. Falls sich eine Gelegenheit bot, zur Tat zu schreiten, würde er sie ergreifen.

50

Tess saß am Küchentisch und tat, als würde sie lesen. Sie hatte Kopfweh, weil sie kaum geschlafen hatte. Sie hatte fast die ganze Nacht geweint. So lange, bis ihre Tränen versiegt waren.

Helen – die Polizistin, die immer auf sie aufpasste – stand am Abwaschbecken und spülte ihren Becher aus. Sie lächelte ihr über die Schulter zu. Tess lächelte zurück, platzte aber beinahe vor Ungeduld.

Leise summend verließ Helen die Küche. Tess hielt den Kopf gesenkt und blätterte eine Seite in ihrem Buch um, doch ihr Blick folgte der Polizistin ins Bad. Helen sperrte die Tür hinter sich ab, und Tess sprang vom Stuhl.

Sie zog ihren Mantel von der Rückenlehne und rannte die Treppe hinunter. Unten angekommen, wandte sie sich nach rechts und eilte in den kleinen Garten hinterm Haus. Am Zauntor drückte sie die rostige Klinke hinunter und verschwand in die enge Gasse.

Tess mochte keine engen Gassen. Sie machten ihr Angst. Sie rannte am Zaun entlang bis hinaus auf die Rising Hill Street. Nachdem sie kurz stehengeblieben war, um Atem zu schöpfen, stiefelte sie mit zielgerichteten Schritten die geschäftige Straße hinunter. Sie wollte zurück sein, ehe ihr Dad nach Hause kam. Trotz des Sonnenscheins war ihr kalt. Sie zog den Mantelreißverschluss hoch und wünschte, sie hätte ihre dicke Daunenjacke angezogen.

Ihr Plan war, in Richtung Schule zu gehen. Sie wusste, dass

ihr Ziel ganz in deren Nähe war. Sie konnte nicht fortgehen, ohne sich von ihrer Mutter zu verabschieden. Es wäre nicht richtig. Am Ende der Straße blieb Tess stehen, ihre Zehenspitzen an der Bordsteinkante. Marta hatte immer darauf bestanden, hier über die Straße zu gehen, denn wegen der Verkehrsinsel konnte man auf halbem Weg eine Pause einlegen. Sie wartete geduldig auf eine Lücke im Strom der Autos und trat einen Schritt zurück, als vor ihr ein Wagen anhielt. Der Fahrer beugte sich herüber und öffnete die Beifahrertür.

»Hallo, Tess«, sagte er.

Sie runzelte die Stirn, sagte nichts. Woher kannte der Mann ihren Namen? Er trug eine dunkle Jacke und eine Baseballkappe, lächelte sie freundlich an. Tess meinte, ihn schon einmal gesehen zu haben, wusste aber nicht mehr wann und wo. »Dein Daddy schickt mich«, sagte er. »Er macht sich Sorgen um dich.«

»Ich gehe zum Friedhof«, erklärte sie und ging weiter. Der Wagen fuhr langsam neben ihr her, die Beifahrertür noch immer offen.

Der Fahrer lächelte sie strahlend an. »Das weiß ich doch. Dein Daddy schickt mich, um dich hinzubringen. Er ist gerade sehr beschäftigt, aber er wird dich nachher am Friedhof treffen.«

Tess blieb stehen. »Er will auch hingehen und Mum sehen?«

Der Mann nickte. »Das hat er mir gesagt. Er will nicht, dass du den ganzen Weg alleine gehst.«

Tess überlegte, ob sie wirklich in das Auto steigen sollte. Daddy hatte immer gesagt, sie solle nicht mit Fremden mitgehen. »Aber woher weiß er, wo ich hinwill?«

Der Mann lachte. Tess fand, dass es schön klang. »Weil er dein Daddy ist natürlich. Dein Daddy weiß viele Dinge. Das tun alle Daddys.«

Tess nickte nachdenklich. Sie musste zugeben, dass es vernünftig klang. Sie hatten Mum schon eine ganze Weile nicht mehr besucht, und natürlich war er darauf gekommen, wo sie hinwollte. Natürlich. Sie stieg zu dem Mann in den Wagen. Sobald die Beifahrertür zufiel, trat er aufs Gaspedal und der Wagen brauste davon. Die plötzliche Beschleunigung drückte Tess gegen die Rückenlehne, dann riss es sie nach vorn.

Der Mann lachte erneut, lauter diesmal. »Schnall dich lieber an«, sagte er. »Dein Daddy will bestimmt nicht, dass dir etwas passiert.«

Tess sagte nichts. Sie griff nach dem Gurt, zog ihn quer über ihren Körper und rastete ihn ein.

51

Als Blake gegen Mittag in seiner Wohnung eintraf, duschte er schnell, zog sich frische Klamotten an und eilte nach Westminster. Das Interesse an Neuigkeiten über die Jagd nach dem Killer war derart groß, dass New Scotland Yards Medienteam inzwischen täglich eine Pressekonferenz abhielt.

Er hielt der Frau am Empfang seinen alten Presseausweis hin, den Daumen strategisch über dem Ausstellungsdatum platziert. Sich als Zeitungsreporter auszugeben, war seines Wissens keine Straftat. Sich auf betrügerische Weise Zugang zum Hauptquartier der Metropolitan Police zu verschaffen, war dagegen sehr wohl eine.

In Begleitung eines hochgewachsenen Mannes in einem teuer aussehenden Anzug fuhr er in den fünften Stock hoch. Der Mann kam Blake bekannt vor, doch ihm fiel nicht ein, wo er ihn schon mal gesehen hatte.

Der Fahrstuhl kam zum Stehen, die Türen öffneten sich. Blake rührte sich nicht. Er ließ den Mann als Ersten aus dem Fahrstuhl treten und den Korridor hinuntergehen. Der Eingang zum Medienzentrum lag direkt gegenüber vom Lift. Blake zog die Tür auf und ging hinein.

Er hatte früher an einigen Pressekonferenzen von New Scotland Yard teilgenommen, und der Anblick des Raumes war ihm vertraut. Es gab zehn Sitzreihen mit jeweils zwölf Stühlen. Außer der letzten Reihe waren alle voll besetzt.

Vorne gab es ein Podium, das Scheinwerfer anstrahlten, obwohl durch die vier großen rechteckigen Fenster genügend Tageslicht in den Raum fiel. Auf dem Podium standen drei leere Stühle und ein langer Tisch, darauf drei Mikrofone.

Blake erkannte einige Gesichter in der Reporterschar, blieb aber im hinteren Teil des Raumes für sich. Die Veranstaltung würde jeden Moment beginnen, die Spannung war mit Händen greifbar. Das aufgeregte Schnattern verwandelte sich in ein respektvolles Gemurmel, als drei Personen das Podium betraten und vor den Zuschauern Platz nahmen. Zwei von ihnen waren eine Überraschung für Blake. Die eine war der Mann aus dem Fahrstuhl, die andere Überraschung war Dr. Belinda Vale. Sie saßen rechts und links von einem korpulenten, ergrauenden Mann, der den verdrossenen Gesichtsausdruck eines in die Jahre gekommenen Chef-Ermittlers hatte.

Es wurde still im Raum, als der jüngere Mann sich als Ray Partington vorstellte, der leitende Pressesprecher. Blake erinnerte sich an ihn als den Mann, der Leah getröstet hatte, als sie vor den Kameras zusammengebrochen war. Selbstsicher und professionell umriss er die üblichen Grundregeln und stellte Detective Chief Inspector Norman Tobin als den Mann vor, der die Ermittlungen übernommen hatte.

»Außerdem haben wir heute eine Expertin zu Gast«, sagte Partington. »Die Psychologin Dr. Belinda Vale, die Profilerin dieses Falles, hat sich freundlicherweise bereit erklärt, einige Fragen zu beantworten. Über die Details ihres Profils über den Killer wird sie nicht reden. Sie verstehen sicherlich, warum. Dr. Vale wird nur allgemeine Fragen über Serienkiller beantworten. Wir beginnen mit einer Erklärung von DCI Tobin.«

Blake beobachtete, wie Dr. Vale ihre Augen vor dem gleißenden Scheinwerferlicht abschirmte, und fragte sich, wie lange sie den Arm so halten konnte, ohne einen Krampf zu bekommen. Vielleicht ein Dutzend Kameras blitzte auf, als Tobin sich räusperte, auf den Text hinabschaute, den er gleich vorlesen würde, und den Kopf näher ans Mikrofon heranschob.

»Als neuer leitender Ermittler in diesem Fall möchte ich der Öffentlichkeit versichern, dass wir absolut alle Maßnahmen ergreifen, um den Täter zu fassen. Jeder verfügbare Beamte der Metropolitan Police arbeitet daran mit voller Kraft.«

Mit diesen beiden einleitenden Sätzen tötete Tobin die Atmosphäre im Raum ab. Der Ausdruck auf seinem runden rötlichen Gesicht zeigte noch weniger Enthusiasmus als sein monotoner Vortrag. Blake wusste, wie diese Veranstaltungen liefen und dass mit ziemlicher Sicherheit Partington die Erklärung verfasst hatte. Der Pressesprecher hatte eine neutrale Miene aufgesetzt, doch bestimmt ärgerte er sich über Tobins Mangel an rhetorischen Fähigkeiten.

Im Folgenden schwadronierte der Detective darüber, die Öffentlichkeit könne sicher sein, dass jedwede Information über den Killer streng vertraulich behandelt werden würde. »Zum Schluss«, sagte er, und bei diesen Worten erklang im Raum ein kollektives erleichtertes Aufseufzen, »möchte ich noch einmal den dringenden Appell an Londons Bürger richten, strikt auf ihre persönliche Sicherheit bedacht zu sein, bis es zu einer Festnahme gekommen ist. Vor allem Frauen sollten spätabends nicht ohne Begleitung unterwegs sein. Die Leute sollen weiterhin ihr Leben genießen, aber in der gegenwärtigen Lage ist es wichtig, gesunden Menschenverstand walten zu lassen.«

Partington sprang auf. »Vielen Dank für diese weisen Worte. Leider wird DCI Tobin heute keine Fragen beantworten. Sie verstehen sicher, dass er alle Hände voll zu tun hat und deshalb nicht länger bei uns bleiben kann. Ich werden Ihnen allen eine digitale und eine ausgedruckte Fassung seiner Erklärung zukommen lassen.«

Der Detective stand ebenfalls auf und verschwand durch eine Tür hinter dem Podium. Gott steh uns bei, dachte Blake. Falls Fentons Ersatzmann bei der Jagd nach dem Killer genauso gut war wie als Redner, konnten sie den Killer eigentlich zum Ehrenbürger der Stadt ernennen.

Partington wandte sich Dr. Vale zu. »Nun ist unsere geschätzte Psychologin an der Reihe. Sie hat eingewilligt, einige Fragen zu beantworten, aber ich wiederhole, die Fragen dürfen nicht die Einzelheiten des von ihr erstellten Profils betreffen.«

Während er die Reporter noch anwies, vor ihrer Frage die Hand zu heben und sich vorzustellen, erklang in der ersten Reihe die Stimme einer Frau.

»Dr. Vale, ist Profiling in Fällen wie diesem überhaupt von Nutzen? Soweit ich weiß, gibt es dafür bislang keinerlei Beleg.«

Die Psychologin schaute hilfesuchend zu Partington, schien darauf zu hoffen, dass er die Frage für sie beantwortete. Stattdessen nickte er ihr zu, ermunterte sie, es selbst zu tun.

Blake war weit entfernt vom Podium, doch er sah, wie ein Anflug von Verärgerung über das Gesicht seiner Therapeutin huschte. »Profiling ist sicherlich keine Wunderwaffe«, antwortete sie. »Aber über die Jahre hat es sich immer wieder als extrem wertvolle Hilfe für Ermittler erwiesen, die eine Mordserie aufzuklären versuchen.«

Die Erwiderung der Reporterin war mehr ein Kommentar als eine Frage. »Ja, aber ist Profiling nicht eher ein Talent als eine richtige Wissenschaft? Etwas, das im Trend liegt, aber keinen wahren Nutzen hat?«

Dr. Vale schaute erneut zu Partington, und diesmal schritt er ein. »Ehe Dr. Vale antwortet, verraten Sie uns bitte, wer Sie sind?«, sagte er zu der Reporterin.

»Charlotte Banks, Chefreporterin beim Standard.«

»Ms. Banks«, sagte Dr. Vale, »Profiling ist kein neumodischer Trend. Es ist eine über viele Jahre entwickelte und verfeinerte Technik. Genau genommen hat man sie bereits 1888 von den Ermittlern bei der Jagd auf Jack the Ripper angewendet.«

Dr. Vale wusste, dass ihr ein Fehler unterlaufen war, sobald ihr die Worte über die Lippen gekommen waren. Blake wand sich auf seinem Stuhl. Er wusste, was als Nächstes kommen würde.

»Mit dem allgemein bekannten durchschlagenden Erfolg«, sagte Banks. Allgemeines Gelächter erklang.

»Nächste Frage«, blaffte Partington, entschlossen, Herr der Lage zu bleiben. »Bleiben wir doch bitte beim Thema.«

»Dave Richard, BBC London. Der Killer baut sich in den sozialen Medien eine riesige Fangemeinde auf. Vielleicht könnte Dr. Vale uns dieses Phänomen erklären?«

Partington öffnete den Mund, um zu intervenieren, aber die Psychologin stoppte ihn mit einer kurzen Handbewegung. »Gute Frage, Mr. Richards«, sagte sie. »Ich beantworte sie gern, denn es geht weniger um den Täter als um die menschliche Natur.«

Ermutigt schob der Reporter gleich die nächste Frage hinterher. »Trägt das Internet, tragen die sozialen Medien die Schuld? Brauchen wir strengere Kontrollen?«

Dr. Vale beugte sich näher ans Mikrofon heran. »Ich bin keine Expertin für das Internet, aber ich bin nicht sicher, ob es sich kontrollieren lässt. Die sozialen Medien tragen keine Schuld. Sie sind ein Kommunikationswerkzeug. Wie wir dieses Werkzeug benutzen, ist ein Spiegelbild unseres Wesens.«

In der dritten Reihe hob jemand die Hand. Der Journalist wartete nicht ab, bis Partington ihm das Wort erteilte. »Tom Foxton, Freelancer«, verkündete er. »Sagen Sie, dass der Mensch von Natur aus schlecht ist, dass er sich grundsätzlich zum Bösen hingezogen fühlt?«

Dr. Vale schüttelte den Kopf. »Wir verfügen über die herausragende Fähigkeit, gütig, sensibel, kreativ und aufopfernd zu sein, aber die menschliche Psyche hat auch eine dunkle Seite. Der primitive Teil unseres Hirns verleiht einigen von uns die Fähigkeit, Akte größter Grausamkeit zu vollziehen, Folter, Vergewaltigung, Mord und Krieg. Auch fasziniert uns der Tod, wenngleich wir über unsere eigene Sterblichkeit nur ungern nachdenken.«

Dr. Vale machte eine Pause, und Partington nutzte die Gelegenheit, dem nächsten Fragesteller das Wort zu erteilen. Er deutete auf eine Reporterin mit feuerrotem Haar in der ersten Reihe. »Briony Noble, Reuters. Der I_Killer ist eine Berühmtheit geworden. Was lässt sich über die moralische Verfassung seiner Follower im Internet sagen? Trifft sie eine Mitschuld an den Morden?«

»Wer möchte, genießt in den sozialen Medien völlige Anonymität. Die Leute können sich hinter ihren Bildschirmen verstecken und bestimmte Teile ihrer Psyche erkunden, ohne eine Verurteilung vonseiten ihres Umfelds befürchten zu müssen. Online zu sein entbindet einen von allen normalen gesellschaftlichen Fesseln. Der I_Killer macht Mord zu einer Erfahrung, die alle mit ihm teilen können.«

Eine andere Hand schoss in die Höhe. Partington deutete auf die Frau, erteilte ihr mit einem Nicken das Wort. »Tina Willes, Press Association. Einige Leute halten die letzte Botschaft des Mörders für einen Hinweis, dass sein nächstes Opfer ein Kind sein wird. Sie sind auch dieser Meinung?«

Dr. Vale schloss die Augen. Sie hatte diese Frage befürchtet, fand es aber nicht richtig, ihr auszuweichen. »Diesem Mörder ist alles zuzutrauen.«

Einen Moment lang breitete sich unheilvolle Stille im Raum aus. Der freischaffende Reporter beendete sie mit einer weiteren Frage. »Welche Motivation treibt den Mörder? Ist sie sexueller Natur oder giert er einfach nur nach Blut?«

»Es könnte beides sein, doch es kommt noch vieles andere infrage«, sagte Dr. Vale, stützte ihre Ellbogen auf den Tisch und legte das Kinn auf die Hände. »Manchmal töten Serienkiller aus Rache wegen einer realen oder einer eingebildeten Kränkung oder einfach nur, weil es aufregend ist. Und dann möchten sie den Nervenkitzel reproduzieren. Oftmals geht es schlicht um Macht über einen anderen Menschen. Der Schlüssel ist, dass sie sich nach dem ersten Mal getrieben fühlen, diese Erfahrung erneut zu erleben. Es ist wie bei einem Heroinsüchtigen, der nur an den nächsten Schuss denken kann.«

Sie lehnte sich zurück, als mehrere Reporter gleichzeitig ihre Aufmerksamkeit erlangen wollten. Sie wedelten mit den Händen und versuchten sich gegenseitig zu übertönen. Dessen ungeachtet sprach die Psychologin ins Mikrofon, und die Reporter verstummten. »Möglicherweise ist es Ihnen nicht bewusst, aber Sie alle spielen eine große Rolle bei dieser Sache. Serienkiller können nach der Aufmerksamkeit der Medien genauso süchtig werden wie nach dem Töten. Sie verzehren sich nach der Allbekanntheit. Das ist Teil des Spiels.«

Dr. Vale machte eine Pause. Diesmal blieb es still im Raum. Sie hatte die volle Aufmerksamkeit der Reporter. »Was Sie aus der heutigen Veranstaltung für sich mitnehmen können, ist, dass Sie diese Art von Verbrechen in keiner Weise verklären dürfen. Ich weiß, Sie müssen Ihre Arbeit erledigen, aber Sie tragen eine große Verantwortung. Denken Sie daran.«

Eigentlich sollte sie nur allgemein antworten, aber sie sprach ganz klar über die Posts des Killers, dachte Blake. Erregtes Gemurmel erfüllte den Raum. Alle Anwesenden dachten das Gleiche.

Eine blonde Fernsehreporterin sprach in ihrer Frage etwaige polizeiliche Inkompetenz an, doch Partington fiel ihr ins Wort. »Ich fürchte, das war's, Leute«, sagte er. »Die Zeit ist um. Danke für Ihre Kooperation und ein Dank an Dr. Vale für ihre faszinierenden Ausführungen.«

Der Pressesprecher wandte sich der Psychologin zu, um ihr für ihre Leistung zu gratulieren, doch sie war bereits aufgestanden und stieg vom Podium.

***

Belinda Vale trat in den Fahrstuhl und drückte den Knopf für die Tiefgarage. Das Unbehagen, das sie vom ersten Augenblick an auf dem Podium verspürt hatte, sollte ihr eine wertvolle Lektion sein, nahm sie sich vor. Nie wieder würde sie sich zu etwas überreden lassen, das sie nicht tun wollte, schwor sie sich.

Mit einem leisen Signalton öffneten sich die Fahrstuhltüren, und sie eilte hinaus. Es war schummrig in der schlecht beleuchteten Tiefgarage. Sie blieb stehen und überlegte, wo ihr Wagen stand. Sie sah ihn, eingequetscht zwischen einem Land Rover der Metropolitan Police und einer Betonmauer, und ging darauf zu.

Das Klacken ihrer Absätze hallte ihr in den Ohren. Ein seltsames Gefühl der Verletzlichkeit beschlich sie. Am Rand ihres Blickfeldes bewegte sich etwas. Sie atmete scharf ein und beschleunigte ihr Tempo. Sie hatte ihren Wagen fast erreicht, als sie Schritte hinter sich vernahm und herumfuhr, den Autoschlüssel wie eine Waffe in der Hand.

Blake hob die Hände und trat einen Schritt zurück. »He«, machte er. »Immer mit der Ruhe.«

Dr. Vale stieß einen lang gezogenen Seufzer aus. »Wieso schleichen Sie sich von hinten an mich an, verdammt noch mal!«

»Tut mir leid, ich wollte Ihnen keine Angst machen«, sagte Blake und trat einen weiteren Schritt zurück, die Hände immer noch erhoben. »Ich war bei der Pressekonferenz dabei und wollte kurz mit Ihnen reden.«

»Sie haben mir keine Angst gemacht. Ich bin nur erschrocken, das war alles.«

Das war gelogen, aber Blake verstand ihre Verlegenheit.

»Ich dachte, es könnte interessant sein, mir die Presseleute mal vor Ort anzuschauen.«

»Und, war es interessant?«

»Ziemlich. Solche Veranstaltungen können schwierig sein. Sie haben das gut gemacht.«

Dr. Vale schüttelte den Kopf. »Das mache ich nie wieder. Partington wird sich jemand anderen suchen müssen, der die Presse bespaßt.«

»Er hat die Veranstaltung ziemlich gut moderiert«, sagte Blake. »Er versteht sein Handwerk.«

Dr. Vale musterte Blake lange und eingehend. »Sie wollten mit mir reden?«, sagte sie.

»Warum haben Sie mir nicht erzählt, dass Sie am I_Killer-Fall mitarbeiten?«

»Es wäre unangebracht gewesen. Ich möchte meine Therapie-Arbeit nicht mit dem Profiling vermischen. Es wäre unprofessionell.«

»Klingt sinnvoll«, sagte Blake. »Dann lasse ich Sie mal nach Hause fahren. Wir sehen uns wie immer nächste Woche, und ich verspreche, die Morde nicht zu erwähnen.«

Dr. Vale wartete, bis Blake den Fahrstuhl erreicht hatte, ehe sie den Wagen aufschloss und sich hinters Steuer setzte. Sie startete den Motor und fuhr langsam zum Ausgang. Als sie die Schranke erreichte, stellte sie fest, dass das Unbehagen, das sie zuvor empfunden hatte, nicht verschwunden war. Es war noch da, brodelte unter der Oberfläche.

Auch wurde ihr bewusst, dass der Grund für ihre Unruhe ein anderer war, als sie sich einzureden versucht hatte. Es war nicht das Unbehagen darüber gewesen, auf dem Podium vor die Öffentlichkeit zu treten, auch wenn sie es tatsächlich für einen Fehler hielt. Nein, das wahre Problem war das Bild, das ihr erschienen war, während Tobin seine Erklärung vorgelesen hatte.

Es war das Bild des Killers gewesen, wie er auf dem Sofa saß und im Fernsehen die Pressekonferenz verfolgte, der Psychologin Belinda Vale zusah, die die Fragen der Reporter beantwortete. Er hatte jede Sekunde davon genossen.

Niemand wusste besser als sie, wie der Killer die Welt sah. Indem sie an der Pressekonferenz teilgenommen hatte, war sie ins Auge der Öffentlichkeit getreten. Schlimmer noch, sie hatte sich ins Jagdgebiet begeben.

52

Fenton saß auf dem Sofa, die Hände vor dem Gesicht. Der Zorn brodelte wie ein geschmolzener Fels in seiner Magengrube. Detective Sergeant Daly stand in der Mitte des Zimmers und beobachtete ihren Boss unsicher, während eine andere Beamtin Tess' Zimmer durchsuchte.

Als er nach Hause gekommen war, hatten mehrere Streifenwagen vor dem Gebäude gestanden, seine Wohnung war voller ernst dreinblickender Polizisten gewesen, und die Nachricht hatte gelautet: Tess war verschwunden. Er öffnete und schloss seine Fäuste, öffnete und schloss sie erneut.

In den zwei Stunden seit seiner Rückkehr hatte sich eine Zeugin gemeldet, die angab, ein Kind gesehen zu haben, auf das Tess' Beschreibung passte, und das in ein Auto eingestiegen sei. Wenn er ihr etwas antut, schwor sich Fenton, bringe ich ihn um und stelle Fotos seiner verstümmelten Leiche ins Internet.

Daly hatte ihren Boss noch nie so kurz vor einer Explosion gesehen. »Möchten Sie vielleicht einen Tee, Sir?«

»Nein, ich will keinen Tee. Ich will meine Tochter.«

»Wir werden sie finden.«

Fenton stand auf. Die abrupte Bewegung erschreckte Daly. »Wie ist sie rausgelangt? Das Haus steht doch unter Polizeischutz.«

Daly nickte und zupfte nervös an ihrem Pferdeschwanz. »Vor dem Haus stand wie immer ein Constable. Weil eine Opferschutzbeamtin oben bei Tess war, hat niemand hinter dem Haus aufgepasst. Sie muss durch den Garten verschwunden sein.«

»Was wissen wir über das Auto?«

»Farbe und Marke, aber kein Kennzeichen. Wir tun, was wir können.«

Fenton ging zum Fenster hinüber und schaute auf die Straße. Er wollte dort draußen sein, Tess suchen, sie nach Hause holen.

»Ich muss Sie das fragen, Boss«, sagte Daly. »Warum ist sie Ihrer Meinung nach abgehauen?«

Fenton kaute auf seiner Lippe. »Ich habe ihr vorgeschlagen, sie könnte für eine Weile bei ihren Großeltern bleiben. Das war alles.«

»Könnte es sein, dass sie jemanden trifft, mit dem sie online gechattet hat?«

Fenton stand auf und verschwand in der Küche. Daly hörte, wie eine Schranktür geöffnet und wieder geschlossen wurde, dann kehrte er mit einem hellrosa Laptop und einem Handy zurück. »Nach Martas Ermordung habe ich ihr die Geräte abgenommen.« Er gab sie Daly. »Lassen Sie sie überprüfen. Ich glaube aber nicht, dass man etwas finden wird. Ich weiß, wer sich Tess geschnappt hat. Es ist nicht irgendein Pädophiler.«

»Wer dann, Boss?«

»Na, wer wohl?«

»Noch wissen wir nichts Genaues. Wir müssen in alle Richtungen offen sein.«

»Tun Sie das. Ich suche jetzt nach meiner Tochter.« Fenton ging aus dem Zimmer und eilte die Stufen hinunter. Vor dem Haus schaute er mit klopfendem Herzen von rechts nach links, sein Mund war trocken. Bald würde es dunkel werden. Tess mochte keine Dunkelheit. Nach der Untersuchung durch die Forensiker stand sein Wagen noch immer bei der Polizei, und ihm war klar, dass es nichts bringen würde, zu Fuß nach seiner Tochter zu suchen, doch er musste etwas tun. Er steckte die Hände in die Hosentaschen und ging durch die Rising Hill Street in Richtung Chapel Market. Auf beiden Straßenseiten parkten Autos, nur die Stelle, wo sein Wagen gestanden hatte – mit Martas Kopf auf der Motorhaube –, war frei. Flatterndes weißes Absperrband umgab den Bereich.

An der Ecke bog er nach links in die Penton Street ein. Verzweifelt betrachtete er die Bürgersteige und den vorbeiziehenden Verkehr, zerbrach sich den Kopf darüber, wo Tess hingebracht worden sein könnte. Am Ende der Straße schob er sich durch eine Gruppe von Passanten, die an einem Zebrastreifen warteten, rannte zwischen den vorbeibrausenden Autos auf die andere Straßenseite und sprintete auf den Barnard Park zu.

In der Copenhagen Street, fünf Minuten vom Park entfernt, blieb Fenton stehen und krümmte sich, die Hände auf den Knien. Er schnappte noch immer nach Luft, als sein Handy klingelte.

»Wir haben sie, Boss. Es geht ihr gut«, sagte Daly. »Sie ist gerade nach Hause gekommen.«

Ihm verschwamm die Sicht. »Sind Sie sicher, dass es ihr gut geht?«

»Ja, Boss. Ganz sicher.«

Fenton zitterte vor Erleichterung. Das Handy glitt ihm aus den schweißnassen Fingern und fiel klappernd zu Boden. Er sank auf die Knie, klaubte es auf und hielt es wieder ans Ohr.

»Sind Sie noch da, Boss?«, hörte er Daly ins Telefon schreien. »Was ist los bei Ihnen?«

»Ich liege auf den Knien und danke Gott«, entgegnete er.

»Ich schicke Ihnen einen Wagen.«

Fenton nutzte die kurze Autofahrt, um sich zu beruhigen. Das Letzte, was Tess jetzt brauchte, war ein durchgedrehter, heulender Vater. Daly erwartete ihn unten an der Treppe.

»Tess ist in ihrem Zimmer«, sagte sie. »Sie ist müde und soll sich ein bisschen ausruhen, aber wir werden sie bald aufs Revier bringen müssen. Wir müssen sie befragen, und wahrscheinlich sollte sie ein Arzt untersuchen.«

»Sie haben gesagt, es geht ihr gut.«

»Es sieht so aus, aber sicher ist sicher, oder?«

Fenton seufzte. Er kannte das Prozedere. »Erst mal rede ich mit ihr«, sagte er. Er eilte durch den Flur in ihr Zimmer. Tess stand am Fenster und schaute auf die Straße. Sie wandte sich um, brach in Tränen aus und rannte zu ihm, vergrub ihren Kopf an seinem Bauch. Er sank auf ein Knie und drückte sie an sich.

»Hat er dir wehgetan?«

Tess schüttelte den Kopf. »Er hat nichts gemacht, Daddy. Er war nett, hat mich zum Friedhof gefahren und mir geholfen, Moms Grab zu finden.«

Kopfschüttelnd führte er sie zum Bett und bedeutete ihr, sich zu setzen. Er nahm neben ihr Platz und legte einen Arm um sie. »Hat er dich angefasst? Du kannst es mir ruhig sagen.«

Tess schüttelte erneut den Kopf. »Nein. Er hat mich eine Weile allein gelassen, damit ich mit Mum reden konnte. Als er zurückgekommen ist, hatte er Blumen dabei. Er sagte, er hätte sie gekauft, aber ich weiß, dass er sie von einem anderen Grab geklaut hat.«

Fenton drückte sie an sich. Sie fühlte sich so winzig und zerbrechlich an, dass er beinahe losgeheult hätte. »War es derselbe Mann, mit dem du vor der Schule gesprochen hast?«

»Kann sein. Ich bin nicht sicher«, sagte Tess. Fenton zog ein Taschentuch aus der Tasche und reichte es ihr. Sie tupfte sich die Augen ab, schnäuzte sich und gab es ihm zurück. »Bist du mir böse?«

Fenton knüllte das Taschentuch zusammen und steckte es wieder ein. »Nein. Aber warum bist du einfach so abgehauen?«

Tess senkte den Blick. »Ich wollte mich von Mum verabschieden, ehe ich zu Oma und Opa fahre. Er hat gesagt, du würdest auch zum Friedhof kommen und hättest ihn gebeten, mich hinzubringen.«

Tränen kullerten über ihre Wangen, und sie wischte sie mit dem Ärmel ab. Fenton beugte sich zu ihr hinunter und küsste sie zärtlich auf den Kopf. Ihr Haar duftete nach frischen Äpfeln.

53

Blake hatte keine Ahnung, was ein Detective Constable der Metropolitan Police im Monat verdiente. Viel konnte es nicht sein.

Inces Mietwohnung lag im ersten Stock eines Reihenhauses, das aussah, als wäre es nach seinem Bau in den frühen 60ern dem Verfall preisgegeben worden. Mehrere Dachschindeln fehlten und das Fenster zur Straße schien jeden Moment aus dem Rahmen zu fallen. An der Nachbartür hing ein »Zu vermieten«-Schild, und die Fassade sah noch baufälliger aus.

Es war Essenszeit für die Einwohner von Dagenham in Ost-London. Aus dem gut gefüllten Tasty-Dagger-Imbiss, vor dem Blake stand, drang Brathähnchengeruch auf die Straße.

Herauszufinden, wo Ince wohnte, war kein Problem gewesen. Wenn man jemanden engagierte, um New Scotland Yards Computersystem zu hacken, konnte man nebenbei ein paar zusätzliche Informationen abgreifen. Blake hatte dem Hacker eine lange Liste von Adressen mitgegeben, die zu kennen ihm irgendwann nützlich sein könnte.

Die Kälte senkte sich wie ein eisiger Schatten über die Stadt, als das letzte Tageslicht schwand. Blake zog die Schultern hoch und den Mantel enger um den Leib. Er wusste nicht, ob Ince zu Hause war, bei der Arbeit oder sich irgendwo in der Stadt herumtrieb. Die Aussicht, den ganzen Abend auszuharren, bis der Kerl aufkreuzte, war wenig erbaulich.

Es musste eine bessere Möglichkeit geben, sich an ihn zu heften. Die dafür nötige Technologie existierte. Es wäre ein Leichtes gewesen, einen Peilsender an Inces Auto anzubringen und ihm auf Google Maps zu folgen. Nützlich wäre auch, Spyware auf seinem Computer zu installieren. Besser noch wäre es, sich sein Smartphone zu besorgen, denn es würde alles verraten, was der Detective in letzter Zeit getrieben hatte.

Er schaute auf die Straße. Der Feierabendverkehr kroch im Schritttempo voran. Er fragte sich, ob es ein Fehler wäre, seinen Posten zu verlassen, um sich einen Kaffee zu holen, als in Inces Wohnung plötzlich das Licht anging und eine Gestalt am Fenster vorbeihuschte. Scheiße, dachte Blake. Instinktiv drehte er sich vom Fenster weg, eilte in den Imbiss und stellte sich in die Schlange. Nach einigen Augenblicken schaute er durch das Fenster auf die andere Straßenseite. Das Licht bei Ince war wieder aus, der Vorhang zugezogen. Eine bekannte Gestalt trat aus der Haustür. Auf dem Bürgersteig wandte Ince sich nach links und ging Richtung U-Bahn.

Blake eilte aus dem Imbiss und folgte dem Detective Constable unauffällig auf der anderen Straßenseite. Ince trug eine grüne Steppjacke, eine Jeans, Turnschuhe und eine Beanie-Mütze. Zur Arbeit ging er nicht. Bei New Scotland Yard trugen die Detectives Anzug und solides Schuhwerk.

Fenton mochte ja auf die gute alte Beschattungsarbeit schwören, aber Ince durch die Stadt zu folgen, würde sich möglicherweise als riesige Zeitvergeudung erweisen. Vielleicht wollte Ince einen Freund besuchen, essen gehen oder einfach irgendwo ein paar Bierchen heben. Außerdem bestand natürlich immer die Möglichkeit, dass er im Begriff war, Opfer Nummer vier einen Kopf kürzer zu machen.

Als sie die U-Bahn-Station erreichten, stürmte Blake über die Straße und quetschte sich zwischen einem Taxi und einem Doppeldeckerbus hindurch. Für einen Moment verlor er Ince aus dem Blick, machte dann aber inmitten der Fußgänger wieder die Beanie-Mütze aus. Blake erreichte die Treppe, die zur Station hinabführte, und sah noch, wie Ince unten durch die Ticketbarriere ging. Er blieb, wo er war, und beobachtete, wie der Kerl auf der Rolltreppe zum Bahnsteig hinabfuhr. Es gab Momente, da musste man abwarten, und es gab Momente, da musste man handeln. Blake wandte sich um und kehrte zu dem Haus zurück, in dem Ince wohnte. Inzwischen war es dunkel geworden, aber die geschäftige Straße war gut beleuchtet.

Entlang der einen Gebäudeseite verlief eine schmale dunkle Gasse. Blake hielt sich dicht an der Hausmauer, bis er die Rückseite erreichte. Ein Holzzaun umgab einen Garten, in den man durch ein hohes Holztor gelangte. Rechts neben dem Tor standen zwei große grüne Plastiktonnen. In Inces Abfall herumzustöbern würde ihm wahrscheinlich einen interessanten Einblick in dessen Lebensstil liefern. Blake hatte mit Reportern zusammengearbeitet, deren Karrieren darauf beruhten, im Müll von Berühmtheiten und Politikern herumzuschnüffeln. Doch er hatte Besseres im Sinn.

Den Rücken zum Tor gewandt, zog er das Handy aus der Tasche und versuchte auszusehen, als befände er sich in einem intensiven SMS-Austausch. Vier Jugendliche in identischen Trainingshosen und Kapuzenjacken kamen in seine Richtung und hielten auf die wuselige Hauptstraße zu.

Den Blick auf das Display gerichtet, trat Blake zur Seite, um ihnen Platz zu machen. Als der größte der Jugendlichen auf gleicher Höhe mit ihm war, stieß er mit dem Ellbogen das Handy aus Blakes Hand. Mit einem leisen Knall landete es auf dem Straßenpflaster, das Display hatte einen Sprung.

»Tut mir leid, Kumpel«, sagte der Jugendliche. »Mir ist der Arm ausgerutscht.« Seine Freunde klatschten einander ab, kicherten dümmlich. Blake sagte nichts. Er bückte sich und hob das Handy auf. Sie wissen nicht, welches Glück sie haben, dachte er und wartete, bis sie die Hauptstraße erreichten. Dann hob er den Haken am Tor und schlüpfte in den Garten.

Hier war es noch dunkler. Er wartete kurz, bis seine Augen sich daran gewöhnt hatten, ehe er sich die Tür ansah. Sie war alt und etwas zu klein für den Rahmen. Perfekt. Durch das Glaspanel sah er die schmale Treppe, die zu Inces Wohnung hinaufführte. Blake überlegte, wie er vorgehen sollte. Er könnte einen großen Stein suchen, den Mantel ausziehen und zusammenrollen und damit den Lärm der zerberstenden Scheibe dämpfen. Simpel, schnell und effektiv, doch Fenton hatte betont, er müsse alles unterlassen, was Ince darauf bringen könnte, dass sie ihm auf die Schliche gekommen waren. Blake sah sich das Schloss an. Ein schlichtes, verrostetes Modell. Wie schön.

Er öffnete seine Brieftasche und nahm eine Bankkarte heraus. Ein ehemaliger Einbrecher, der auf Sicherheitsberater umgestiegen war, hatte ihm die Methode beigebracht. Der Artikel, in dem er den Meistereinbrecher mit einer Raubkatze verglichen hatte, die fortwährend ihre Jagdgründe änderte, hatte sich gut verkauft. Leider war der Berufswechsel des Mannes nur temporär gewesen.

Blake schob die Plastikkarte über dem Schloss in den Spalt zwischen Rahmen und Tür und zog die Karte herunter. Er spürte, wie das Plastik vor den Riegel rutschte, drückte dagegen, ruckelte leicht, stemmte sich gegen die Tür. Blake fluchte. Noch ein Versuch, dann nehme ich einen Stein, dachte er. Er versuchte es erneut, und diesmal schnappte der Riegel zurück, und er war im Haus.

Er schloss die Tür hinter sich und steckte die beschädigte Bankkarte ein. Sein Herz pochte wie wild. Ob aus Angst oder vor Aufregung war ihm nicht ganz klar. Wahrscheinlich war es ein bisschen von beidem.

Am oberen Treppenabsatz fand er sich in einem kleinen, viereckigen Wohnbereich wieder. Ein grauer Bogengang führte in eine kleine Küche. Auf der gegenüberliegenden Seite gab es zwei braune Türen. Schlafzimmer und Bad, nahm Blake an. Er langte nach dem Lichtschalter, überlegte es sich aber anders.

Das Halbdunkel konnte nicht den Umstand verbergen, dass die Wohnung genauso schäbig aussah wie das Gebäude selbst. Sie war ein Loch. Auf dem Zweisitzer lag ein Berg von Klamotten und alten Zeitungen. Vier Becher mit Kaffeeresten standen auf dem Teppich neben einem Laptop. Blake lächelte. Die Wohnung sah aus, als hätte sie schon ein anderer Einbrecher auf den Kopf gestellt. Das war gut, denn es bedeutete, dass er in aller Ruhe herumstöbern konnte, ohne danach groß aufräumen zu müssen. Die Spüle war randvoll mit schmutzigem Geschirr. Die gelben Gummihandschuhe, die hinter dem Wasserhahn steckten, sahen unbenutzt aus. Blake streifte sie über. Es wurde Zeit, mit der Arbeit zu beginnen.

Er öffnete zwei Küchenschränke, die gegenüber der Spüle an der Wand hingen. Einer war voller Dosen mit Suppe, Baked Beans und Pfirsichen. Der andere war leer. Der Kühlschrank enthielt einen leeren Pizzakarton, drei Dosen Billigbier und eine ungeöffnete Packung Schweinefleischpastete.

Blake schloss daraus, dass Ince nur selten Freunde zum Abendessen zu sich einlud. Er zog den Kühlschrank ein Stück nach vorn. Dahinter lagen nur ein paar tote Insekten, die Wand war schimmelig.

Als Nächstes war das Schlafzimmer an der Reihe. Gleich hinter der Tür lag ein Berg aus gewaschenen und ungewaschenen Klamotten am Boden. Blake schaute unter der Matratze nach und prüfte, ob eine der Holzdielen locker war. Unter dem Bett fand er ein Digitalradio und einen Schuhkarton voller DVDs, die meisten waren Krimis. Seine anfängliche Aufregung verflog, an ihre Stelle trat Frustration. Er hatte nichts gefunden, was Inces Schuld belegte – beweisen ließ sich nur, dass der Mann schlampig war.

An der Wand gegenüber vom Bett stand ein schmaler Kleiderschrank. Blake öffnete ihn. Er war leer. Leer, bis auf die ausgeschnittenen Zeitungsartikel am Schrankboden und den Fotos an der Innenseite der Schranktür. Blake sog scharf die Luft ein. Die Artikel handelten von den Morden des Mörders, der sein Bekennerschreiben mit »I_Killer« unterzeichnet hatte, und der Aufregung darüber in den sozialen Medien. Einige der Schlagzeilen waren mit rotem Textmarker umkreist.

Bei den Fotos handelte es sich um Porträts von Lauren Bishop, Edward Deere und Marta Blagar, darunter hingen Aufnahmen von Belinda Vale auf der Treppe zu ihrer Praxis in Holborn und von Blake, wie er dasselbe Gebäude verließ. Zwischen den Fotos prangte ein großes, gekritzeltes Fragezeichen. Blake starrte eine Weile auf seine Entdeckung, ehe er die Schranktür schloss. Er wollte das Zimmer schon verlassen, aber dann öffnete er den Schrank noch einmal, riss das Foto ab, das Ince von ihm gemacht hatte, und steckte es ein.

Zurück im Wohnbereich schob er ein paar Zeitungen zur Seite und setzte sich auf das Sofa, den Laptop auf den Knien. Die Fotos und Artikel im Schrank waren ein Indiz, doch sie genügten noch längst nicht, um Ince als Killer zu überführen. Sie brauchten mehr, handfeste Beweise. Er drückte den Power-Knopf. Nichts geschah. Der Akku war leer. Er schaute durch das Zimmer, sah im Halbdunkel aber nirgendwo ein Netzteil.

Blake legte den Laptop aufs Sofa, stand auf und trat ans Fenster zur Straße. Er zog den Vorhang ein Stück auf, um etwas Licht hereinzulassen, und sah etwas, das ihm einen riesigen Schreck einjagte: Ince kehrte zurück. Blake wich vom Fenster zurück und stand dann wie gelähmt in der Zimmermitte. Im nächsten Moment drang ihm der Klang seines rasenden Herzen ins Bewusstsein und riss ihn aus seiner momentanen Erstarrung. Er klaubte den Laptop vom Sofa, legte ihn an die ursprüngliche Stelle zurück und eilte in die Küche. Bis auf die fehlenden Gummihandschuhe sah sie unberührt aus.

Ihm blieb schätzungsweise eine knappe Minute, bis Ince eintraf. Er rannte ins Schlafzimmer und presste das Gesicht an die Fensterscheibe. Es wäre ein gewagter Sprung. Es gab keine Regenrinne, an die er sich klammern könnte. Aufs Dach zu klettern war auch unmöglich. Er hörte, wie unten der Schlüssel ins Schloss gesteckt wurde. Eine einzelne Schweißperle rann ihm über das Gesicht. Er brauchte eine Waffe. Etwas Schweres, womit er Ince k. o. schlagen konnte.

Einbrüche und Gewaltverbrechen waren in Dagenham an der Tagesordnung.

Blake eilte ins Badezimmer, hoffte, dass es dort ein Fenster gab, durch das er fliehen konnte. Es gab keins, nur ein Klo, eine schmierige Badewanne und ein Waschbecken. Er hörte Schritte auf der Treppe und schloss leise die Badezimmertür. Diesmal hatte er es echt verbockt. Er schaute an die Decke und sah dort etwas, das wie eine Luke zum Speicher aussah.

Ohne nachzudenken stieg Blake auf den Badewannenrand und von dort aus auf das Waschbecken, drückte die Klappe nach oben und zog sich hoch. Er schob die Klappe schnell wieder in die Aussparung und legte sich darauf.

Er hörte sich keuchen wie ein Marathonläufer. Er versuchte den Atem anzuhalten, schnappte nach ein, zwei Sekunden aber wieder nach Luft. Der Klang der Schritte kam näher. Es hieß, dass Glück und Pech zwei Seiten derselben Medaille waren. Blake glaubte weder an das eine noch an das andere, doch während er in der Wohnung eines Polizisten bäuchlings im Dachraum lag, dämmerte ihm, dass an der Redensart vielleicht doch etwas dran war.

54

Blake atmete langsam ein. Die Luft war geschwängert vom süßlichen, ekelerregenden Geruch des Verfalls. Er wartete kurz, bis seine Augen sich an die Dunkelheit gewöhnt hatten, dann hob er den Kopf und sah sich um.

Dicke Spinnweben hingen von den Dachbalken, und an der rissigen Wand, die Inces Speicher von dem der Nachbarwohnung trennte, stand ein kleiner Wassertank. Blake verlagerte sein Gewicht auf eine Seite, um den Druck auf der Brust ein wenig abzumildern. Sein Oberkörper lag auf der Einstiegsklappe, seine leicht gespreizten Beine auf einem Querbalken. Bei dem Versuch, das Gesicht etwas gehoben zu halten, damit es nicht im jahrzehntealten Schmutz lag, holte er sich beinahe einen Nackenkrampf.

Als die Badezimmertür aufging, erstarrte er und unterdrückte einen plötzlichen Impuls zu husten. Seine Bein- und Rückenmuskeln schrien nach Entspannung, und er musste sich zwingen, ruhig liegen zu bleiben. Er hielt die Luft an und lauschte. Nach einigen Sekunden vernahm er Tröpfel- und Spritzgeräusche, dann erklang die Klospülung, gefolgt vom Knall einer zugeschlagenen Tür.

Blake atmete so leise er konnte aus. Mit beiden Händen packte er die Seiten der Einstiegsklappe, drückte sich auf die Knie hoch und streckte seinen Rücken. Er glaubte, hinabsteigende Schritte auf der Treppe zu hören, glaubte es aber nur widerwillig. Vielleicht hatte er ja wirklich Glück.

Blake wartete. Als er nach fünf bangen Minuten kein weiteres Geräusch vernommen hatte, schob er die Einstiegsklappe langsam zur Seite. Er hatte nichts gefunden, was Ince ernsthaft belastete, aber wenigstens war er nicht entdeckt worden. Es schien, als käme er mit einem blauen Auge davon. Trotzdem wäre es eine gute Idee, diese kleine Episode für mich zu behalten, dachte er. Was Fenton nicht weiß, macht ihn nicht heiß.

Vorsichtig ließ er sich durch den Einstieg auf das Waschbecken herunter, zog die Klappe in die Aussparung zurück und sprang so leise wie möglich zu Boden, landete auf Händen und Füßen.

Gerade noch hatte er nur einen einzigen Gedanken im Kopf gehabt: schleunigst aus der Wohnung zu verschwinden. Doch plötzlich hielt ihn etwas zurück. Er hatte das sonderbare Gefühl, bei der Landung eben etwas Wichtiges gesehen zu haben. Etwas, das auf dem Weg vom Auge zum Hirn verloren gegangen war.

Er schaute sich um, sein Blick auf Augenhöhe mit dem Badewannenrand. Die Toilette musste unbedingt geputzt werden, innen und außen. Das Abwasserrohr unter dem Waschbecken tropfte. Aus dem kleinen Plastikeimer in der Ecke quollen zusammengeknüllte Papiertücher, der Linoleumboden war total zerkratzt.

Blake drückte an der Badewannenverkleidung gegen die Plastikfliese, hinter der das Abflussrohr lag. Als seine Finger die Kante zu fassen bekamen, zog er die Fliese mit einem kräftigen Ruck heraus. Eingeklemmt zwischen der Wanne und den Bodenbrettern, gleich neben dem Abfluss, lag ein Handy. Dahinter, näher an der Wand, schimmerte noch etwas anderes in der Dunkelheit, etwas viel Unheimlicheres. Er widerstand dem Drang, hineinzugreifen und es herauszuziehen. Stattdessen schob er die Plastikfliese wieder an ihren Platz zurück, darauf bedacht, dass alles genauso aussah wie vorher.

***

Als Blake wieder draußen war und zur Hauptstraße ging, zog er das zerknitterte Foto aus der Tasche, zerriss es und warf die Fetzen in eine Mülltonne. Die Gummihandschuhe folgten. Dann nahm er sein Handy, wählte und hielt es sich ans Ohr.

Fenton meldete sich sofort. »Es ist spät«, sagte er.

»Wir haben den Jackpot geknackt.«

»Was?«

»Wir haben ihn.«

»Was?«

»Sie haben mich richtig verstanden.«

55

Die Schwachen sind fasziniert von den Starken. Die Machtlosen von den Mächtigen. Meine Follower verlangen ständig mehr. Sie gieren nach Neuem, wollen sich an meiner Schändlichkeit weiden.

Ich frage mich, was die reizende Belinda Vale mit meiner wahren Geschichte anfangen würde. Diese Schlampe. Sie hat ja keine Ahnung. Den Teil mit dem abwesenden Vater hat sie richtig hinbekommen. Gut geraten. Mein vierjähriges Ich ging ins Schlafzimmer und sah das blutdurchtränkte Bettlaken.

Was würde Belinda daraus machen? Sie würde die Beine übereinanderschlagen, den Kopf schräg legen und mich mit diesem Blick bedenken. Dem mitleidigen mit den feuchten Augen. Derartige Dinge hat sie schon oft gehört. Es ist das Rezept für Dunkelheit und Zorn.

Falsch. Alles, was mir als Kind widerfahren ist, geschah, weil ich bin, was ich bin. Ich selbst bin die Ursache meines Leids und der Quell meiner neu entdeckten Freude.

Später fand ich heraus, dass die Pressetribüne im Gericht rappelvoll war. Mörderinnen gibt es nicht so oft, sie sind eine seltene Gattung. Das Gericht ordnete eine psychiatrische Untersuchung an, doch ob Mutter verrückt war oder nicht, spielte letztlich keine Rolle. Sie schickten mir einige ihrer Habseligkeiten, darunter Familienfotos, Schmuck und ein kleines, ledergebundenes Gebetbuch. Ich kann mich nicht erinnern, Mutter jemals beten gesehen zu haben.

Meine Pflegeeltern legten die Sachen in einen alten Schuhkarton; sie nannten es die Erinnerungsbox, ich durfte sie unter meinem Bett aufbewahren. Am nächsten Tag kippte ich das Zeug ins Klo und spülte es herunter. Alles außer einem Zeitungsausschnitt, den ich zwischen den Seiten im Gebetbuch gefunden hatte.

Fenton einen weiteren Schrecken einzujagen war ein Geniestreich. Was habe ich mich amüsiert. Das Holz, aus dem diese Detectives geschnitzt sind, ist erschreckend zerbrechlich. Mich einfach so abzulehnen. Eine Schande.

Der Ausflug zum Friedhof hat mir gefallen. Ich hatte nicht vor, sie unversehrt zurückzuschicken. Ein Friedhof wäre ein toller Ort für den nächsten Leichenfund gewesen. Aber das Mädchen und ich haben etwas gemeinsam.

Warum ist die Öffentlichkeit so fasziniert von mir, warum lechzt sie so nach Blut? Die Antwort fiel mir heute Morgen im Bett ein. Sobald ich die Augen aufschlug, traf mich die Erkenntnis wie ein Sonnenstrahl, der die Wolken durchschneidet.

Die Leute wollen wie ich sein. Sie möchten die gleichen Dinge tun wie ich. Sie bewundern meine Stärke, meinen Verstand, meine Fähigkeit zu planen, zu jagen und zu töten, beiläufig, als würde man eine Kerze auspusten.

56

»Wir haben den Drecksack«, sagte Norman Tobin und rieb sich die Hände. »Sobald wir ihn rangenommen hatten, brach er zusammen und gab alles zu.«

Dr. Vale gähnte. Sie hatte tief geschlafen, als der Anruf sie erreichte, und als sie von der Verhaftung erfuhr, war sie nicht sicher, ob sie wirklich wach war oder noch träumte. Ehe sie nach Westminster fuhr, duschte sie schnell, ließ aber das Frühstück weg. Als psychologischer Profiler des Falles würde sie die Ermittler während des bevorstehenden stundenlangen Verhörs vor Ort beraten müssen.

Die Identität des Killers war ein Schock gewesen. Während der zwanzigminütigen Fahrt hatte sie versucht, ihr Wissen über den Täter mit seinem Namen in Einklang zu bringen. »Hat Detective Constable Ince die Morde gestanden?«, fragte sie. »Sagt er, dass er der I_Killer ist?«

Tobin hörte auf, sich die Hände zu reiben, und legte sie auf die Tischplatte. »Nicht explizit, aber er hat so einiges zugegeben. Er weiß, was wir in seiner Wohnung gefunden haben. Die Beweise sind erdrückend, daraus kann er sich nicht mehr herauswinden. Das erste Verhör hat Detective Sergeant Daly geführt, aber sie braucht Vorschläge von Ihnen, wie sie die wichtigen Sachen aus ihm herauskitzeln soll.«

»Was hat er denn genau zugegeben?«, fragte Dr. Vale.

»Den illegalen Gebrauch der Datenbank des Yards. Dass er sich private Informationen über Kollegen und Zeugen besorgt hat. In seiner Freizeit hat er offenbar private Observierungen durchgeführt, hat sich an diverse Personen geheftet und protokolliert, was sie getrieben haben. Er besaß Fotos der Opfer und hatte Zeitungsartikel über die Morde ausgeschnitten.«

Dr. Vale war Ince einmal in der Kantine begegnet, allerdings nur kurz. Soweit sie sich erinnerte, passte er überhaupt nicht in ihr Profil des Killers. Ihr erster Eindruck war gewesen, dass er ein kleingeistiger, nicht besonders imposanter junger Mann war. Tja, sie würde wohl einräumen müssen, dass sie danebengelegen hatte.

»Wen hat er denn observiert?«

Tobin rutschte nervös auf seinem Stuhl herum. »Außer den Fotos der Opfer hing auch eine Aufnahme von Ihnen in seinem Kleiderschrank.«

»Ein Foto von mir?« Jetzt war Dr. Vale hellwach.

Tobin nickte. »Wie es scheint, hat er Sie eine ganze Weile observiert. Unsere Computerleute sagen, er hat sich zwei Mal Ihre persönliche Akte angesehen, und zwei Tage, bevor Marta Blagar ermordet wurde, hat er DCI Fentons Akte angeklickt.«

»Ince hat mich gestalkt?«

»Er sagt, es sei ganz harmlos gewesen. Er observiere eben gern Leute. Er finde es spannend. Er behauptet, er habe versucht damit aufzuhören, aber es sei eine Sucht.«

Dr. Vale nickte. Ein klassischer Voyeur, dachte sie. Obwohl sie von Fällen wusste, bei denen voyeuristisches Verhalten in gewalttätige Angriffe umgeschlagen war, war es doch eher ungewöhnlich. Andererseits passten die Fotos und Zeitungsausschnitte zum obsessiven Wesen eines Serienkillers.

»Haben Sie etwas, das ihn direkt mit den Morden in Verbindung bringt? Finden sich Spuren der Killer-Posts auf seinem Rechner?«

»Wir haben alles, was wir brauchen«, sagte Tobin, und Dr. Vale hätte ihn am liebsten geohrfeigt, als sie sein selbstzufriedenes Grinsen sah.

»Unsere Leute haben in seiner Wohnung auch ein Mobiltelefon und ein Messer gefunden, das sich bestimmt als die Mordwaffe erweisen wird. Im Telefon haben wir Fotos und einige kurze Videos von zweien der Opfer entdeckt, von Edward Deere und Marta Blagar. Es sind die Fotos aus dem Netz. Er hatte die Sachen hinter der Wannenverkleidung versteckt. Das Messer wird untersucht, und ich bin mir sicher, dass es Blut- und DNS-Spuren aufweisen wird, die wir den Opfern zuordnen können.«

Dr. Vale fragte sich, ob Ince sie observiert hatte, weil sie als Profiler in den Fall involviert war. Es ergab Sinn. Es freute sie, dass er hinter Gittern saß, aber dass sie mit ihrem Profil so weit danebengelegen hatte, war enttäuschend.

Es bestand immer noch die Möglichkeit, dass ein Blick in Inces Kindheit den einen oder anderen Punkt erbringen würde, der sich mit ihren Vorhersagen deckte, aber um ihren guten Ruf zu wahren, würde sie sich eine erfolgreiche Strategie für das Verhör ausdenken müssen. Doch bevor sie darüber nachdenken konnte, musste sie noch einige Dinge erfahren.

»Sie sagen, Ince bestreitet, der Killer zu sein?«

»Soll er es doch ruhig abstreiten«, sagte Tobin, noch immer grinsend. »Das Messer und das Telefon werden ihn überführen. Das weiß er. Die anderen Sachen hat er gestanden. Missbrauch der Datenbank und das Stalken. Genau genommen hat er uns alle möglichen Sachen erzählt, die er angestellt hat, bevor er in den Polizeidienst eintrat. Ich denke, damit versucht er, das Wasser trübe zu machen. Indem er bestimmte Dinge zugibt, will er uns glauben machen, dass er uns die volle Wahrheit erzählt. Habe ich schon hundert Mal erlebt, so was.«

»Wie sind Sie eigentlich auf Ince gekommen? Forensische Beweise lagen ja nicht vor.«

Das Grinsen war Tobin ins Gesicht gemeißelt. »Wir haben einen Tipp erhalten, hätten es aber auch so geschafft. Die Ermittlungen nahmen Fahrt auf, sobald ich sie übernommen hatte. Wir kamen ihm immer näher. Es war nur eine Frage der Zeit.«

Dr. Vale hob die Brauen. »Von wem kam der Tipp?«

»Von jemandem, der die für den Fall eingerichtete Mord-Hotline angerufen hat. Er wollte seine Identität nicht preisgeben, obwohl ihm versichert wurde, dass sein Name nicht an die Öffentlichkeit gelangen würde. Wie auch immer, jetzt haben wir den Killer. Er wird verurteilt und für den Rest seines Lebens eingesperrt.«

Dr. Vale gestattete sich ein Lächeln. Die Tatsache, dass ein anonymer Hinweis zu Inces Ergreifung geführt hatte, würde mit Sicherheit unter den Tisch fallen. New Scotland Yard würde viel zu erklären haben, sobald die Öffentlichkeit von der Festnahme erfuhr. Die Medien würden sich wie ein Rudel blutrünstiger Haie auf die Neuigkeit stürzen, dass der Täter ein Polizeibeamter war. Das Desaster wäre noch größer, wenn New Scotland Yard sich den Fahndungserfolg nicht auf die eigenen Fahnen schreiben könnte.

Ein scharfes Klopfen riss Dr. Vale aus ihren Gedanken. Ohne abzuwarten, bis man ihn hereinbat, marschierte Ray Partington ins Büro.

»Tut mir leid, Chef«, sagte er zu Tobin. »Die Presse hat Wind bekommen, dass wir jemanden verhaftet haben, und jetzt ist der Teufel los. Wir müssen ihnen bald etwas sagen. Wenn sie von allein auf Inces Namen stoßen, machen wir uns angreifbar.«

Tobin hob beschwichtigend die Hand. »Immer mit der Ruhe, Ray«, sagte er. »Machen Sie langsam. Bereiten Sie eine Presseerklärung vor, das übliche Zeug über einen Verdächtigen, den wir verhören. Werfen Sie denen einen Knochen zu, um sie in Schach zu halten. Aber nennen Sie noch keinen Namen.«

Partington warf Dr. Vale einen Blick zu, der zweifelsohne besagte, dass er den Chefermittler für einen Trottel hielt. Sie stimmte ihm mit einem unmerklichen Nicken zu.

»Sie beide haben sich ja bereits kennengelernt«, sagte Tobin.

Partington behielt die Psychologin im Blick und lächelte. »Sicher. Dr. Vale hatte die Hauptrolle bei meiner letzten Pressekonferenz. Sie hat mit ihren Profiling-Kenntnissen großen Eindruck gemacht.«

Dr. Vale widerstand der natürlichen Reaktion, das Lächeln zu erwidern. Einen Moment lang war sie unsicher, ob Partington ihr ein ernst gemeintes Kompliment gemacht hatte oder ob es eine hinterlistige Stichelei wegen Ince gewesen war, der ja so gar nicht ihrem Killer-Profil entsprach. Dann aber rügte sie sich wegen ihrer Paranoia.

Partington richtete den Blick wieder auf Tobin. »Die Presseerklärung habe ich schon vorbereitet, sie entspricht Ihren gerade geäußerten Wünschen. Aber ich muss noch einmal betonen, dass wir sehr bald ausführliche Informationen werden nachschieben müssen. Es ist eine Wahnsinnsgeschichte, und je mehr Details wir den Medien bieten können, desto wahrscheinlicher ist, dass man nachsichtig mit Ihnen sein wird.«

Tobin runzelte die Stirn. »Was soll das heißen, mit mir? Warum sollte die Presse gerade mich herausgreifen? Man hat mich hinzugezogen, um die Ermittlungen in Gang zu bringen, und unter meiner Führung wurde der Täter gefasst.«

Partington erhaschte Dr. Vales Blick und zwinkerte ihr zu. »Als ich ›mit Ihnen‹ sagte, meinte ich natürlich ›mit uns‹. Aber falls die Medien keine saftigen Details über Ince erfahren, könnten sie sich dazu versteigen, die Leistung der ermittelnden Beamten ins Visier zu nehmen. Verzeihen Sie die Redewendung, aber die Medien werden wahrscheinlich verlangen, dass Köpfe rollen.«

Tobin stieg die Zornesröte ins Gesicht. Dr. Vale sah die pulsierende Ader an seiner linken Schläfe. »Danke für Ihren Rat, Mister Partington«, sagte er, aber er klang alles andere als dankbar. »Ich weiß es zu schätzen. Geben Sie die Presseerklärung wie besprochen heraus. Wie wir danach verfahren, besprechen wir morgen früh. Ich bin sicher, dass Sie wie immer alles dafür tun werden, um den Ruf New Scotland Yards und der einzelnen Beamten zu schützen. Schließen Sie bitte die Tür, wenn Sie rausgehen.«

Die knappe Verabschiedung schien den Pressesprecher nicht im Geringsten zu stören. Er strahlte Dr. Vale an, zwinkerte ihr noch einmal zu und ging. Die Ader an Tobins

Schläfe hatte aufgehört zu pochen, doch sein Gesicht war immer noch feuerrot.

Dr. Vale war zwar keine Medizinerin, aber dass Tobin sich unbedingt auf Bluthochdruck untersuchen lassen sollte, schien ihr offenkundig. »Ich weiß, Sie haben alle Hände voll zu tun«, sagte sie in dem sanften Tonfall, den sie anzuschlagen pflegte, um aufgeregte Patienten zu beruhigen. »Deshalb würde ich jetzt gern eine Strategie entwickeln, wie wir Ince dazu bringen, sich zu den Morden zu äußern. Falls er gerade verhört wird, möchte ich mich ins Beobachtungszimmer setzen und ihn mir anschauen.«

Tobin sah auf die Uhr. »Ich glaube, die machen gleich Pause. In einer halben Stunde geht es weiter. Dann können Sie rein. Ince ist ein gebrochener Mann. Er ist ein brabbelndes Wrack, aber zu den Morden sagt er keinen Ton. Wir haben zwar genügend Beweise, um Anklage zu erheben, aber ohne Geständnis möchte ich ungern vor Gericht gehen. Es wäre ein verdammter Zirkus.«

Dr. Vale überlegte einen Augenblick. Ein Geständnis würde bedeuten, dass die Verteidiger nicht die Ermittlungen zerpflücken, nicht jeden Fehler offenlegen und keine Darlegung der Beweiskette verlangen würden, die zu Ince geführt hatte. Dass er sich noch nicht zu den Morden bekannt hatte, überraschte sie. Normalerweise genossen Serienkiller es, über ihre Taten zu sprechen.

»Wahrscheinlich braucht er noch etwas Zeit, bis er akzeptiert, dass es keinen Ausweg für ihn gibt«, sagte sie. »Dann wird er vermutlich nicht mehr aufhören, damit anzugeben, wie clever er vorgegangen ist.«

Tobin lachte nervös. »Hoffen wir's«, sagte er. Er stand auf

und schaute erneut auf die Uhr. »Kommen Sie, auf dem Weg dorthin holen wir uns einen Kaffee. So viel Zeit muss sein.«

***

Als sie im Beobachtungszimmer eintrafen, lief das Verhör bereits wieder. Dr. Vale setzte sich dicht an das Sichtfenster, sodass sie einen perfekten Blick auf Inces Gesicht hatte. Seine Augen waren gerötet und geschwollen, die Haut aschgrau. Detective Sergeant Daly stand vor ihm, die Hände in die Hüften gestemmt. »Ich habe Ihnen alles erzählt«, sagte Ince und schlug mit der rechten Faust auf den Tisch. »Ich habe die Sachen zugegeben. Was wollen Sie denn noch?«

Daly machte eine Pause und schaute zu ihrem neuen Partner, einem dicken Detective mit strohblondem Haar, der mit dem Rücken zur Wand stand.

»Beginnen wir mit Lauren Bishop«, sagte sie. »Warum sie? Haben Sie sie angemacht? Hat sie Sie abgewiesen? Ausgelacht? Das hat Sie bestimmt stocksauer gemacht, nicht wahr?«

»Das ist doch verrückt«, sagte Ince. Er packte die Tischkante so fest, dass seine Knöchel weiß hervortraten. »Glauben Sie wirklich, dass ich sie umgebracht habe?«

»Sie waren ziemlich schnell am Tatort. Haben ihn gesichert. Haben sich vergewissert, dass Sie wirklich keine Spuren zurückgelassen haben.«

»Ich habe nur meine Arbeit getan, das war alles«, sagte Ince mit bebender Stimme.

Daly setzte sich und beugte sich über den Tisch. »Als Sie sich ins Computersystem gehackt haben, um persönliche Informationen zu stehlen, haben Sie da auch nur Ihre Arbeit getan? Oder als Sie ohne Auftrag unschuldige Bürger observierten, war das auch nur Teil Ihrer Arbeit?«

»Darüber haben wir doch schon gesprochen.«

»Dann tun wir es eben noch mal.«

Ince ließ den Tisch los und rieb sich die Augen. »Ich weiß, dass es falsch ist, aber ich kann nicht anders. Ich habe schon immer gern Leute beobachtet. Es begann, als ich ein Teenager war. Ich fühle mich gut dabei. Es ist schwer zu erklären.«

»Nur zu, versuchen Sie es. Sie sagen, Sie fühlen sich gut dabei. Ist es etwas Sexuelles?«

Ince errötete und schüttelte den Kopf. »Nein, es hat nichts mit Sex zu tun. Na ja, manchmal vielleicht ein bisschen. Kommt darauf an, wen ich beobachte. Aber darum geht es eigentlich gar nicht. Ich bin gut darin, richtig gut. Ich mag es, Leute zu beobachten, die keine Ahnung haben, dass sie beobachtet werden. Es ist wie ein Zwang. Ich glaube, es ist der Hauptgrund, warum ich Polizist geworden bin. Es bot mir die Gelegenheit, Leute zu observieren und obendrein Geld damit zu verdienen. Ich weiß, dass ich therapeutische Hilfe brauche.«

Daly wandte sich zu ihrem dicken Kollegen um und formte mit den Lippen das Wort »Perverser«. Er verzog angewidert das Gesicht. Die Polizistin lehnte sich in ihrem Stuhl zurück und trommelte mit den Fingern auf den Tisch, während sie sich ihre nächste Frage überlegte.

»Wann hat sich dieser, ähm, Zwang, verändert?«

»Ich weiß nicht, was Sie meinen.«

»Ich denke doch.«

»Nichts hat sich verändert.«

Daly schüttelte langsam den Kopf. »Seit wann haben Sie Leute nicht nur heimlich beobachtet, sondern getötet, ihnen die Kehle durch- und Ihrem letzten Opfer sogar den Kopf abgeschnitten?«

Ince sank nach vorn und hielt sich die Ohren zu. »Warum sagen Sie so was? Das stimmt nicht. Ich verstehe das nicht. Das ist Wahnsinn.«

Daly seufzte. »Lügen bringt nichts. Wir haben unter Ihrer Badewanne das Telefon mit Videoaufnahmen gefunden, dazu die Tatwaffe und im Schrank Fotos und Zeitungsausschnitte. Wir haben Sie am Schlafittchen. Sie können sich hier nicht mehr herauswinden. Es wäre in jeder Hinsicht besser für Sie, wenn Sie mit der Scharade aufhören. Sie wird Ihnen absolut nichts bringen.«

Ince sank noch weiter nach vorne und schlug mit der Stirn auf die Tischplatte. Daly beobachtete seine bebenden Schultern und wartete, dass er zu schluchzen aufhörte. Nach einigen Minuten setzte er sich wieder auf und schaute seinem Gegenüber direkt in die Augen. »Das alles ist komplett falsch, verdammt noch mal«, sagte er, seine Stimme plötzlich tiefer und kräftiger. »Glauben Sie mir, Sie machen einen riesigen Fehler. Hören Sie mir gut zu, denn danach sage ich nichts mehr, bis ich einen Anwalt habe. Kein einziges Wort. Ich töte keine Menschen – und noch einmal für das Aufnahmegerät: Ich töte keine Menschen.«

Die Veränderung in Inces Verhalten brachte Daly aus dem Gleichgewicht. Die Polizistin ging langsam um den Tisch herum, während sie ihre Gedanken ordnete. Nach einigen Runden setzte sie sich wieder und verschränkte die Arme.

»Wir haben Ihren Schichtplan der letzten paar Wochen

überprüft. Ist ziemlich interessant, gelinde gesagt. Am Tag von Lauren Bishops Ermordung haben Sie gearbeitet und waren superschnell am Tatort. Als Edward Deere und Marta Blagar starben, hatten Sie frei. Bisher konnten Sie uns nicht sagen, wo Sie am jeweiligen Tag waren und was Sie getan haben. Es sieht nicht gut aus.«

Dalys Körpersprache nachahmend verschränkte Ince die Arme und schwieg. Die Polizistin nahm die Arme auseinander und legte die Hände in den Schoß. Ince tat es ihr nach.

Dr. Vale bemerkte, dass Daly die Röte ins Gesicht stieg. Inces Körpersprachenspiel zeitigte die gewünschte Wirkung.

»Sie hatten Videoaufnahmen von zwei Opfern und die Tatwaffe in Ihrer Wohnung.«

Ince schwieg weiterhin.

Daly wandte sich um, schaute in den Einwegspiegel und zuckte die Achseln. »Na schön«, sagte sie. »Wir machen noch eine Pause.«

Zwei Constables kamen in den Raum, um Ince in seine Zelle zu führen. Er stand hoch erhobenen Hauptes auf, zufrieden über seinen kleinen Sieg.

Tobin hatte das Verhör schweigend verfolgt. »Der kleine Scheißer«, blaffte er. »Was zum Teufel führt er im Schilde?«

Dr. Vale nahm sich einen Moment Zeit, um über das Gesehene nachzudenken. »Er passt nicht in das Muster des typischen Psychopathen. Das Selbstmitleid und Herumjammern sind ungewöhnlich. Der Wechsel zur Trotzhaltung und das Nachäffen ihrer Bewegungen sind dagegen typischer. Die Plötzlichkeit der Veränderung ist interessant. Hat er geschauspielert? Welches ist der wahre Ince?«

»Woher soll ich das wissen, verdammt noch mal?«, knurrte Tobin. »Sie sind die Psychologin, nicht ich.«

Dr. Vale war kurzzeitig verdutzt. Tobin war versessen auf ein Geständnis. Sie war hier, um mitzuhelfen, es zu kriegen. »Er spielt jetzt ein Spiel, bei dem er den Ton angibt, und das gefällt ihm. Es geht um Macht und Kontrolle. Sie müssen so viel wie möglich über seine Kindheit in Erfahrung bringen und ihn darüber reden lassen. Ihn in jene Zeit zurückführen, als er sich schwach und machtlos fühlte. Dann wird er zusammenbrechen.«

Tobin legte die Hände auf die Armlehnen und stemmte sich langsam aus dem Stuhl. »Hoffentlich.«

57

Auf dem Weg zu Leah Bishops Wohnung hatte Blake viel Zeit zum Nachdenken. Der Killer war hinter Schloss und Riegel. Sein erster Job seit über einem Jahr war vorbei. Es fühlte sich gut an. Nun würde er sich etwas anderes einfallen lassen müssen, um nicht wieder in Schwierigkeiten zu geraten.

Blake bog in den Millennium Drive ein und schaute an dem Gebäude hoch, in dem Leah wohnte. Es war eine erstklassige Adresse mit einem weiten Blick über die Themse Richtung North Greenwich. Leah hatte ihn am Vorabend angerufen und über Mittag eingeladen, um seinen Erfolg zu feiern.

Er fuhr mit dem Aufzug in den zweiten Stock, wo Leah ihn an der Wohnungstür erwartete, ein herzliches Lächeln im Gesicht. Sie nahm seine Hand und zog ihn in die Wohnung. Ihr Griff war fester, ihre Hand wärmer, als er erwartet hatte. »Ich kann kaum glauben, dass du ihn so schnell geschnappt hast. Das hätte ich nicht für möglich gehalten. Lauren wäre stolz auf dich.«

Er wusste nicht, was er darauf erwidern sollte, also sagte er nichts. Sie warf ihm einen eigenartigen Blick zu und zog ihn ins Wohnzimmer, wo Fenton in einem Ledersessel saß, einem dampfenden Kaffeebecher in der Hand.

Blake ließ Leahs Hand los. »Detective Chief Inspector Fenton«, sagte er. »Ich dachte, Sie säßen inzwischen wieder an Ihrem großen Schreibtisch in Westminster.«

Fentons überraschte Miene ließ darauf schließen, dass er

keinen weiteren Gast erwartet hatte. »Ah, wenn das nicht mein Komplize ist.«

Leah schaute von Blake zu Fenton und wieder zurück. Etwas Seltsames war im Gange, aber sie wusste nicht, was. Sie bedeutete Blake, Platz zu nehmen, und bot ihm einen Kaffee an. Er setzte sich auf das Sofa, lehnte das Getränk aber ab.

Leah setzte sich neben ihn. »Ich möchte euch meinen Dank aussprechen. Laurens Mörder ist im Gefängnis, und wer weiß, wie vielen Menschen ihr damit das Leben gerettet habt.«

Sie wartete auf eine Erwiderung, aber keiner der beiden Männer schien in Gesprächslaune zu sein. »Ich finde es extrem schade, dass niemand erfährt, dass ihr hinter diesem Erfolg steht. Ich bin mir immer noch nicht sicher, warum das nicht möglich sein soll.«

Fenton stieß ein humorloses Lachen aus. »Es ist nicht möglich, weil sich Blake an keine Regeln gehalten, sondern diverse Gesetze gebrochen hat. Er hat sich unbefugten Zutritt zu Inces Wohnung verschafft, eine illegale Hausdurchsuchung durchgeführt und vermutlich diverse Beweismittel kontaminiert.«

Blake schaute achselzuckend zu Leah. »Hätten wir es auf seine Weise gemacht, würde ich immer noch Ince hinterhertrotten und mich in Hauseingängen herumdrücken, damit er mich nicht sieht. Wichtig ist, dass wir ihn geschnappt haben und die Morde aufhören.«

»Das stimmt«, sagte Leah. »Aber es ist schlimm, dass diese Fotos weiter im Internet kursieren. Es ist wie Frankensteins Monster, völlig außer Kontrolle.«

Fenton trank einen Schluck Kaffee. »Ich bin froh, dass wir den Mörder haben. Aber die Art und Weise, wie Blake es angestellt hat, geht mir gegen den Strich.« Vorwurfsvoll zeigte er mit dem Finger auf den anderen Mann. »Falls das je rauskommt, sitzen wir tief in der Scheiße. Wahrscheinlich würde es die Anklage gegen Ince ernsthaft gefährden. Seine Verteidigung würde vorbringen, dass die in seiner Wohnung gefundenen Beweismittel unzulässig sind. Sie könnte sogar behaupten, dass Blake die Sachen dort deponiert hat.«

Blake und Leah wechselten einen Blick. Keiner der beiden hatte diese Möglichkeit bislang in Betracht gezogen. Leah brach das unbehagliche Schweigen. »So weit muss es ja nicht kommen. Wir sind die Einzigen, die davon wissen.«

Blake lehnte sich zurück. »Leah hat recht«, sagte er. »Wir haben das gewünschte Resultat. Ich bin ein Risiko eingegangen, und es hat sich ausgezahlt. Es ist sinnlos, sich den Kopf darüber zu zerbrechen, was hätte passieren können. Sie haben eine blütenweiße Weste und werden im Nullkommanichts wieder eine große Nummer bei New Scotland Yard sein.«

Fenton sah nicht überzeugt aus. Er stand auf. »Tut mir leid, Leah, ich muss los. Tess wartet auf mich. Ab heute Abend endet die Rund-um-die-Uhr-Bewachung meiner Wohnung.«

Er ging in die Küche. Leah und Blake hörten, wie er den Becher ausspülte. Als er zurückkehrte, brachte Leah ihn zur Wohnungstür. Währenddessen schaute Blake sich um. Die Wohnung war teuer eingerichtet und makellos sauber. Er hörte Leah und Fenton im Flur flüstern, verstand aber nicht, was sie sagten. Der Detective hatte seltsam ungezwungen gewirkt, als Blake erschienen war und ihn Kaffee trinken gesehen hatte. Überdies schien er sich in Leahs Küche bestens auszukennen.

Die Wohnungstür fiel zu, und Leah kehrte zurück. Sie setzte sich in den Sessel, den Fenton frei gemacht hatte. »Ich weiß nicht, warum ihr beiden euch nicht versteht. Ihr seid ein tolles Team. Ihr habt so unterschiedliche Fähigkeiten.«

»Wir hatten Glück, das ist alles. Großes Glück.«

Sie lächelte, angetan von seiner Bescheidenheit. »Ich habe ernst gemeint, was ich vorhin gesagt habe. Lauren wäre stolz auf dich.«

Blake überlegte einen Augenblick. Leah hatte recht behalten. Den Fall anzunehmen war ein Wendepunkt für ihn gewesen. »Ich muss zugeben, dass die Arbeit mir gut getan hat. Aber was jetzt?«

Leah stand auf, ging herüber und setzte sich wieder zu Blake aufs Sofa. Sie saß so dicht neben ihm, dass er die Wärme ihres Oberschenkels an seinem spüren konnte.

»Fragst du mich um Rat?«, fragte sie.

»Schon möglich.«

»Tu, was du am besten kannst.«

Blake nickte. Er verstand, was sie meinte, doch ihre Nähe, ihr Duft und ihre Ausstrahlung lenkten ihn ab.

»Darf ich dich etwas fragen?«, sagte er.

»Klar.«

»Läuft da etwas zwischen dir und Fenton?«

Sie sah ihm direkt in die Augen. »Falls ja, würde es dich stören?«

»Also habt ihr etwas miteinander?«

Sie rutschte ein winziges Stück von ihm weg. »Nein. Im Moment kann man davon nicht sprechen.«

Blake seufzte, er hatte ein eigenartiges Gefühl in der Magengrube. »Aber es könnte sich etwas entwickeln?«

Leah legte den Kopf schräg, schürzte die Lippen und zuckte die Achseln. Aber sie sagte nicht Nein.

»Ich hätte nicht gedacht, dass er dein Typ ist. Ein Saubermann. Hält sich an alle Regeln.«

Leah lächelte. »Fällt dir auch etwas Negatives ein?«

Blake hatte ihr so einige Punkte nennen können, aber er wollte nicht länger über den Detective reden. »Wir könnten mehr haben, Leah. Weißt du das? Etwas ganz Besonderes.«

Sie senkte den Blick, dann hob sie das Kinn und sah Blake wieder an. Sie sagte nichts. Aber jetzt, wo er den ersten Schritt getan hatte, war er entschlossen weiterzumachen. »Was denkst du?«, fragte er. »Ist es im Bereich des Möglichen?«

»Möglich ist alles«, sagte Leah.

Blake stieß innerlich einen erleichterten Seufzer aus. »Schön, dass du das sagst.«

Leah schüttelte den Kopf. »Versteh mich nicht falsch«, sagte sie. »Du bist noch in der Trauerphase und zutiefst verwirrt. Du kannst noch nicht richtig denken. Ich bin nicht sie. Du hast Lauren geliebt. Das kannst du nicht einfach abstellen.«

Blake verspürte einen Anflug von Panik. Sie hatte recht. Er war verwirrt. Verwirrt, warum sie diese Gefühle in ihm weckte und ihn dumme Sachen sagen ließ. »Ihr seht euch sehr ähnlich, aber du bist ganz anders als Lauren. Sie war sanft und einfühlsam.«

»Bin ich das nicht?«

»Du bist du. Komm schon. Sie war Krankenschwester, du bist Devisenhändlerin. Ich sage nicht, dass das etwas Schlechtes ist. Du bist nur anders, das ist alles.«

Leah stand auf und verschwand wortlos in die Küche. Blake blieb sitzen und hörte, wie sie Schranktüren und Schubladen öffnete und schloss. Nach einigen Minuten kehrte sie zurück, die Arme verschränkt, ein verkniffenes Lächeln auf den Lippen.

»Weißt du, Dan Fenton hat einen großen Vorteil«, sagte sie.

Blake wollte nichts mehr über den Detective hören, vor allem nichts Positives, doch er hob die Brauen und bedeutete ihr weiterzusprechen.

»Er ist nicht der Ex-Freund meiner toten Schwester.«

58

Kindheit, Trauma, elterliche Zurückweisung, emotionale Verwahrlosung: Diese Begriffe werden so herablassend ausgespuckt, dass mir davon übel wird.

Ich wollte geliebt werden. Ich gab den Leuten jede Gelegenheit dazu. Als sie nicht erkannten, dass ich etwas Besonderes bin, zog ich weiter. Oder vielmehr, ich kam auf ihr Drängen hin woanders hin.

Wenn ich konnte, hinterließ ich ihnen ein Abschiedsgeschenk. Es fing klein an, mit einem Kristallschwan, der einen Ehrenplatz auf dem Kaminsims hatte. Ich zermahlte den Schwan unter meinem Schuhabsatz und ließ die Scherben unterm Sofa verschwinden. Das war schön.

Als ich meine siebte Pflegefamilie verlassen musste, beschloss ich, den Einsatz zu erhöhen. Ich weiß nicht, wie ich darauf kam. Vermutlich langweilte es mich, meinen Zorn an unbelebten Objekten auszulassen.

Das zehn Wochen alte Kätzchen der Familie passte perfekt in die Mikrowelle. Nach zehn Minuten mit der höchsten Einstellung war es perfekt gegart. Meine Pflegeeltern beschlossen, mich nicht anzuzeigen. Sie hatten Angst, ich könnte zurückkehren und noch etwas viel Schlimmeres tun. Sie waren nicht so dumm, wie sie aussahen. An jenem Tag lernte ich eine wichtige Lektion. Ich lernte, welche Macht man besitzt, wenn andere einen fürchten.

Meine nächste Pflegefamilie war ein Volltreffer. Sie mochte mich, nahm mich vorbehaltlos an, und ich musste nichts dafür tun. Ich überraschte alle, denn plötzlich benahm ich mich gut. Meine neuen Eltern waren entzückt von mir. Eines Tages nach der Schule riefen sie mich in die Küche und erklärten feierlich, ihre Gebete seien erhört worden.

Ich hatte es geschafft. Ich hatte den Test bestanden. Ich hatte die Idioten getäuscht. Sie adoptierten mich. Als Gegenleistung für meine vorgespielte Liebe schenkten sie mir etwas, das mir eine neue Welt eröffnete. Sie gaben mir einen neuen Namen.

Ohne ihn wäre ich nicht dort, wo ich heute bin. Ich habe mich wie eine Schlange gehäutet und bin aus meiner Vergangenheit in meine Zukunft geschlüpft.

59

Blake schaltete den Fernseher ein und ließ sich aufs Sofa fallen. Er brauchte etwas, um sich von Leah abzulenken. Er griff nach der Fernbedienung und zappte abwesend durch die Kanäle.

Leah hatte klargestellt, dass sie sich eine Beziehung mit Laurens Ex nicht vorstellen konnte. Blake war nicht glücklich darüber, doch er verstand sie. Was er nicht kapierte, war, warum sie sich ausgerechnet für Fenton interessierte. Bei jedem anderen Mann hätte ich kein Problem damit, dachte Blake. Aber Leah und Fenton? Sie waren nicht gut füreinander. Auf keinen Fall.

Im Fernsehen verkündete eine Nachrichtensprecherin, ein Detective Constable der Metropolitan Police sei wegen der »I_Killer«-Morde festgenommen worden und befinde sich in Polizeigewahrsam. Blake legte die Fernbedienung weg. Eine Porträtaufnahme Ralph Inces erschien auf dem Bildschirm.

Der nachfolgende Bericht handelte vor allem von den Reaktionen in den sozialen Medien. Die blonden Locken der Sprecherin bebten, während sie atemlos vortrug, dass sich die Nachricht von der Verhaftung des Killers auf Twitter, Instagram und Facebook explosionsartig verbreitet habe und das Polizeifoto von Detective Constable Ince hunderttausendfach angeklickt und mit »Gefällt mir« markiert worden sei.

Blake schaltete den Fernseher aus. Er hatte genug gehört und wollte noch zum Kiosk um die Ecke gehen. Der Kühlschrank war gut gefüllt, doch er war ruhelos. Draußen in der mondlosen Nacht lag bereits ein Hauch des herannahenden Winters in der Luft. Just in dem Moment, als er den Kiosk erreichte, trat sein Nachbar mit einem Sechserpack Bier aus dem Laden. Blake machte einen Schritt zur Seite, um den Mann vorbeizulassen, doch der blieb stehen und stellte sich das Sechserpack auf den Bierbauch.

Lächelnd schaute er zu Blake auf und offenbarte zwei Reihen schlechter winziger Zähne. »Meine Frau und ich haben bemerkt, dass Sie nicht mehr so oft auf dem Hometrainer laufen. Ich bin kein nachtragender Typ, also danke und so.«

»Kein Problem«, sagte Blake, obwohl der Alte ihm wie immer fürchterlich auf die Nerven ging. »Ich laufe jetzt meist draußen.«

Der Nachbar lächelte erneut. »Gute Entscheidung. Ist auch besser für Sie. So muss ich mich nicht beim Vermieter über Sie beschweren, und Sie behalten Ihre Bude.«

Blake biss sich auf die Lippe und ging in den Laden, widerstand der Versuchung, dem Fettwanst zu eröffnen, dass er der Vermieter war und ernsthaft darüber nachdachte, ihm fristlos zu kündigen.

Der Laden roch muffig, war aber wie immer makellos sauber. Blake wanderte eine Weile durch die Gänge, ehe er eine Steak and Kidney Pie kaufte, die nach ein paar Minuten in der Mikrowelle essbar sein würde. An der Kasse redete er mit dem pickeligen jungen Verkäufer noch ein paar Minuten über Fußball, dann machte er sich auf den Heimweg.

Er holte sich ein Bier aus dem Kühlschrank, um den widerlichen Plastikgeschmack des Mikrowellenessens etwas erträglicher zu machen, als unvermittelt sein Handy klingelte.

Er erkannte die Nummer nicht, ging aber trotzdem dran. Der Name des Anrufers sagte ihm auf Anhieb auch nichts.

»Ich glaube, Sie haben sich verwählt.«

»Nein, Kollege, hören Sie zu. Ich bin's, Perry. Perry Lee. Der Besitzer von *Vic's Café* im Victoria Park. Erinnern Sie sich?«

Bei Blake fiel der Groschen. Der Glatzkopf mit dem Rauschebart. »Ja klar, jetzt weiß ich es. Was kann ich für Sie tun?«

»Es ist anders herum. Ich kann was für Sie tun. Sie haben gesagt, ich soll anrufen, falls mir noch etwas über den Tag, an dem diese Frau ermordet wurde, einfällt.«

»Richtig.«

»Mir ist nichts eingefallen. Aber ich habe etwas für Sie.«

Blake fragte sich, ob Lee getrunken hatte. »Sie verwirren mich. Was gibt's denn?«

»Es geht um den Mörder, den Detective Constable. Ich habe sein Foto in den Nachrichten gesehen. Der Mann, der festgenommen wurde.«

Blake wusste noch immer nicht, worauf Lee hinauswollte, und verlor die Geduld. Ihm knurrte der Magen vor Hunger. »Ja, ich schaue auch Nachrichten – und?«

Lee lachte rau. »Nein, Kollege, Sie verstehen nicht. Dieser Detective Ince, der der Killer ist, ist nicht der Detective Ince, der zu mir ins Café kam. Der Ince im Fernsehen sieht ganz anders aus als der, der das Filmmaterial von meiner Überwachungskamera mitgenommen hat.«

Blakes Pulse raste plötzlich. »Was sagen Sie da? Sind Sie sicher?«

»Hören Sie nicht zu, oder was? Der Ince im Fernsehen sieht völlig anders aus als der, der das Filmmaterial von meiner Überwachungskamera mitgenommen hat. Er hat sich als Detective Ince vorgestellt, hat aber überhaupt nicht so ausgesehen wie der Mann im Fernsehen. Sein Gesicht war schmaler, länger. Er hatte dunkles Haar. Da ist was oberfaul. Verstehen Sie, was ich meine?«

Blake wollte Lee sofort aus der Leitung haben. Er musste mit Fenton reden. »Verstehe«, sagte er und legte auf.

60

Dr. Belinda Vale saß am Schreibtisch in ihrer Praxis und ging ein letztes Mal die Notizen durch. Sie arbeitete seit Stunden an einer Verhörstrategie. Sie hatte Kopfschmerzen, ihre Augen waren müde.

Ihre private Therapiearbeit hatte um 17 Uhr geendet, danach war sie um die Ecke zum Italiener gegangen und hatte etwas Leichtes gegessen und war anschließend in die Praxis zurückgekehrt, um sich dem I_Killer-Fall zu widmen. Für sie stand fest, dass Inces seelisches Leid und seine Weigerung, die Morde zu gestehen, ein Spiel waren, ein Psychospielchen, um die Kontrolle über die Situation zu behalten.

Die Überprüfung seiner Vergangenheit hatte eine Geschichte ohne allzu tragische Elemente zutage gefördert. Als einziges Kind einer alleinstehenden Mutter in einer rauen Gegend in Barnet aufgewachsen, nördlich von London. Einige Jahre im Heim. Als Teenager hatte er keinen Ärger gemacht, nur einmal war er wegen eines Ladendiebstahls (eine Dose Bier) festgenommen worden. Er war mit einer Verwarnung davongekommen und hatte seitdem das Ziel verfolgt, in den Polizeidienst einzutreten.

Dr. Vale schloss die Augen und massierte sie sanft. Er passte nicht in ihr Profil, passte ganz allgemein nicht in das typische Profil eines Serienkillers. War er vielleicht die Ausnahme, die die Regel bestätigte? Eines musste sie zugeben: Sein Verhalten während des Verhörs bewies ein Talent zum Täuschen, zum Simulieren. Hinter der beinahe jungenhaften

Maske der Unschuld und Verwirrung verbarg sich ein gerissener Manipulator.

Dr. Vale griff zum Kugelschreiber und fügte ihren Notizen einen letzten Absatz hinzu. Inces Ego ansprechen. Den heimlichen Narzissten wecken. Bewunderung für seine Leistungen andeuten. Seinen Mut und seine organisatorischen Fähigkeiten loben. Einige Fragen in einer Weise formulieren, die das Medieninteresse und die Faszination der Öffentlichkeit herausstreicht. Irgendwann wird er sich nicht mehr zurückhalten können und den Ruhm für sich beanspruchen, er wird der Welt erzählen wollen, was für ein Genie er ist.

Dr. Vale schaute auf die Wanduhr gegenüber von ihr. Wenn sie jetzt aufbrach, würde sie um halb elf zu Hause sein. Ihre Kopfschmerzen wurden besser. Nach einem erholsamen Nachtschlaf würde sie morgen bestimmt wieder voll auf dem Damm sein. Gleich nach dem Aufstehen würde sie DCI Tobin ihre Empfehlungen für das anstehende Verhör mailen.

Sie fuhr nicht oft mit dem Auto zur Arbeit, aber die Praxis hatte einen eigenen Parkplatz, was natürlich hilfreich war, wenn sie bis spätabends arbeitete. Sie legte die Notizen und das Smartphone in ihre Ledermappe, schaltete das Licht aus und stieg die Steinstufen hinunter, die hinter das Gebäude führten.

61

Blake ging den Ludgate Hill hinab, weiße Atemwölkchen ausstoßend. Vor ihm dominierte die riesige angestrahlte St.-Pauls-Kathedrale die Skyline. Zwischen den Autos hindurch überquerte er die Farringdon Street und ging in die Fleet Street. Perry Lees Worte spulten sich in seinem Kopf ab wie ein Mantra. »Der Ince im Fernsehen sieht völlig anders aus als der, der das Filmmaterial von meiner Überwachungskamera mitgenommen hat.«

Er bog in den Wine Office Court ein und betrat den *Star*. Der Pub war rappelvoll. Fenton saß im hinteren Bereich an einem wackeligen dunklen Holztisch, vor sich ein Bier. Blake bahnte sich einen Weg durch das Gedränge und setzte sich auf den Stuhl gegenüber von Fenton, wo ein volles Bierglas auf ihn wartete. Wortlos griff er danach und nahm einen tiefen Schluck. Als er fertig war, wischte er sich mit dem Handrücken über den Mund. »Das habe ich gebraucht«, sagte er.

Fenton kam sofort zur Sache. »Glauben Sie, dieser Perry Lee sagt die Wahrheit?«

Blake zuckte die Achseln. »Er hat keinen Grund, sich so etwas auszudenken. Wie gesagt, er hat das Foto in den Nachrichten gesehen und erkannt, dass das nicht der Detective war, der zu ihm ins Café kam.«

»Wissen Sie, was das bedeutet?«

»Es bedeutet, wir haben ein großes Problem.«

Fenton schaute zum Nachbartisch, um sicherzustellen, dass niemand sie belauschte. »Es bedeutet, dass Ince vermutlich nicht der Killer ist. Es bedeutet, dass die Polizei den falschen Mann hat. Wir haben ihnen den falschen Mann geliefert.«

Blake trank einen weiteren Schluck Bier und ging verschiedene Möglichkeiten durch. »Was, wenn Ince einen Komplizen hatte? Vielleicht stecken zwei Männer hinter den Morden.«

Fenton schüttelte den Kopf. »Das ist höchst unwahrscheinlich. So arbeiten Serienkiller nicht. Es sind einsame Wölfe.«

Blake wusste, dass Fenton recht hatte. Er hatte sich an einen Strohhalm geklammert. »Was ist mit dem Messer und dem Smartphone?«

»Denken Sie scharf nach«, sagte der Detective. »Es gibt nur eine Erklärung.«

Blake kannte die Antwort bereits. Sie hatte seit Perry Lees Anruf am Rand seines Bewusstseins gelauert, doch er hatte sie verdrängt. »Jemand hat ihn hereingelegt.«

Fenton nickte, nahm sein Glas und trank es aus. »Ganz genau. Hundert Punkte.«

Die Männer sahen einander eindringlich an, während ihnen allmählich die Bedeutung des Ganzen dämmerte. »Eins verstehe ich nicht«, sagte Blake. »Woher wusste der Killer, dass wir die von ihm deponierten Sachen finden würden?«

»Er wusste es nicht. Wahrscheinlich plante er, die Polizei auf Ince zu bringen, aber weil der Cafébesitzer Ihnen von den Aufnahmen erzählt hatte, waren wir ihm einen Schritt voraus. Zumindest dachten wir das.«

Blake musste zugeben, dass es einen Sinn ergab. Mit seiner Hilfe hatte der Killer einen Glückstreffer gelandet. »Was jetzt?«, fragte er. »Was geschieht, wenn wir damit zur Polizei gehen? Ihnen alles erzählen?«

Fenton hatte sich diese Frage auch schon gestellt. »Uns allein werden sie jedenfalls nicht glauben, so viel steht schon mal fest. Die werden mit Perry Lee reden, und Sie wird man wegen des Einbruchs bei Ince verhören, mich wird man in die Mangel nehmen, weil ich mit Ihnen an dem Fall gearbeitet habe.«

»Das heißt, ich kriege eine Anklage wegen Einbruchs, und Sie fliegen aus dem Polizeidienst?«

Fenton nahm sein leeres Glas, starrte einige Sekunden hinein und stellte es wieder ab. »So in etwa«, sagte er.

Blake trank ebenfalls aus und stand auf. »Möchten Sie noch eins?« Fenton schüttelte den Kopf. Blake bahnte sich zwischen den Leuten einen Weg zur Bar. Er war gute zehn Minuten verschwunden und kehrte schließlich mit zwei Bieren zurück. Eines stellte er Fenton hin. Der sagte nichts, bekundete aber mit einem Nicken seinen Dank.

»Ich habe nachgedacht«, sagte Blake.

»Warum überrascht mich das nicht?«

»Ich habe mich gefragt, wie der Mörder die Beweisstücke in der Wohnung deponiert hat.«

»Wahrscheinlich hat er dasselbe getan wie Sie. Er ist durch den Hintereingang rein. Wenn selbst Sie es geschafft haben, kann es nicht so schwierig sein.«

Blake überging die Beleidigung. Er war zu sehr mit Nachdenken beschäftigt. »Vielleicht gibt es einen Ausweg aus diesem Schlamassel.«

»Nämlich?«

»Wir schnappen den richtigen Mörder.«

Fenton schüttelte den Kopf. »Es wäre nicht rechtens, der Polizei diese Informationen vorzuenthalten. Falls der Mörder wirklich noch auf freiem Fuß ist, wäre es unmoralisch, dieses Wissen für uns zu behalten. Er könnte bald wieder zuschlagen.«

»Sie sagen doch selbst, dass uns die Polizei wahrscheinlich nicht glauben würde, bis sie eigene Ermittlungen durchgeführt hat. Wenn wir es allein zu Ende bringen, schnappen wir den Mörder vielleicht, bevor es ein nächstes Opfer gibt. Genügt das nicht als Rechtfertigung?«

Fenton sah Blake nachdenklich an. »Wenn wir ernsthaft glauben, den Mörder schneller finden zu können als die Polizei, sollten wir diesen Weg wohl einschlagen.« Zum ersten Mal seit Perry Lees Anruf lächelte Blake.

»Was ist, haben Sie eine Idee?«, fragte Fenton.

»Oh ja.«

62

Dr. Vale öffnet die Tür, und ein Schwall kalter Luft schlägt ihr entgegen. Sie tritt in die Dunkelheit, wendet sich um, schließt die Tür und sperrt ab.

Sie geht schnell zu ihrem Auto und setzt sich seufzend hinters Steuer. Sie zieht den Gurt über ihren Körper, startet den Motor, schaltet die Scheinwerfer ein und setzt mit einem eleganten Schwenk aus der Parkbucht zurück. Ein schabendes Geräusch lässt sie kurz anhalten. Sie fährt noch einige Meter. Das Schaben wird noch lauter.

Sie schlägt mit den Händen aufs Lenkrad, steigt aus und sieht sich das Wagenheck an. Der linke Hinterreifen ist platt. Ein zehn Zentimeter langer Schlitz im Gummi.

»Verdammter Mist«, ruft sie und zieht ihr Handy aus der Jackentasche. Aber dann beschließt sie, dass es zu dunkel und kalt ist, um den Anruf hier unten zu tätigen. Sie marschiert zur Tür zurück, schließt auf und geht hinein. Als sie sich umwendet, um die Tür zuzuziehen, fliegt sie ihr entgegen und knallt ihr gegen die Schulter. Sie wirbelt herum.

Sie taumelt, stürzt, versucht den Sturz mit den Händen am Boden abzufedern. Ihr Handgelenk bricht, aber sie ignoriert den Schmerz, rappelt sich auf und rennt zur Treppe.

Auf halbem Weg stürzt sie erneut und schlägt der Länge nach hin. Sie streckt den Arm aus, greift mit der unverletzten Hand nach der untersten Stufe. Jemand packt ihr linkes Fußgelenk. Sie schreit auf, mehr aus Angst als vor Schmerz, und schaut über die Schulter. Sie erkennt ihn, und sofort kommen ihr zwei Gedanken. Erstens: Mein Profil stimmt doch. Es passt perfekt auf ihn. Zweitens: Ich werde sterben.

Mit der rechten Hand umfasst er ihren Knöchel, in der linken hält er ein Handy. Er richtet die Kameralinse auf ihr Gesicht. »Jetzt mache ich dich zum Star«, sagt er.

63

Blake, der in östliche Richtung durch die Cannon Street unterwegs war, hatte kein Auge für die glitzernde Schönheit der nächtlichen Stadt. Er dachte nur an eines: Falls er richtig lag, hatten sie eine Chance, den wahren Killer zu enttarnen. Nachdem er Fenton seinen Plan erläutert hatte, waren sie übereingekommen, es zu versuchen.

Die letzte U-Bahn war längst gefahren, doch Londons Herz hörte nie zu schlagen auf. Die Straßen waren voller Nachtschwärmer, die eine offene Bar suchten. Blake erreichte die Old Broad Street. Ihm klangen immer noch Perry Lees Worte in den Ohren.

An der Kreuzung hatte sich eine Menschenmenge versammelt, ihr Stimmengewirr erfüllte die kalte Nachtluft. Blake wollte schon eine andere Route durch die Great Winchester Street einschlagen, doch seine Neugier siegte. Er schob sich zwischen den Leuten hindurch und erreichte ein quer über die Straße verlaufendes Absperrband. Zwei Constables und ein Kontaktbereichsbeamter waren schwer damit beschäftigt, die herandrängenden Leute in Schach zu halten.

Einige Leute schrien etwas von letzten Bussen, die sie erwischen mussten, und der eine oder andere brachte den Mut auf, unter dem Absperrband hindurchzutauchen und über die Straße zur Haltestelle an der Liverpool Street zu rennen.

Blake fing den Blick des jüngeren Constables auf und lächelte teilnahmsvoll. Erleichtert, ein freundliches Gesicht zu sehen, trat der junge Mann zu ihm heran.

»Sieht aus, als könnten Sie mehr Leute gebrauchen«, eröffnete Blake das Gespräch.

Der Constable nickte. »Ist immer dasselbe. Die Hälfte meiner Kollegen liegt mit Schnupfen flach, die andere Hälfte ist im Urlaub.«

Es war nicht lustig, aber Blake lachte trotzdem. Jeder freute sich, wenn man über seinen Scherz lachte. Selbst Polizisten. Der Constable lächelte, und Blake packte die Gelegenheit beim Schopf. »Was ist denn passiert?«, fragte er und deutete auf das beeindruckende Arsenal an blau blinkenden Polizeilichtern, die in der Ferne die Dunkelheit erhellten.

Der Constable wirkte verunsichert und trat einen Schritt zurück.

Blake wollte noch nicht aufgeben. »Ihre Vorgesetzten lassen sich wohl nicht dazu herab, Sie über alles zu informieren. Lassen Sie und Ihre Kollegen in der Kälte schuften, aber erfahren tun Sie nichts.«

Der Constable runzelte die Stirn. Ihm missfiel die Andeutung, in der Hackordnung so weit unten zu sein, dass seine Vorgesetzten ihn mit völliger Missachtung bedachten. Blake beschloss, die Taktik zu wechseln und es mit Schmeicheln zu versuchen. Gerade jüngere Polizisten waren anfällig für ein bisschen Bewunderung.

»Na ja, meiner Meinung nach macht ihr hier draußen einen prima Job. Wirklich jetzt, ganz im Ernst. Ich stehe total auf die ganzen Polizeiserien im Fernsehen. Ich kriege gar nicht genug davon.«

Mit einem Schulterblick versicherte sich der Constable, dass seine Kollegen ihn nicht beobachteten, und trat näher heran. »Ich weiß nur, dass es am Kreisverkehr vor dem Barbican irgendeinen Vorfall gegeben hat. Wir werden die Straße so schnell wie möglich wieder öffnen.«

Blake wandte sich ab. Es war einen Versuch wert, dachte er. Er ging wieder zurück, als sich in der Menschenmenge ein beklommenes Gemurmel erhob. Alle starrten perplex auf die Displays ihrer Handys.

Ein schlaksiger Teenager in einer Kapuzenjacke mit Pelzbesatz hielt seiner Freundin das Handy ins Gesicht. Sie schrie leise auf und stieß das Telefon zur Seite. Der Ekel auf ihrem Gesicht erfüllte Blake mit eisiger Furcht. Er zog sein Smartphone heraus und googelte »I_Killer«. Sein Herz setzte einen Schlag aus, als er die Eilmeldung von Reuters sah: *Serienmörder stellt Enthauptungsvideo auf YouTube.* Mit zitternden Fingern ging er auf die entsprechende Seite. Das Video stand an oberster Stelle, hatte bereits 223.557 Aufrufe. Er tippte auf den Bildschirm.

Dr. Belinda Vale sitzt auf ihrem Bürostuhl. Ihre Hände sind auf den Rücken gefesselt, ihr Mund ist mit grauem Klebeband zugeklebt. An ihrer Brust hängt ein rechteckiges Pappschild. Darauf steht in Großbuchstaben: ICH PFUSCHE IN FREMDEN KÖPFEN HERUM. Ein Mann tritt hinter ihr ins Bild. Sein Gesicht ist nicht zu erkennen, er trägt einen schwarzen Motorradhelm. Er legt die rechte Hand auf Dr. Vales Kopf und hebt die linke, hält ihr ein Jagdmesser mit schwarzem Griff an den Hals. Dann nickt er kurz in die Kamera und beginnt.

Blake stieg Galle in den Rachen, und er wandte den Blick vom Display. Mit wackeligen Knien taumelte er über den Gehsteig, setzte sich auf den Bordstein und übergab sich. Er wischte sich mit dem Jackenärmel über den Mund und schaute erneut auf sein Smartphone. Das Video war vorbei, und nun sah man das Standbild eines Kopfes, der am Rand einer Verkehrsinsel auf einem Pfahl steckte.

Blake ließ das Handy in das Erbrochene fallen.

64

Fenton hielt dem Wachmann seinen Dienstausweis hin und wartete, dass die Schranke hochging. Er schaltete die Scheinwerfer und die Heizung aus und trommelte mit den Fingern aufs Lenkrad, während der Mann den Empfang anrief, um sein Erscheinen anzukündigen. Es war noch vor Tagesanbruch, und eine Tauschicht überzog seine Windschutzscheibe.

Die rote Schranke hob sich, und Fenton fuhr zu seinem üblichen Parkplatz. Als Assistant Commissioner Patricia Hall ihn angerufen hatte, war er schon wach gewesen, hatte aber noch im Bett gelegen. Er hatte versucht, überrascht zu klingen, als sie ihm erklärte, dass Ince nicht der Killer sein könne. Nicht gespielt gewesen war sein Schock, als er von Belinda Vales Ermordung erfuhr.

Er betrat den Fahrstuhl und drückte den Knopf für den vierten Stock. Hall hatte ihn sofort sehen wollen. Er hatte klargestellt, dass er Tess nicht allein lassen würde, falls das Haus nicht ab sofort wieder rund um die Uhr bewacht werden würde. Hall hatte augenblicklich einen Streifenwagen mit Blaulicht zu ihm geschickt.

Fenton fragte sich, warum es so dringend war. Er hielt es für höchst unwahrscheinlich, dass Hall seine Suspendierung aufheben würde. Falls sie erfahren hatte, dass er mit Blake heimlich weiterermittelt hatte, konnte er seine Karriere vergessen.

Eines wusste er mit Gewissheit: Dr. Vales Ermordung ließ bis nach oben in Whitehall die Alarmsirenen schrillen, womöglich sogar in der Downing Street. Der Mörder hielt alle zum Narren. Die Tür zu Halls Büro stand offen. Er ging hinein. Hall saß an ihrem Schreibtisch. »Schließen Sie die Tür und setzen Sie sich«, sagte sie. »Ich habe wenig Zeit. Ich muss mich auf die Pressekonferenz in zwei Stunden vorbereiten.«

Fenton hatte beinahe Mitleid mit ihr. Die Presse würde Blut wittern. »Warum bin ich hier?«, fragte er.

Hall schaute ihn über den Brillenrand hinweg an. Sie sah zehn Jahre älter aus als bei ihrer letzten Begegnung. Ihr Gesicht war grauer als ihr Haar, ihre Augen waren matt.

»Sie sind hier, weil ich Sie brauche«, sagte sie. »DCI Tobin gibt die Leitung ab. Ihm bleibt nichts anderes übrig. Ich hätte ihn sonst abgezogen. Bei der Pressekonferenz werde ich ankündigen, dass ab sofort ich die Ermittlungen übernehme.«

Ihrem Gesichtsausdruck nach zu urteilen tat sie das nicht freiwillig. Wahrscheinlich hatte sie immer noch Schmerzen von all dem Armdrücken mit anderen hohen Tieren. Doch es war durchaus sinnvoll, einem Assistant Commissioner die Leitung zu übertragen; es signalisierte der Presse und der Öffentlichkeit, dass die Polizeibehörde willens war, den Fall ein für alle Mal aufzuklären. Der einzige Nachteil dabei war, dass Hall über keinerlei Erfahrung mit Mordfällen verfügte.

Sie lächelte schief, als hätte sie seine Gedanken gelesen und pflichte ihnen bei. »Wir holen Sie nicht ins Team zurück. Das würde wie ein Rückschritt aussehen. Aber Sie sollen als Berater fungieren. Als jemand, mit dem ich mich bei Bedarf austauschen kann.«

Einen Moment lang erwog Fenton, ihr von Blake, seinem anonymen Anruf bei der Mord-Hotline und ihren neuerlichen Ermittlungen zu erzählen. Doch er sagte nichts. Falls er seine Karriere aufs Spiel setzen wollte, dann lieber aus einer Position der Stärke heraus.

Zu gestehen, was er während seiner Suspendierung getrieben hatte, wäre leichter, wenn er ihr gleichzeitig den Mörder präsentieren könnte. Hall interpretierte sein Schweigen als Widerwillen. Sie legte die Hände flach auf den Tisch und stand auf. »Ich möchte Ihre Hilfe, weil ich Ihre Fähigkeiten schätze. Sie wissen, warum wir Sie von dem Fall abgezogen haben und dass es nichts mit Ihrer Arbeit zu tun hatte. Trotzdem war es schwer, alle Kollegen von der Rückholaktion zu überzeugen, also lassen Sie mich bitte nicht hängen.«

»Verstehen Sie mich nicht falsch«, sagte Fenton. »Ich helfe gerne. Aber wie soll das im Einzelnen funktionieren?«

Hall seufzte, ihre zierliche Gestalt sackte ein wenig zusammen. »Sie müssen nicht ins Büro kommen. Wäre vielleicht besser so. Wir möchten vermeiden, dass die Presse etwas Negatives daraus macht. Ich halte Sie auf dem Laufenden, und wenn ich Ihren Rat brauche, rufe ich an. Mehr ist es nicht.«

»Was wird aus Ince?«

Hall verzog das Gesicht. »Detective Constable Ince wird aus dem Polizeidienst entlassen. Wir klagen ihn wegen Missbrauchs unserer Datenbanken und vielleicht auch wegen Stalking an. Es scheint, als hätte man ihn einzig dafür hereingelegt, um uns lächerlich zu machen.«

Fenton schüttelte den Kopf. »Dahinter steckt mehr. Der Killer hat die Sache als Demonstration seiner Cleverness arrangiert. Ich bezweifle, dass er Ince die Morde anhängen wollte. Er würde den Gedanken hassen, dass ihm jemand den Ruhm stiehlt. Er hält sich für ein Genie, und die anderen sollen das auch denken.«

Hall griff nach einem Kugelschreiber, machte sich eine Notiz und schnaubte. »Obwohl er ein Psychopath ist, der es genießt, Leuten den Kopf abzuschneiden, ist er also im Grunde ein sensibler kleiner Hosenscheißer.«

Fenton ließ ihr Zeit, um sich zu beruhigen. Er wusste genau, was sie gerade durchmachte. Druck von der Presse. Druck von ihren Vorgesetzten. Druck aus der Politik. Stress wie dieser forderte seinen Tribut. »An einem Kreisverkehr mitten in London etwas derart Abstoßendes aufzustellen ist riskant. Der Killer wurde doch bestimmt von Überwachungskameras gefilmt.«

Hall drehte wortlos ihren Computerbildschirm ein Stück in Fentons Richtung, damit sie beide etwas sehen konnten, und startete ein Video. Man sah einen steten Strom von Autos, die mit eingeschalteten Scheinwerfern um einen Kreisverkehr fuhren.

Fenton sah nichts Auffälliges. Er beugte sich vor und schaute zu Hall hinüber. Sie hob einen knochigen Finger und deutete auf den Bildschirm. »Jetzt«, sagte sie. Auf der Old Street kam ein einzelner Scheinwerfer in Sicht. Als sich das Motorrad näherte, sah Fenton, dass der Fahrer einen Integralhelm trug. Hinten auf dem Fahrzeug befand sich eine Art Pizzalieferbox, und daran festgeschnallt war ein kurzer Holzpflock.

Sie sahen schweigend zu, wie der Fahrer innen an der Verkehrsinsel anhielt, vom Motorrad stieg und in aller Seelenruhe den Holzpflock in den Rasen rammte. Als Nächstes nahm er den Kopf aus der Pizzabox und rammte ihn ohne Umschweife auf den Holzpflock, stieg wieder auf das Motorrad und fuhr weiter. Das Ganze hatte keine sechzig Sekunden gedauert.

Fenton lehnte sich zurück. »Keiner hat gefragt, was er da treibt? Niemand hat ihn angesprochen?«

Hall zuckte die Achseln. »Vermutlich ging es zu schnell. Als man sah, was er getan hatte, war er längst verschwunden.« Sie ballte die knochigen Fäuste und rieb sich die Augen. »Der Killer muss in Inces Wohnung eingebrochen sein und die Beweisstücke unter der Badewanne deponiert haben. Ich schätze, er war es, der die Mord-Hotline anrief.«

Fenton nickte. »Wahrscheinlich haben Sie recht«, sagte er. *Sie liegen völlig daneben,* dachte er. »Der Killer hat Marta Blagar getötet, um mir eine Lektion zu erteilen, weil ihm nicht gefiel, wie ich über ihn geredet habe. Und jetzt hat er Dr. Vale umgebracht, weil ihm ihr psychologisches Profil über ihn nicht gefallen hat. Ince ist aus dem Schneider, aber trotzdem ist der Killer wahrscheinlich jemand, der irgendwie mit den Ermittlungen zu tun hat. Dr. Vales Profil wurde nicht veröffentlicht. Nur jemand, der mit den Ermittlungen zu tun hat, hatte Zugang dazu.«

Hall legte die Hände aneinander. »Es gibt keinen definitiven Beweis, dass der Killer das Profil kennt, aber ich habe um eine Liste aller Leute gebeten, die dazu Zugang hatten. Ich schicke auch die Spurensicherung noch mal in Inces Wohnung. Wir wissen nun, dass jemand dort eingebrochen ist, um die Beweisstücke zu deponieren, richtig?«

Auf dem Weg zum Fahrstuhl überlegte Fenton, ob er Blake anrufen und warnen sollte, dass die Polizei in Kürze wieder in Dagenham einrücken würde, aber er ließ es bleiben. Er würde ihn sowieso in zwei Stunden treffen. Sie waren der Polizei immer noch einen Schritt voraus, allerdings nur einen kleinen.

65

Blake folgte dem Mann von der Wohnungsbaugesellschaft durch die Haustür und stieg hinter ihm die Treppe hinauf. Der Grundriss glich dem der Nachbarwohnung. Das große Zimmer wirkte geräumiger, weil es spärlich möbliert war und kein Müll herumlag.

Der Mann von der Wohnungsbaugesellschaft, der sich als Ricky Dean vorgestellt hatte, trug einen billigen grauen Anzug und hatte so schlimme Akne, dass sein Gesicht einer Pizza glich. Mit einer ausholenden Armbewegung deutete er auf das Wohnzimmerfenster.

»Man hat einen herrlichen Blick auf das alte Dagenham, auf das betriebsame Ost-London. Sehen Sie selbst. Lassen Sie sich Zeit. Ich habe es nicht eilig.«

Blake ging zum Fenster und schaute hinaus auf den Hähnchengrill, auf ein paar leer stehende Läden und auf ein vergittertes Spirituosengeschäft.

Letzte Nacht hatte er kaum geschlafen. Er hatte sich mit dem Laptop ins Bett gelegt und die Nachrichtenseiten nach Artikeln über Dr. Vales Ermordung durchforstet. In mehreren hieß es, dass nun alle an den Ermittlungen beteiligten Personen als mögliche Ziele für den Killer infrage kämen. Nach Laurens Tod hatten die Sitzungen bei Dr. Vale ihm geholfen, nicht völlig abzudrehen. Nun war auch die Psychologin nicht mehr am Leben.

Blake ging zum Schlafzimmer und stieß mit dem Fuß die Tür auf, um keine Fingerabdrücke an der Klinke zu hinterlassen. Das Zimmer war leer. »Ich denke, ich habe alles gesehen«, sagte er. »Wie hoch ist die Miete?«

Ricky tippte auf seinem Smartphone herum und wartete, bis die Information auf dem Display erschien. »Wir verlangen fünfhundertfünfzig Pfund pro Monat. Ich schätze, wenn Sie vierhundertfünfundsiebzig bieten, kriegen Sie die Wohnung.«

»Das Geld ist kein Problem, aber ich habe eine Frage über den Vormieter. Sie sagten, er sei vor ein paar Wochen ausgezogen. Warum sieht es dann so aus, als hätte hier seit Monaten niemand gewohnt?«

Ricky wippte auf den Fußballen und grinste. »Ja, das war komisch. Wir haben die Wohnung für drei Monate an einen Mann vermietet, aber ich glaube, er hat hier nur ein paar Mal übernachtet. Wenn überhaupt. Vielleicht hat er sie als Liebesnest genutzt. Glückspilz.«

Blake ging auf die Treppe zu, nickte langsam. »Erinnern Sie sich an seinen Namen?«

Ricky schaute ins Leere, überlegte angestrengt. Blake hörte förmlich, wie es in seinen Hirnwindungen ratterte »Ich glaube, er hieß Friar, aber sicher bin ich mir nicht. Wir haben es in den Unterlagen im Büro.«

Blake fasste sich an den Bauch und verzog das Gesicht. »Ob ich wohl kurz die Toilette benutzen dürfte? Ich glaube, ich habe mir den Magen verdorben.«

»Nur zu, Mann. Bald ist es ja sowieso Ihre Wohnung.«

Blake verriegelte die Tür hinter sich und schaute prüfend an die Decke. Die Einstiegsklappe zum Speicher war an der erwarteten Stelle. »Tut mir leid, Ricky«, rief er. »Es könnte ein bisschen dauern.«

Er drückte die Toilettenspülung, stieg auf den Badewannenrand und von dort weiter aufs Waschbecken, schob die Einstiegsklappe zur Seite und zog sich nach oben in den Speicher. Sobald seine Augen sich an die Dunkelheit gewöhnt hatten, tastete er sich vorsichtig zum Wassertank und der Trennwand vor. Als er den Tank erreichte, ging er in die Hocke und nahm die Wand in Augenschein.

Auf der anderen Seite hatte er mehrere Risse in der Wand bemerkt. Besonders einer, ein langer vertikaler, war ihm in Erinnerung geblieben. Selbst im Dunkeln konnte Blake erkennen, dass jemand die Gipskartonplatte mit einem scharfen Messer oder einer Eisensäge geschlitzt hatte.

Es war ein Leichtes, das herausgeschnittene Wandstück wie eine Tür aufzustoßen, über den Speicher in Inces Wohnung zu gelangen und das Wandstück nach der Rückkehr wieder einzusetzen. Freudig ballte Blake die Faust und boxte in die Luft. Dann kehrte er zur Luke zurück, ließ sich herunter und zog die Einstiegsklappe wieder in die Aussparung. Er betätige abermals die Toilettenspülung, wusch sich die Hände, trocknete sie an seiner Jacke ab, entriegelte die Tür und zog sie auf. Ricky fiel ihm förmlich in die Arme.

»Alles in Ordnung mit Ihnen?«, stammelte der Mann von der Wohnungsbaugesellschaft verlegen. »Ich habe mir schon Sorgen gemacht. Sie waren eine ganze Weile verschwunden, und dann fiel mir ein, dass ja gar kein Klopapier da ist.«

Blake lächelte. »Mir geht es schon viel besser. Nur eine kleine Magenverstimmung, keine große Sache. Fahren wir doch zu Ihnen ins Büro und besiegeln die Sache.«

Ricky schaute auf die Toilette, schnüffelte wie ein Spürhund. »In Ordnung«, sagte er und ging zur Treppe.

66

Nach einem zehnminütigen Fußweg erreichten sie die Wohnungsbaugesellschaft. Blake folgte Ricky durch die Glastür hinein und sah, wie Fenton einer dicklichen Frau mit einem blonden Haarschopf seinen Dienstausweis zeigte.

Fenton wandte sich um und winkte Blake heran. »Das ist mein Kollege Adam Blake. Tut mir leid, dass er Ihnen heute Morgen nicht die Wahrheit sagen konnte, aber wir ermitteln in einem sehr komplexen Kapitalverbrechen.«

Blake las das Namensschild am linken Jackenaufschlag der Frau, lächelte reumütig und reichte ihr die Hand. »Wir sind sehr dankbar für Ihre Hilfe, Janice«, sagte er. »Entschuldigen Sie, dass ich mich als potenzieller Mieter ausgegeben habe. Es ging leider nicht anders.«

Janice nahm seine Hand und zerquetschte sie eher, als dass sie sie schüttelte. »Sie hätten sich an mich als Geschäftsführerin wenden und mir die Lage erklären können.«

Blakes Lächeln wurde breiter. »Wie gesagt, es tut mir leid, aber es gibt bei den Ermittlungen ein paar juristische Fallstricke, die das Ganze erheblich verkomplizieren.« Er schaute hilfesuchend zu Fenton, der seinen Blick nur achselzuckend erwiderte.

»Haben Sie noch die Unterlagen des Vormieters?«, fragte Blake.

»Natürlich. Ist ja heutzutage alles im Computer.«

»Auch einen Identitätsnachweis?«

»Sicher. Es ist ein neues Gesetz, seit einem Jahr oder so.

Wir müssen überprüfen, ob ein Klient das Recht hat, in England eine Wohnung anzumieten. Deshalb muss man uns einen Ausweis oder Führerschein vorlegen. Etwas mit einem Foto.«

Blake schaute zu Fenton und lächelte. »Kopieren Sie diese Dokumente?«

Die Geschäftsführerin verdrehte die Augen. »Natürlich. Habe ich das nicht gesagt? Wir scannen sie ein und laden sie in den Computer hoch. Kleinen Moment, ich rufe es auf.« Sie trottete zu ihrem Schreibtisch, setzte sich und hämmerte wie wild auf ihre Tastatur ein.

Fenton trat näher zu Blake heran und flüsterte: »Woher wissen Sie solche Dinge?«

»Ich muss das wissen, ich bin selbst Vermieter.«

»Also hatten Sie recht mit dem Speicher?«

»Klar.«

Blake wandte sich an Ricky und klopfte ihm auf die Schulter. »Danke für Ihre Hilfe, Sie können gehen. Ab hier übernimmt Janice die Angelegenheit.« Der junge Angestellte nickte schnell und verzog sich in die hinteren Büroräume.

Die beiden Männer gingen zum Schreibtisch der Geschäftsführerin und traten hinter sie. »Ich hab's gleich, meine Herren«, sagte sie. Sie öffnete einen mit »Scans« gekennzeichneten Ordner. »Es ist nach Wohnungen geordnet, nicht nach Namen. Die Namen sagen mir nichts.«

Fentons Herz raste, während er sich vorbeugte, um einen besseren Blick zu haben. Die Geschäftsführerin öffnete eine Datei in der Bildschirmmitte. »Bingo«, sagte sie.

Fenton und Blake sahen die Kopie eines gewöhnlichen britischen Reisepasses, aufgeschlagen auf der Fotoseite.

»Ach, genau. Jetzt erinnere ich mich«, sagte die Geschäftsführerin. »Peter Friel. So ein netter Mann.«

Fenton und Blake hörten ihr nicht zu. Sie waren voll auf das Foto konzentriert. Die Aufnahme war körnig und einige Jahre alt, aber sie schauten auf ein Gesicht, das sie beide kannten. Das Gesicht Ray Partingtons.

67

Bin ich verrückt oder schlecht? Manche würden sagen, ich bin beides. Andere würden einwenden, dass ich, falls ich verrückt bin, nicht schlecht sein kann, weil ich nicht zurechnungsfähig bin. Falls ich den Unterschied zwischen richtig und falsch nicht kenne, könne man mich nicht für meine Taten verantwortlich machen. Schwachsinn.

Ich tue, was ich tue, weil ich es will. Kein Gesetz, keine Vorschriften, nichts und niemand hat Macht über mich. Ich bin nicht verrückt. Ich bin nicht schlecht. Ich bin gefährlich.

Dr. Vale gab vor, dafür qualifiziert zu sein, in den Köpfen anderer Leuten herumdoktern zu können. Erkennen zu können, woher diese Leute kommen. Mich hat sie nicht kommen sehen.

Ich spiele ein gefährliches Spiel. Es ist interessant gewesen, aber nun ist die Zeit gekommen, meine Mission abzuschließen.

Der Zeitpunkt ist nahe, zu tun, was ich vor all den Jahren schon einmal getan habe. Ich muss mich abermals häuten und mich ins Unterholz schlängeln. Es ist eine Überlebensfrage.

Raubtiere töten nicht zum Spaß. Sie töten, weil sie müssen. Belinda Vale das Leben zu nehmen, hat mir ein gewisses Maß an Befriedigung geschenkt, aber nicht so viel wie erwartet. Bisher kommt nichts dem Hochgefühl gleich, das ich bei meinem ersten Mord verspürte. Die hübsche Lauren Bishop beherrscht immer noch meine Gedanken. Ich habe versucht, dieses Gefühl erneut zu erleben. Vielleicht ist es so wie bei der ersten Liebe. Aber damit kenne ich mich nicht aus. Ich bin ein Psychopath und stolz darauf.

Akzeptieren zu müssen, dass ich etwas nicht tun darf, liegt mir nicht. Für jemanden wie mich gibt es keine Grenzen. Falls ich Lauren Bishop von Neuem töten muss, wird mir eine Möglichkeit einfallen, es zu tun. Mein Hirn arbeitet bereits daran. Ich spüre, wie sich tief in meinem Innern etwas regt.

68

Die Identität eines Serienkillers aufzudecken ist eine beachtliche Leistung. Vor allem, wenn die offiziellen Stellen kläglich versagt haben. Blake erwartete keine Belohnung oder als Held gepriesen zu werden oder auch nur ein anerkennendes Schulterklopfen. Ein Dankeschön würde ihm schon reichen.

Stattdessen fand er sich im selben Verhörzimmer der Polizei wieder, in dem man ihn schon zwei Mal wegen des Mordes an Lauren vernommen hatte.

In den vergangenen zwei Stunden hatte er Detective Sergeant Daly in aller Ausführlichkeit die Ereignisse bis zu dem Moment geschildert, als er und Fenton auf Ray Partingtons Foto gestoßen waren. Während der Vernehmung hatte die Polizistin Blakes Fragen nach dem Pressesprecher vollständig ignoriert und war dann kommentarlos gegangen.

Blake war klar, dass die Polizei keine Freudensprünge machen würde, nachdem er sie auf ihrem ureigenen Terrain geschlagen hatte. Letztlich zählte nur, dass Partington überführt war.

Die Tür ging auf, und Fenton kam mit einem dampfenden Kaffeebecher herein. Ihm folgte eine grauhaarige Frau, die die gleiche Uniform wie Daly trug, nur dass auf ihren Schulterklappen diverse Abzeichen und eine Krone prangten.

Fenton reichte Blake den Kaffee und nickte ihm zu. »Ich dachte mir, Sie könnten einen brauchen«, sagte er.

Blake stellte den Becher auf den Tisch, sagte nichts. Er war wütend und wollte, dass die anderen es wussten. Mit ernster Miene setzte sich die ältere Polizistin an den Tisch und rümpfte die Nase, als hätte sie etwas Übles gerochen.

»Das ist Assistant Commissioner Hall«, stellte Fenton die Grauhaarige vor. »Sie leitet die Ermittlungen.«

Blake sah nicht beeindruckt aus. Er war es auch nicht. »Ich habe mich die ganze Zeit gefragt, warum sich bei mir noch niemand bedankt hat. Jetzt weiß ich, warum. Sie haben gewartet, bis ein hohes Tier für mich Zeit hat. Wie nett.«

Fenton wollte etwas sagen, doch Hall verzog den Mund und bedeutete ihm mit einer Handbewegung, zu schweigen. »Ich versichere Ihnen, dass ich dankbar bin, dass Sie die Identität des Mörders aufgedeckt haben. Leider haben wir ein wenig zu spät davon erfahren. Partington muss gewusst haben, dass Sie ihm auf den Fersen waren. Er ist verschwunden, untergetaucht. Deshalb sind wir noch nicht dazu gekommen, Ihnen zu Ihrer detektivischen Leistung zu gratulieren.«

Blake sah zu Fenton auf. »Er ist abgehauen?«

Der Detective nickte. »Er hat sich vor zwei Tagen krank gemeldet. Wir haben eine bewaffnete Sondereinheit zu seiner Wohnung in Shoreditch geschickt, um ihn festzunehmen. Doch von ihm fehlte jede Spur. Die Wohnung war blitzsauber, spärlich möbliert. Man glaubt kaum, dass dort jemand gewohnt hat. Die Nachbarn sagen, er habe nicht groß mit ihnen geredet, aber diejenigen, mit denen er ein Wort gewechselt hat, geben an, er hätte erzählt, er sei Polizeibeamter. Ein Detective.«

Blake nahm seinen Kaffee und nippte daran. »Was geschieht jetzt?«, fragte er. »Er hat die Biege gemacht, aber er kann sich nicht ewig verstecken. Wir wissen, wer er ist, wie er aussieht.«

»Wir tun, was wir können«, sagte Hall. »Binnen einer Stunde werden alle Zeitungen und Fernsehsender ein Foto von ihm haben. Das ganze Land wird sein Gesicht kennen. Wir lassen auch die Flughäfen, Fährterminals und den Kanaltunnel überwachen. Natürlich säße der Mann längst in Untersuchungshaft, wenn Sie sich früher an uns gewendet hätten.«

Blake widerstand dem Impuls, den Kaffee an die Wand zu schleudern. Nicht wegen Halls Äußerung, sondern weil sie durchaus recht hatte. Stattdessen richtete er seinen Zorn gegen Fenton.

»Was haben Sie getrieben, während man mich verhört hat, als wäre ich immer noch ein Verdächtiger?«

Fenton reagierte nicht. Er sah Blake nur an, als wäre der ein kleiner Junge, der einen Wutanfall hatte.

»Genau wie Sie haben wir auch DCI Fenton gründlich vernommen. Wir haben Ihre Aussagen abgeglichen, und sie scheinen sich zu decken. Er hat viel mehr zu verlieren als Sie. Ihr Einbruch bei Ince war eine Straftat, aber höchstwahrscheinlich werden wir Sie nicht anklagen. DCI Fentons Rolle bei Ihren inoffiziellen Ermittlungen wird sicherlich ein Disziplinarverfahren nach sich ziehen. Im Moment fungiert er noch als mein Berater, aber sobald wir Partington geschnappt haben, wird DCI Fenton sich für seine Taten verantworten müssen.«

Die Formulierung »höchstwahrscheinlich werden wir Sie nicht anklagen« gefiel Blake nicht. Doch er hielt es für klüger, nicht näher darauf einzugehen.

Er spülte den restlichen Kaffee hinunter und versuchte seine Gedanken wieder auf die Jagd nach Partington zu richten. »Sie sagen, dass Sie Ihre Hoffnung allein auf Partingtons

Foto und die Mithilfe der Öffentlichkeit setzen? Das ist alles?« Fenton sah Hall an. Mit einem Nicken erteilte sie ihm das Wort.

»Es gibt noch etwas anderes, woran wir arbeiten«, sagte er. »Vor einigen Stunden hat Partington wieder etwas bei Twitter gepostet.«

Blake verkrampfte sich. »Er hat wieder zugeschlagen?«

»Nein. Diesmal ist es etwas anderes.« Fenton zögerte, während er seine nächsten Worte abwog. »Es geht um Lauren.«

Blake sprang auf, spürte, dass ihm schwindlig wurde, und setzte sich wieder. »Kann ich den Post sehen?«

Fenton ließ sich von Hall ein Blatt Papier reichen. Er schaute darauf, dann legte er es auf den Tisch. Partington hatte das Porträtfoto Laurens hochgeladen, das die Polizei am Anfang der Ermittlungen der Presse gegeben hatte. Als Blake ihr strahlendes Lächeln und die blauen Augen sah, schnürte es ihm die Kehle zu.

Der Tweet lautete: *Zeit, sie wieder zum Leben zu erwecken und abermals zu töten #I_Killer.*

Blake sah stirnrunzelnd zu Fenton auf. »Was zum Teufel soll das bedeuten?«

»Das wissen wir noch nicht. Wir arbeiten dran. Diverse Psychologen analysieren seine Vergangenheit. Hoffentlich liefern sie etwas Nützliches. Seine Kindheit hat er offenbar größtenteils in Heimen verbracht. Seine Mutter hat seinen Vater, Peter Friel, erstochen.«

»Das bricht mir wirklich das Herz.«

Achselzuckend fuhr Fenton fort: »Vor vier Jahren wollte er in den Polizeidienst eintreten, bestand aber den psychologischen Eignungstest nicht.«

»Warum überrascht mich das bloß nicht?« Blake zerknüllte den ausgedruckten Tweet und warf ihn an die Wand. »Besteht die Chance, dass Ihre Experten ein mögliches neues Opfer benennen können?«

Fenton zögerte einen Moment und wechselte einen Blick mit Hall. Sie schürzte ihre Lippen. »Wir hoffen, dass Sie uns in diesem Punkt helfen können, Mr. Blake«, sagte sie. »DCI Fenton findet, dass Sie ein besonderes Talent dafür besitzen, sich in Partington hineinzuversetzen. Er hat mich überzeugt, Ihnen Einsicht in unsere Ermittlungsakten zu gewähren.«

Blake hätte das, was er eben gehört hatte, gern als Kompliment aufgefasst, doch er war nicht sicher, ob es so gemeint war. »Wollen Sie damit andeuten, ich denke wie ein Psychopath?«

»DCI Fenton glaubt, dass Sie das können. Dafür muss man sich nicht schämen. Ich wünschte, mehr meiner Detectives besäßen dieses Talent. Immerhin sind Sie darauf gekommen, wie Partington Ince hereingelegt hat.«

Blake wandte sich zu Fenton und sah ihn eindringlich an. »Danke«, sagte er.

69

Leah Bishop stand mit gesenktem Kopf am Grab ihrer Schwester und fragte sich, warum sie überhaupt hergekommen war. Lauren war nicht hier. Wo immer sie war, sie war nicht in der Holzkiste, die vor dem weißen Grabstein in der Erde verbuddelt war. Die Kiste enthielt nur einen verwesenden Leichnam, nichts weiter.

Sie wollte mit Lauren sprechen, ihr sagen, dass es ihr leidtat, nicht die Schwester gewesen zu sein, die Lauren gerne gehabt hätte. Als kleine Mädchen waren sie beste Freundinnen gewesen, aber in der Pubertät hatte sich ihre Beziehung in eine hormongetriebene Geschwisterrivalität verwandelt.

Leah wandte sich vom Grab ab und ging zum Parkplatz zurück. Eine dicke Wolkendecke hing über der Stadt, die Luft war geschwängert mit Feuchtigkeit. Bald würde es regnen, trotzdem sah sie mehrere Leute auf dem Friedhof, die an den Gräbern ihrer Angehörigen andächtig die Blumen gossen.

Als sie den Parkplatz erreichte, bemerkte sie fünfzig Meter zu ihrer Linken einen Mann, der mit dem Rücken vor einer Reihe von Gräbern stand und direkt in ihre Richtung schaute. Sie blieb stehen und erwiderte seinen Blick. Er war groß und hatte helles, raspelkurzes Haar, und trotz des grauen Tages verbarg er seine Augen hinter einer Wraparound-Sonnenbrille.

Leah brach als Erste den Bann. Sie wandte sich ab und ging zu ihrem Auto weiter. Mehr als alles andere hatte die Reglosigkeit des Mannes sie beunruhigt. Erst als sie ihren Wagen erreichte und sich hinters Steuer setzte, merkte sie, dass sie den Atem anhielt. Mit einem lang gezogenen Seufzer ließ sie die Luft aus ihrer Lunge ausströmen und schaute aus dem Beifahrerfenster. Der Mann stand immer noch dort. Immer noch völlig bewegungslos. Seine Hände steckten in den Taschen seines schwarzen Mantels.

Sie startete den Motor und fuhr los. Wegen des starken Verkehrs kam sie nur langsam voran, war aber froh, den Friedhof hinter sich gelassen zu haben. Sie fuhr in nördliche Richtung an den Wanstead Flats vorbei und merkte, dass sie an Blake dachte. Das tat sie in letzter Zeit immer häufiger.

Sie nahm sich vor, sich schnellstmöglich mit Blake und Fenton zu treffen, um ihr Arrangement offiziell zu beenden. Die beiden hatten getan, worum sie sie gebeten hatte. Leah ging davon aus, dass es nur eine Frage von Tagen war, bis man Partington fasste.

Je weiter Leah nach Osten fuhr, desto dichter wurde der Verkehr. Als sie Stratford erreichte, öffneten sich die Himmelsschleusen, und plötzlich prasselten dicke fette Regentropfen auf die Windschutzscheibe. Leah schaltete schnell die Scheibenwischer ein, aber einen Moment lang fuhr sie blind.

Der Regen verlangsamte den Verkehr zu einem Kriechtempo. Plötzlich hatte Leah das Bild des lächelnden Ray Partington vor Augen und schauderte. Es war schwer zu glauben, dass der Mann, der bei der Pressekonferenz so nett zu ihr gewesen war, Lauren umgebracht hatte. Bei dem Gedanken kroch ihr ein Frösteln über den Rücken.

70

Im Regen zu laufen ist kein Problem, solange man schnell genug läuft, um sich warm zu halten. Wenn man durchnässt ist und langsamer wird oder stehenbleibt, bekommt man Schwierigkeiten, denn die verdampfenden Wassertropfen auf der Haut ziehen einem die Wärme aus dem Körper.

Der Regenguss hatte nur einige Minuten gedauert, aber Blake war bis auf die Knochen durchnässt. Als er die Grove Road erreichte, verlangsamte er das Tempo und lief in den westlichen Teil des Victoria Parks hinein. Normalerweise waren hier immer Scharen von Joggern unterwegs, aber an diesem Nachmittag hatte Blake den Park für sich allein. Niemand anderes war dumm genug gewesen, die dicken Regenwolken über der Stadt zu ignorieren.

Es ging ihm nicht so sehr ums Laufen an sich. Er musste nachdenken. Am Morgen hatte er immer wieder Partingtons letzten Post gelesen und sich fieberhaft gefragt, was er wohl bedeuten sollte.

Blake hörte jemanden keuchen und sah über die Schulter, in der Erwartung, einen anderen Jogger zu erblicken. Aber da war niemand. Ihm wurde klar, dass er seine eigene Atmung hörte, und verlangsamte nochmals das Tempo.

In Partingtons kranke Gedankenwelt einzutauchen machte ihm Angst. Er fragte sich, ob auch er imstande wäre, Böses zu tun. Füllt das Böse die Leere aus, wenn das Gute abwesend ist? Blake schauderte. Er zog das Tempo wieder an, als er das Nordufer des kleinen Ruderboot-Sees erreichte. Er würde nie wieder an diesen Ort zurückkehren, sagte er sich. Nie mehr würde er in sich eine Leere entstehen lassen.

***

Nachdem er den Park hinter sich gelassen hatte, brauchte er noch zehn Minuten bis nach Hause. Er verbrachte zehn weitere Minuten unter der Dusche, stand reglos da, während das heiße Wasser ihm auf die Haut prasselte. Danach zog er sich rasch an, nahm eine Flasche Bier aus dem Kühlschrank und setzte sich mit seinem Laptop an den Küchentisch.

Blake öffnete die Datei, die Fenton ihm geschickt hatte, und begann zu lesen. Irgendwo darin musste es einen Hinweis auf Partingtons nächsten Zug geben.

71

Blake stand auf und ging ins Schlafzimmer. Er öffnete die Schranktür und nahm einen Pappkarton heraus, der voller Notizbücher aus seiner Reporterzeit war. Die meisten waren bis zur letzten Seite vollgekritzelt, in einer Sauklaue, die niemand außer ihm entziffern konnte. Die Erinnerung an alte Zeiten ließ ihn leise lächeln. Er wühlte in dem Karton herum, bis er ein leeres Notizbuch und einen Kuli fand, und kehrte damit an den Küchentisch zurück. Vor ihm stand noch der Laptop mit Partingtons letzter Botschaft. Blake klappte ihn auf. Sie waren so dicht an ihm dran gewesen, und er hatte es gespürt … *Zeit, sie wieder zum Leben zu erwecken und abermals zu töten.* Völlig verrückt. Allerdings nicht für Partington.

Ein Klopfen an der Tür riss ihn aus den Gedanken. Er überlegte, ob er es ignorieren und darauf hoffen sollte, dass wer immer es war wieder verschwinden würde. Aber dann wurde erneut angeklopft, diesmal lauter und drängender. Auf dem Weg zur Tür schaute er auf die Uhr. Es war früher Abend. Er erwartete niemanden und mochte keine Überraschungsbesuche. Falls allerdings Leah Bishop vor der Tür stünde, hätte er nichts dagegen einzuwenden, ging es ihm durch den Kopf. Doch als er aufmachte, kam Fenton herein, ohne eine Aufforderung abzuwarten. »Wir haben ein Problem«, sagte er.

Blake führte ihn in die Küche, ohne zu fragen, um welches Problem es sich handelte. Er nahm ein Bier aus dem Kühlschrank und bot es seinem Gast an. Fenton schüttelte den

Kopf, winkte ungeduldig ab. »Haben Sie nicht gehört, was ich gesagt habe?«

Blake stellte das Bier in den Kühlschrank zurück und schloss die Tür. »Doch. Ich wartete darauf zu erfahren, was los ist.«

»Jemand hat mir eine E-Mail geschickt.«

»Wow. Sie sind ja so was von beliebt. Ich bin neidisch.«

Fenton funkelte ihn an. »Sie stammt von einer generischen Senderadresse. Der Text lautet: ›Cubitt Town. Hotel Dutton. Zimmer 107. I_Killer.‹«

»Glauben Sie, die Mail ist echt? Meinen Sie nicht, dass es irgendein Idiot ist, der Sie verarscht?«

»Keine Ahnung.«

Blake setzte sich an den Küchentisch und bedeutete Fenton, sich zu ihm zu gesellen, aber der Detective tigerte weiter auf und ab. Blake schaltete den Laptop aus und klappte ihn zu.

»Warum sollte Partington sich in einem Hotel auf der Isle of Dogs verstecken? Jeder Polizist in der Stadt, nein, im ganzen Land, hält nach ihm Ausschau. Das Hotel Dutton ist nur gut fünfzehn Kilometer von seinem Wohnort entfernt.«

Fenton zuckte die Achseln »Es ist nahe am City Airport. Dort gibt es täglich mehrere Flüge aufs europäische Festland.«

»Dann fahren wir doch einfach hin und sehen uns das Hotel mal an. Wo liegt das Problem?«

Fenton blieb stehen und setzte sich zu Blake an den Küchentisch. »Das Problem ist, dass ich New Scotland Yard von der E-Mail informieren sollte. Alles Weitere würden die dann übernehmen.«

»Dann tun Sie es.«

»Das ist das Problem.«

»Welches Problem?«

»Ich will es nicht melden. Ich will selbst hinfahren. Wenn Partington dort ist, will ich ihn selbst fassen. Unbedingt. Meine Karriere ist sowieso im Eimer. Davon erhole ich mich nicht mehr. Dann trete ich lieber mit Glanz und Gloria ab.«

Blake grinste. Fenton hatte ja doch ein bisschen Feuer im Hintern! »Sind Sie mit dem Auto hier?«

Fenton nickte.

»Was ist mit Ihrer Tochter?«

»Sie übernachtet bei einer Nachbarin. Die Beamten wissen Bescheid und bewachen das Haus.«

»Worauf warten wir dann?«

***

Es wurde schnell dunkel. Jeder Herbsttag war kürzer als der vorherige. Blakes Wohnung in der Mile End Road war nur acht Kilometer von dem Hotel entfernt, aber es herrschte dichter Verkehr. Er schaute aus dem Beifahrerfenster und sah die gesichtslosen Straßen Ost-Londons langsam vorbeiziehen.

Fenton nahm die linke Hand vom Lenkrad und schaltete das Radio ein. Die Hauptmeldung in den Acht-Uhr-Nachrichten auf BBC 4 betraf die neuesten Entwicklungen bei der Jagd nach dem I_Killer. Sie endete mit der Erklärung Assistant Commissioner Patricia Halls, Partingtons Ergreifung sei nur eine Frage der Zeit. Die zweite Meldung handelte von syrischen Flüchtlingen, die vor der türkischen Küste ertrunken waren. Fenton schaltete das Radio wieder aus.

»Haben Sie die Berichte gelesen?«, fragte er.

Blake nickte. »Der Mann ist völlig durchgeknallt. Er wird nicht aufhören zu töten, bis er im Gefängnis sitzt, und selbst dort wird er für die anderen Insassen eine Gefahr darstellen, falls er nicht in Einzelhaft kommt.«

»Der Reisepass, mit dem er die Wohnung neben Ince angemietet hat, war der seines Adoptivvaters«, sagte Fenton. »Er hat ein Foto von sich eingesetzt und das Geburtsdatum manipuliert. Er hatte seine Pflegeeltern komplett hinters Licht geführt, bis sie ihn schließlich adoptierten. Er hat ihren Namen angenommen und sich von ihnen das Studium finanzieren lassen. Schätzen Sie mal, wofür er sich eingeschrieben hat? Computerwissenschaften.«

Blake dachte über Fentons Eröffnungen nach. Die Täuschung der Pflegeeltern hatte es Partington ermöglicht, seine Bösartigkeit jahrelang zu verbergen und sich eine Fassade aufzubauen, hinter der sich das Monster in ihm in Ruhe hatte entwickeln können, und jetzt wollte er abermals abtauchen und sich eine neue Fassade aufbauen, doch diesmal hatte er die Dinge nicht mehr unter Kontrolle.

Als sie nach links in die Commercial Road einbogen, lichtete sich der Verkehr und Fenton trat aufs Gas. Blake beobachtete, wie das Scheinwerferlicht die Dunkelheit durchschnitt. Sie waren noch zehn Minuten vom Hotel entfernt. Blake musste unentwegt daran denken, wie Partington den perfekten Sohn gespielt hatte. »Was ist mit den Adoptiveltern? Wissen sie, was er getan hat?«

Fenton warf Blake einen Seitenblick zu. »Sie werden es nicht glauben, Geoffrey und Jean Partington kamen bei einem Brand ihres Hauses ums Leben. Ihr geliebter Adoptivsohn hatte die Uni nach einem Jahr abgebrochen und war nach Hause zurückgekehrt, um sich nach einer anderen Arbeit umzusehen. In der Nacht, in der das Haus niederbrannte, war er unterwegs. Die Ursache für den Brand wurde nie festgestellt. Man nahm an, dass es mit der Elektrik zu tun hatte. Die Pflegeeltern hatten keine eigenen Kinder. Partington hat eine Menge Geld geerbt.«

»Der Glückspilz.«

***

Das Hotel Dutton war ein ultramoderner Bau aus Stahl und Glas in Cubitt Town, einem Ort auf der Isle of Dogs, der nach einem früheren Bürgermeister Londons benannt war. Fenton fuhr auf den Hotelparkplatz und stellte den Wagen in der Nähe des Haupteingangs ab. Die beiden Männer gingen schweigend auf die gläserne Drehtür zu, Fenton vorneweg. An der Rezeption zeigte er einer elegant gekleideten jungen Frau seinen Dienstausweis.

»Detective Chief Inspector Fenton, ich würde gern mit dem Hotelmanager sprechen.«

Das Lächeln der Frau verrutschte ein wenig. »Darf ich fragen, worum es geht, Sir?«

Fenton bedachte sie mit einem ernsten Blick. »Ich ermittle in einem Kapitalverbrechen und muss sofort mit Ihrem Chef sprechen.«

Die Rezeptionistin verschwand in das verglaste Büro hinter ihr und griff zum Telefon. Zwei Minuten später schritt ein kleiner, schmaler Mann durch die Lobby und stellte sich als Joseph Cook vor, der Nachtmanager.

Fenton kam sofort zur Sache und erklärte, dass er Zugang zu Zimmer 107 brauche. Die Rezeptionistin schaute kurz in ihrem Computer nach und bestätigte, dass ein Ray Bishop das Zimmer vor zwei Tagen gemietet habe. Sie hatte Dienst gehabt und erinnerte sich an einen großgewachsenen Mann mit kurzgeschorenem blonden Haar.

Der Nachtmanager fuhr mit Fenton und Blake in den zweiten Stock und führte sie zu einem Zimmer ganz am Ende des Ganges. Blake trat an die Tür heran und wollte mit der Faust dagegenhämmern, doch Fenton zog ihn zur Seite.

»Das ist keine gute Idee«, flüsterte er, damit ihn der Manager nicht hörte. »Partington hat mindestens vier Menschen umgebracht. Wir sind unbewaffnet. Das wäre unvernünftig.«

»Ich stehe auf unvernünftig«, sagte Blake, trat wieder an die Tür heran und klopfte drei Mal laut mit den Fingerknöcheln dagegen. »Außerdem ist bestimmt niemand da.« Er wartete einige Sekunden und klopfte erneut. Im Zimmer war nichts zu hören.

Blake ließ sich vom Nachtmanager die Schlüsselkarte reichen. Er öffnete die Tür und ging ins Zimmer. Fenton folgte ihm, bedeutete dem Manager, draußen zu bleiben.

Es war ein normales Mittelklasse-Hotelzimmer. Doppelbett, Fernseher, Tisch, zwei Stühle, Bad. Keine Spur von Ray Friel, Ray Partington oder Ray Bishop. Fenton trat ans Fenster, von dem aus man auf das Bürogebäude auf der anderen Straßenseite blickte. Es war schon spät, aber auf allen Etagen brannte Licht, und er sah mehrere Leute an ihren Schreibtischen sitzen.

Das Zimmer war aufgeräumt. Der einzige Hinweis, dass hier jemand übernachtet hatte, war das ungemachte Bett.

Blake warf einen Blick ins Bad und ging dann wieder zur Tür. Der Nachtmanager stand im Flur, die Hände hinterm Rücken, einen nervösen Ausdruck im Gesicht.

»Im Zimmer ist niemand«, sagte ihm Blake. »Ich glaube nicht, dass Ihr Gast zurückkehren wird.«

»Aber Mr. Bishop hat nicht ausgecheckt. Er hat noch nicht bezahlt.«

Achselzuckend kehrte Blake ins Zimmer zurück. Fenton sah immer noch aus dem Fenster. »Glauben Sie, dass es wirklich Partington war?«, fragte er.

Blake setzte sich aufs Fußende des Betts. »Höchstwahrscheinlich hat er Ihnen die E-Mail geschickt. Es kann kein Zufall sein, dass der Mann das Zimmer unter dem Nachnamen von Partingtons erstem Opfer gemietet hat.« Fenton wandte sich vom Fenster ab und sah Blake an. »Warum treibt er irgendwelche Spielchen, obwohl er sich möglichst unauffällig verhalten sollte?«

Blake überlegte. Er versuchte sich in Partington hineinzuversetzen, versuchte sich klarzumachen, was es dem Kerl bringen mochte, sie herzulocken. Irgendeinen Grund musste es dafür geben. Die Antwort, auf die er kam, ließ seine Pulsschlagrate nach oben schnellen.

»Er will uns ablenken. Um zu wissen, wo wir sind. Um sicherzustellen, dass wir nicht woanders sind.«

Alle Farbe wich aus Fentons Gesicht. »Worauf wollen Sie hinaus?«

Blake stand auf. Er wusste, dass er mit seiner Annahme recht hatte. »Er wird wieder töten, und zwar heute Nacht.«

Fenton zog sein Handy aus der Jackentasche und gab fieberhaft die Nummer seiner Tochter ein. Die Voicemail ging an. »Hi Tess, hier ist Dad. Es ist spät, du schläfst wahrscheinlich schon. Falls nicht, ruf bitte zurück.«

»Es geht nicht um Ihre Tochter«, sagte Blake. Er sah in Fentons Blick, dass der Detective ihm gern glauben wollte.

»Wie können Sie da so sicher sein?«

»Weil ich weiß, um wen es geht. Partingtons letzte Botschaft. Er will Lauren wieder zum Leben erwecken und sie ein zweites Mal umbringen. Das kann er natürlich nicht, aber was wäre das Nächstbeste? Leah.«

Fenton nickte langsam, während er Blakes Worte verarbeitete. Dann zog er das Handy wieder aus der Tasche und wählte die Nummer seiner Nachbarin. Wieder erreichte er nur die Voicemail. »Hallo Tina, hier spricht Dan«, sagte er. »Kein Grund zur Sorge, aber wenn du diese Nachricht hörst, sieh bitte nach, ob die Polizisten, die meine Wohnung bewacht haben, jetzt auch wirklich bei dir vor dem Haus stehen. Falls nicht, ruf mich sofort an.«

Blake hatte geduldig gewartet. Er verstand Fentons Sorge um seine Tochter. Aber nun war er mit seiner Geduld am Ende. »Wir müssen uns beeilen«, sagte er, rannte in den Flur und stürmte, gefolgt von Fenton, am verdutzten Nachtmanager vorbei auf den Lift zu.

Die Fahrstuhltür war bereits offen. Blake eilte hinein und drückte den Knopf für das Erdgeschoss. Fenton schlüpfte herein, als die Tür sich schloss. »Der Millennium Drive ist nur anderthalb Kilometer von hier entfernt. Ich rufe Leah an, sobald wir im Auto sitzen.«

»Ich komme nicht mit«, sagte Fenton.

Blake glaubte, sich verhört zu haben. »Wie bitte?«

»Ich komme nicht mit Ihnen.«

»Was reden Sie da?«

»Ich fahre nach Hause. Ich muss wissen, ob Tess in Sicherheit ist.«

»Ich sage doch, es geht um Leah. Partington will Laurens Ermordung nachstellen.«

Der Fahrstuhl hielt an, die Tür ging auf. Die beiden Männer starrten einander an.

»Tut mir leid, aber ich gehe kein Risiko ein. Partington hat sich schon mal an Tess herangemacht, erinnern Sie sich?«

Blake riss sein Handy aus der Tasche und schaute kurz auf das Display und wieder zu Fenton, ehe er aus dem Fahrstuhl stürmte und durch die Lobby rannte, das Handy ans Ohr gepresst.

72

Blake sprintete über den Parkplatz und verlangsamte am Ausgang kurz das Tempo, um sich auf seinem Handy eine Straßenkarte der Gegend anzusehen. Er versuchte Leah anzurufen, erreichte aber nur ihre Voicemail. Er wandte sich nach links und rannte durch die Stewart Street; die kalte Luft brannte ihm in der Lunge.

In seiner besten Zeit hätte Blake für die anderthalb Kilometer bis zu Leahs Wohnung weniger als fünf Minuten gebraucht. Er hatte Glück, wenn er es jetzt in sechs Minuten schaffen würde. Nach einigen Hundert Metern wandte er sich abermals nach links in die Manchester Road. Der Gehsteig war breiter, die Straße belebter und besser beleuchtet. Google Maps zufolge führte die Manchester Road geradewegs auf die Straße, in der Leah wohnte.

Er hob eine Hand, um seine Augen gegen das grelle Scheinwerferlicht eines heranfahrenden Vans abzuschirmen, und überlegte, ob er es per Anhalter versuchen sollte. Doch es war unwahrscheinlich, dass ihn zu dieser späten Stunde in Ost-London jemand mitnehmen würde.

Er schaute erneut auf das Handy-Display. Es zeigte ihm, dass er noch eine halbe Meile vor sich hatte. Er schwitzte bereits stark, das Unterhemd klebte ihm am Rücken, seine Handflächen waren schweißnass. Es lag nicht allein an der körperlichen Anstrengung.

Ein Stück vor ihm blieb ein händchenhaltendes Pärchen stehen, als es ihn auf sich zurennen sah. Die beiden wechselten eilig die Straßenseite und warfen ihm nervöse Blicke zu, als er an ihnen vorbeihetzte.

Blake klammerte sich an die verzweifelte Hoffnung, dass er sich vielleicht täuschte, dass er Partingtons letzte Botschaft falsch interpretierte. Aber dessen Fantasien haftete eine verdrehte Logik an, die Blake begriff. Obwohl seine Beinmuskeln lichterloh brannten, verlängerte er seine Schritte. Ich darf nicht zulassen, dass etwas passiert, dachte er. Nicht schon wieder. Er wischte sich mit dem Jackenärmel den Schweiß aus den Augen. Zweihundert Meter vor sich sah er im Lichtschein einer Straßenlaterne die Abzweigung in den Millennium Drive. Er verlangsamte sein Tempo etwas und versuchte seine Atmung zu beruhigen. Er musste Kraft sparen.

An der Ecke bog Blake nach links ab. Leahs Wohnung war im ersten Gebäude auf der rechten Straßenseite. Er eilte hinüber, erreichte den Eingang. Atemlos suchte er Leahs Namen an der Sprechanlage und drückte auf den Klingelknopf. Keine Antwort. Er klingelte erneut, länger diesmal. Immer noch keine Antwort.

Er wandte sich zur Tür, drückte mit den Händen dagegen. Sie ließ sich ein winziges Stück zurückschieben. Die Bolzen und Angeln waren nach jahrelangem Gebrauch abgenutzt. Blake hatte die Kraft, um mit Gewalt einzudringen. Er wusste, dass es mit ziemlicher Sicherheit einen Alarm auslösen würde, doch das war ihm nur recht. Er nahm zwei Schritte Anlauf und rammte seine Schulter gegen die Tür. Mit einem ohrenbetäubenden Knall gab sie nach, das Holz rund um das Schloss zersplitterte.

Blakes Schwung trug ihn hindurch. Er rannte zur Treppe und stürmte die Stufen hinauf. Das elektronische Heulen einer Alarmsirene klang ihm in den Ohren. Als er Leahs Wohnung erreichte, sah er, dass die Tür angelehnt war. In dem Moment verlor er alle Hoffnung. Jemand hatte das Schloss geknackt und die Tür absichtlich nicht hinter sich geschlossen, um leise hineinschleichen zu können.

Blake stieß die Tür auf und stürmte hinein. Als er das Wohnzimmer erreichte, blieb er abrupt stehen. Er war zu spät gekommen.

73

Leah kniete in der Mitte des Zimmers, die Hände hinterm Rücken gefesselt, einen breiten Streifen graues Klebeband auf dem Mund. Sie hielt den Kopf leicht gesenkt, starrte zu Boden. Hinter ihr stand Ray Partington. Sein ursprünglich dunkles Haar war raspelkurz abrasiert und blond gefärbt. Seine rechte Hand steckte in der Tasche seines schwarzen Mantels. Seine linke Hand hing locker herunter, auf Höhe seines Oberschenkels schimmerte die gezackte Klinge eines Jagdmessers mit schwarzem Griff. Partington lächelte. »Ich habe mich gefragt, was der Lärm zu bedeuten hat«, sagte er.

Als sie ihn reden hörte, hob Leah den Blick und sah mit weit aufgerissenen Augen zu Blake hinüber. Er trat einen Schritt vor. Partington hob das Messer und legte die Klinge flach auf Leahs Kopf.

»Na endlich«, knurrte er. »Wir haben auf Sie gewartet, auf unseren Ehrengast. Ich mag es nicht, wenn man mich warten lässt, und es ist keine gute Idee, mich sauer zu machen. Ich bin kein besonders netter Mensch, selbst wenn ich gute Laune habe.«

Er zog die rechte Hand aus der Tasche, packte Leahs Haar und riss ihren Kopf zurück, sodass ihre Kehle frei lag. Leah schrie auf, aber das Klebeband erstickte das Geräusch. Blake ging auf sie zu, blieb aber abrupt stehen, als Partington ihr das Messer unters Kinn schob.

Blakes Herz hämmerte in seiner Brust. Er bezweifelte, dass er Partington erreichen konnte, ehe der Leahs Kehle durchgeschnitten hatte. Er hoffte, dass einer der Nachbarn die Polizei gerufen hatte. Partington lachte leise, als ob er Blakes Gedanken lesen konnte und sie lächerlich fand. »Setzen Sie Ihre Hoffnungen nicht darauf, dass die Polizei Ihnen zur Hilfe eilt. Sie wissen doch, wie diese Stadt ist. Solange die Leute sich hinter ihren verschlossenen Türen sicher fühlen, rühren sie keinen Finger. Sie halten sich aus fremden Angelegenheiten raus.«

Wahrscheinlich hat er recht, dachte Blake. »Die Polizei wird gleich hier sein«, sagte er trotzdem. »Ich habe sie vor ein paar Minuten gerufen.«

Partington lachte erneut. »Netter Versuch, aber Sie sind ein schlechter Lügner. Lauren wird sterben. Ich habe noch nie vor Publikum getötet. Das wird eine interessante Erfahrung sein.«

»Das ist nicht Lauren Bishop. Das wissen Sie.«

Partington verkrampfte sich. Er riss Leahs Kopf noch weiter zurück und drückte die Klinge in ihre Haut. Ein einzelner Bluttropfen rann an ihrem Hals hinab. »Ich weiß vieles, zum Beispiel, dass es mir Spaß machen wird, sie zu töten. Aber sie ist hier nur die Nebenattraktion.«

Blake verstand nicht, was Partington meinte. Er schaute auf Leah. Sie hatte die Augen zugekniffen, ihre Nasenflügel bebten. Er trat zwei Schritte zurück, wollte Partington Zeit und Raum geben. Raum zum Atmen und Zeit, um nachzudenken. »Glauben Sie mir, Ray, ich versuche Ihnen zu helfen. Sie verdienen es, die Wahrheit zu erfahren.«

»Ich bin die Wahrheit. Sie haben versucht, mich zu verleugnen, aber die Wahrheit lässt sich nicht verleugnen.« Partington lächelte, als er Blakes verwirrte Miene sah. »Ich dachte,

Sie sind so klug. Aber Sie sind immer noch nicht darauf gekommen, nicht wahr?«

Das Messer blieb weiterhin an Leahs Kehle, doch mit der anderen Hand ließ Partington ihr Haar los und zog einen gefalteten Papierbogen aus der Manteltasche. Er warf ihn in Blakes Richtung, und der Bogen landete zwischen ihnen am Boden. Blake trat heran, bückte sich und hob ihn auf. Es war ein alter fleckiger Zeitungsausschnitt. Unter der Schlagzeile »Frau ersticht Ehemann im Schlaf« stand der Name des Reporters, der den Artikel verfasst hatte: Adam Blake. Partington packte wieder Leahs Haar. »Lesen Sie es«, sagte er. »Mal sehen, ob es Ihrer Erinnerung auf die Sprünge hilft.« Blake überflog den Text. Die Angeklagte war Rachel Friel aus Lewisham, Süd-London. Das Opfer war Peter Friel. »Das ist zwanzig Jahre her. Es muss einer der ersten Gerichtsprozesse gewesen sein, über die ich berichtet habe.«

Partington nahm das Messer von Leahs Hals weg, wischte die Klinge am Oberschenkel ab und schob sie ihr wieder unter das Kinn. »Sie erinnern sich also. Lesen Sie mir den achten Satz vor, den über meine Mutter.«

Blake brauchte einige Sekunden, um die richtige Stelle zu finden, und las sie zuerst leise durch.

Leah schrie unter dem Klebeband auf, als Partington ihren Kopf zurückriss. »Ich habe Sie gebeten, ihn laut vorzulesen.«

»In Ordnung. Tun Sie ihr nichts«, flehte Blake. »Ich habe den Satz gefunden. Er lautet: ›Die fünfunddreißigjährige Angeklagte hat keine Kinder.‹«

»Genau das steht da. Würden Sie mir bitte erklären, wieso ich dann trotzdem hier vor Ihnen stehen kann?«

Blake fielen die Einzelheiten der Gerichtsanhörung ein. Es

war sein erster Mordprozess gewesen. Es hatte ihn wahnsinnig enttäuscht, als die Anhörung vertagt worden war, weil erst ein psychiatrisches Gutachten über die Angeklagte erstellt werden sollte.

»Ich glaube, dafür gibt es eine simple Erklärung«, sagte Blake. »Wurden Sie nicht zu Pflegeeltern gegeben, als ihre Mutter in Untersuchungshaft kam?« Partington antwortete nicht. »Also, sobald ein Kind in die Obhut von Pflegeeltern kommt, darf man nichts schreiben, das das Kind identifizieren könnte.«

Partington hob das linke Bein und trat Leah in den Rücken, sodass sie nach vorne kippte und mit dem Gesicht auf dem Boden aufschlug. »Das ist Ihre Rechtfertigung dafür, meine Existenz zu verleugnen?«

Blake hob die Hände und trat einen Schritt zurück. »Schon gut, bleiben Sie ruhig«, sagte er. »Wollen Sie mir wirklich erzählen, dass Sie all das hier tun, weil vor zwanzig Jahren Ihr Name in einem Zeitungsartikel fehlte?«

Partington kniff die Augen zusammen. »Der Artikel lag in einem Karton mit Habseligkeiten meiner Mutter, den man mir nach ihrem Tod gegeben hat. Sie hat sich aufgehängt, hat sich umgebracht wegen dieses Artikels, den Sie geschrieben haben.«

Blake schüttelte den Kopf. »Sie können nicht wissen, ob es wirklich der Grund für ihren Selbstmord war, Ray. Es tut mir leid, was Ihnen widerfahren ist, aber da Ihre Mutter offenbar keinen Abschiedsbrief hinterlassen hat, können Sie ihre Beweggründe nicht wissen.«

Partington deutete auf den Zeitungsausschnitt. »Sie kapieren es nicht, was? Das da ist ihr Abschiedsbrief. Den haben Sie ihr geschrieben. Als sie es las, wurde ihr klar, dass ich in ihrem Leben nicht mehr existierte, dass es für sie nichts mehr gab, wofür es sich zu leben lohnte. Sie legte den Ausschnitt in den Karton mit ihren Sachen, weil sie wusste, dass man ihn mir schicken würde. Sie wollte, dass ich es erfahre und die Dinge richtigstelle. Ich habe den Artikel aufbewahrt und geduldig gewartet, Jahr um Jahr. Ich wusste, dass der Zeitpunkt kommen würde, und als es so weit war, war ich bereit. Über Ihre Rückkehr aus dem Irak haben die Medien lang und breit berichtet, wissen Sie noch? Ich erkannte Ihren Namen und wusste, dass meine Zeit gekommen war.«

In Blakes Kopf drehte sich alles, aber die Puzzleteile fügten sich ineinander. Die Berichterstattung über seine Irak-Erlebnisse hatte bei Partington etwas ausgelöst. »Deshalb haben Sie Lauren ausgewählt. Deshalb haben Sie angefangen, Ihre Opfer zu enthaupten. Aber Lauren hatte mich zu dem Zeitpunkt schon verlassen. Warum haben Sie sich nicht direkt gegen mich gewandt? Warum mussten die anderen sterben?«

Partington schnaubte verächtlich. »Ich habe sie umgebracht, weil ich es wollte. Ich bin ein Killer. Ich existiere. Ich bin der I_Killer. Die anderen waren spaßige Ablenkungen auf dem Weg zu Ihnen und alle Teil eines größeren Plans. Eine Demonstration, wozu jemand wie ich fähig ist. Sie haben ja die Hysterie im Internet und in den Zeitungen erlebt. Meine Follower himmeln mich an. Jetzt kann niemand mehr meine Existenz leugnen, richtig?«

Verzweifelt versuchte Blake sich an die Einzelheiten im Bericht über Partingtons Kindheit zu erinnern, suchte nach einer Schwäche, die er ausnutzen konnte. »Sie haben mich jetzt«, sagte er. »Sie müssen Leah nichts tun. Sie können sie gehen lassen.«

»Könnte ich, werde ich aber nicht. Es ist berührend, dass Sie sich so sehr um Leah sorgen, aber es macht mich nur umso entschlossener, Sie zuschauen zu lassen, wie ich ihr das Leben nehme, so wie Sie mir meines genommen haben. Wie Sie mir meine Mutter genommen haben.«

74

Die Zeit lief ab. Blake schob sich näher heran, versuchte sich in eine Position zu bringen, wo er sich zwischen Partington und Leah werfen konnte. »Ich bitte Sie, denken Sie mal einen Moment genau nach, Ray. Falls dies eine Art kranker Racheakt an der Welt sein soll, dann seien Sie auf eine Enttäuschung gefasst. Wieder eine Enttäuschung. So wie all die Enttäuschungen, die Sie als kleiner Junge hinnehmen mussten. Als kleiner Ray Friel.«

Partingtons Kopf zuckte zurück, als hätte man ihn geohrfeigt. Blake wollte die Gelegenheit nutzen, wählte seine Worte mit Bedacht, feuerte sie ab wie Gewehrkugeln.

»Wissen Sie, was ich denke? Ich denke, nur Sie allein sind schuld an all den schlimmen Dingen, die Ihnen und Ihrer Familie widerfahren sind. Ihre Mutter brachte Ihren Vater und dann sich selbst um. Niemand sonst ist schuld daran. Ich ganz gewiss nicht. Soweit ich weiß, war Ray Friel ein kranker kleiner Drecksack, und heute ist Ray Partington ein noch vieler kränkerer, riesengroßer Drecksack.«

Partington schwieg. Er hob das Messer und betrachtete sein Spiegelbild in der Klinge. Seine Augen verdüsterten sich. Blake hielt den Atem an, ihm war klar, dass seine Chancen schlecht standen. Ein derart geübter schneller Messerstecher wie Partington konnte einen in Sekundenschnelle niedermetzeln.

Schrilles Sirenengeheul erfüllte die Stille. »Sie kommen«, sagte Blake und versuchte damit vor allem, sich selbst zu überzeugen. »Die Polizei weiß alles über Sie und Ray Friel. Was Sie sind. Alles, bis zum letzten lächerlichen kleinen Detail.«

Partington stöhnte wie ein verwundetes Tier. »Wissen Sie, wie viele Leute meine Botschaften angeklickt und mich geliked haben? Meine Follower sehnen sich danach, wie ich zu sein, obwohl sie wissen, dass sie es nie sein werden. Und was haben Sie erreicht, Adam Blake? Wer betet Sie an?«

Blake schwieg, schob sich näher heran. Partington interpretierte das Schweigen als Unterwerfung. Mit der rechten Hand zog er ein Smartphone aus der Manteltasche und hielt es in Leahs Richtung. »Zeit für ein Video«, sagte er.

Blake nutzte seine Chance und stürzte sich auf Partington, rammte ihm den Kopf in den Bauch. Beide Männer fielen krachend zu Boden, das Messer fiel Partington aus der Hand. Blake griff danach und sprang auf. Partington erhob sich, ein schmerzerfülltes Lächeln im Gesicht. Blake riss das Messer hoch und drückte die Klingenspitze an Partingtons Hals.

»Na los, tun Sie es«, sagte er. »Sie wissen, dass Sie es wollen. Es wird Ihnen gefallen, glauben Sie mir.«

75

Blake verstärkte seinen Griff um das Messer. Es war schwerer als erwartet. Er zog die Spitze von Partingtons Hals weg, hielt sie ihm im nächsten Moment aber wieder an die Kehle. Partington lächelte.

»Sie wollen es tun«, lockte er. »Warum tun Sie es nicht? Ich gebe Ihnen meine Erlaubnis. Na los, tun Sie es.«

Blake fragte sich, ob es böse war, etwas Böses zu zerstören. Würde er der Welt nicht einen Gefallen erweisen? Partingtons Lächeln wurde breiter. Wieder war es so, als ob er Blakes Gedanken lesen würde.

»Worauf warten Sie? Sie können sagen, es wäre Notwehr gewesen. Es ging um Ihr Leben. Ihnen bleibt genug Zeit, sich eine Story zurechtzulegen. Aber Sie sollten allmählich zur Sache kommen, denn Leah erstickt gleich.«

Blake sah auf sie hinab und erkannte, dass Partington recht hatte. Ihre blutunterlaufenen Augen traten hervor, und sie saugte so kräftig am Klebeband, dass man die Umrisse ihres Munds erkannte. Er hockte sich schnell neben sie und riss ihr mit der freien Hand das Klebeband vom Mund. Sie hustete heftig, schnappte nach Luft und übergab sich.

Blake schaute sie besorgt an, löste für einen Sekundenbruchteil den Blick von Partington. Dem genügte der kurze Augenblick, um seinem Widersacher mit dem rechten Fuß gegen die linke Schläfe zu treten. Blake kippte um, halb bewusstlos. Als sein Sichtfeld sich wieder klärte, sah er, dass er mit dem Gesicht am Boden lag. Die linke Seite fühlte sich an, als hätte sie ein Eispickel getroffen. Benommen blickte er auf und erkannte, dass Partington hinter der knienden Leah stand und ihr das Messer an die Kehle hielt.

»Schön, dass Sie wieder bei uns sind«, sagte er. »Ich möchte nicht, dass Sie die Show verpassen. Meine Follower sind ungeduldig. Ich will sie nicht länger warten lassen.«

Blake hob das Kinn und rappelte sich auf. »Zurück auf den Boden«, fauchte Partington. »Sie hatten Ihre Chance. Ihre letzte Chance.«

Blake sank wieder nach vorn auf den Bauch. Er sah, dass Leahs Lippen geschwollen und blutig waren, aber wenigstens konnte sie frei atmen. Er schaute auf die Klinge an ihrem Hals und entschloss sich, einen letzten Rettungsversuch zu wagen. Er stemmte sich auf allen vieren hoch, bereit, sich auf Partington zu stürzen.

»Runter auf den Bauch, seien Sie ein braver Junge«, höhnte Partington. »Wenn Sie nicht tun, was ich sage, wird es ernste Konsequenzen haben.« Frustriert den Kopf schüttelnd ließ Blake sich wieder zu Boden sinken, rutschte dabei aber einige Zentimeter an Partington heran, ohne dass der es mitbekam.

Er wollte Partington aus dem Gleichgewicht bringen, ihn am Reden halten über das, was ihm am meisten zu schaffen machte. »Ihre Mutter kam also ins Gefängnis, Ray. Als der Prozess wieder aufgenommen wurde, arbeitete ich bereits für eine andere Zeitung. Ich nehme an, sie bekam lebenslänglich. Das allein genügt schon, dass jemand selbstmordgefährdet wird.«

Partington schob das Messer langsam an Leahs Kehle hin und her, und einen Moment lang fürchtete Blake, er wäre zu weit gegangen. »Der Prozess wurde nicht wieder aufgenommen«, sagte Partington. »Dazu bestand kein Grund. Mutter saß in Untersuchungshaft, während das psychiatrische Gutachten erstellt wurde. Es wurde nicht fertiggestellt. Es ist erstaunlich, was man mit einem Bettlaken und einer frei liegenden Rohrleitung anstellen kann, wenn man verzweifelt ist. Ohne Ihren Zeitungsartikel wäre Mutter vermutlich in einer netten psychiatrischen Einrichtung untergekommen. Aber Ihr Geschreibsel hat sie nicht verkraftet. Sie konnte nicht ertragen, dass ich nie wieder Teil ihres Lebens sein würde.«

»Tut mir leid, dass Sie das so sehen«, sagte Blake. »Aber uns umzubringen wird die Vergangenheit nicht ändern. Für Sie gibt es kein Entkommen mehr, warum also noch weitere Leben nehmen?«

Partington schüttelte langsam den Kopf. Mit der linken Hand presste er das Messer an Leahs Kehle, die rechte lag auf ihrer rechten Schulter.

»Sie kapieren es immer noch nicht. Warum weitere Leben nehmen? Warum denn nicht? Sie sind nicht so dumm wie sie aussehen, Blake, aber auch nicht so klug wie Sie glauben. Ich wusste, dass Sie darauf kommen würden, wer mein nächstes Opfer ist. Ich wusste, dass Sie hergelaufen kommen würden. Ich wusste es. Sie glauben doch nicht etwa, dass Sie hier mit heiler Haut davonkommen, oder? Zwei neue Opfer bedeuten doppelten Ruhm. Die sozialen Medien werden explodieren.«

Aus Leahs Lippen quoll immer noch Blut, aber es waren ihre Augen, die Blakes Aufmerksamkeit weckten. Sie hielt den Kopf so still wie möglich und schielte immer wieder auf das Messer hinunter.

Blake setzte sich auf. Partington funkelte ihn an. »Hinlegen, sonst steche ich sie ab.«

»Das tun Sie doch sowieso«, sagte Blake. Er sprang auf und hechtete durchs Zimmer. Partington taumelte, und Leah nutzte die Gelegenheit. Sie zog den Kopf zurück, senkte das Kinn und schlug ihre Zähne mit aller Kraft in seine Daumenwurzel.

Partington schrie auf. Blake sah noch, wie ihm das Messer aus der Hand fiel, dann prallte er mit dem Kopf gegen Partingtons Schulter. Beide Männer gingen zu Boden. Blake rollte sich auf ihn, um ihn unter sich festzunageln. Aber dann traf ihn ein Knie in der Leiste, und er verspürte einen Brechreiz. Er konzentrierte sich darauf, sich nicht zu übergeben, als Partington seine Schultern packte und ihm die Stirn gegen die Nase rammte.

Der Knochen brach, und Blake schmeckte Blut. Er lag hilflos da, während Partington ihn auf den Rücken drehte und mit dem Unterarm auf seine Luftröhre drückte. Blake hustete und würgte, den Rachen voller Blut aus seiner gebrochenen Nase. Der Druck auf seinen Hals wurde stärker, und er schaute in Partingtons Augen. In ihnen lag kein Erbarmen.

Seine Lunge brannte wegen des Sauerstoffmangels, und ihm traten beinahe die Augen aus dem Schädel. Partington drückte noch kräftiger zu, um ihn endgültig zu erledigen, aber dann erstarrte er, der Triumph auf seinem Gesicht ersetzt durch blankes Erstaunen. Er drehte sich zur Seite, kippte auf den Rücken und stöhnte kehlig auf.

Blake schnappte nach Luft und stützte sich auf die Ellbogen. Blut floss aus einer Stichwunde an Partingtons Seite, zwischen Hüfte und Brustkorb. Neben ihm kniete Leah, das blutige Messer in der Hand. Auf allen vieren kroch Blake zu ihr hinüber. Leah weinte leise vor sich hin, während er ihr die Waffe abnahm und erschöpft zu Boden sank.

***

Einer der Sanitäter legte Leah eine Decke um die Schultern und führte sie nach draußen. Die beiden anderen stillten Partingtons Blutung und versorgten ihn mit Sauerstoff. Daneben standen zwei Polizisten und hielten ihre halbautomatischen Waffen auf Partingtons Kopf gerichtet.

Völlig unnötig, dachte Blake. Der Kerl war fix und fertig. Der Sanitäter, der Leah zum Krankenwagen geführt hatte, kehrte zurück und richtete sein Augenmerk auf Blake. Seine Nase sah schlimm aus, aber es war nur ein simpler Bruch. Der Sanitäter tastete seine geschwollene Kehle ab, suchte nach inneren Verletzungen. »Können Sie sprechen?«, fragte er.

Blake überdachte die Frage für einen Augenblick. »Denke schon«, flüsterte er. »Tut aber höllisch weh.«

Der Sanitäter lächelte mitfühlend. »Kann ich mir denken. Bleiben Sie ruhig liegen, wir bringen Sie so schnell wie möglich ins Krankenhaus.«

Mit einem Nicken deutete Blake in die Richtung, wo die beiden Männer an Partington arbeiteten. »Wird er durchkommen?«, krächzte er.

Der Sanitäter zuckte die Achseln. »Wahrscheinlich.«

Blake schloss die Augen. »Schade«, sagte er.

76

Die kahlen Bäume hoben sich schwarz vom wolkenlosen Morgenhimmel ab. Trotz der frühen Stunde war der Park voller Familien, die sich ein schönes Wochenende machen wollten. Blake hatte sich gefreut, als Leah ihn angerufen hatte, um sich mit ihm zu treffen. Weniger erfreut war er über den von ihr vorgeschlagenen Treffpunkt. Der Ort, wo ihre Schwester gestorben war.

Drei Wochen waren seit Partingtons Festnahme vergangen. Es war eine hektische Zeit gewesen. Blake hatte im Zentrum eines Medienzirkus' gestanden, der die Öffentlichkeit mit jedem Detail des Dramas unterhielt. Obwohl er Interviews strikt abgelehnt hatte, hatten die meisten Zeitungen seine Rolle bei den Ereignissen ganz besonders herausgestrichen.

Er erreichte die knorrigen kahlen Eichen und sah in einiger Entfernung die Stelle in der Nähe des Gore-Parkausgangs, wo Lauren Bishops Leiche im Unterholz gelegen hatte. Er holte tief Luft und ging darauf zu.

Er hatte Leah nur einmal gesehen, als er sie einige Tage nach der Festnahme im Krankenhaus besucht hatte. Sie war nicht ernsthaft verletzt, aber dermaßen traumatisiert gewesen, dass sie noch nicht nach Hause hatte zurückkehren können. Blake erinnerte sich, wie sie blass und reglos im Bett gelegen hatte. Sie hatte nicht sprechen, ihm nicht mal in die Augen schauen können. Er hatte schweigend neben ihr gesessen, bis sie eingeschlafen war.

Er erreichte den Treffpunkt und schaute auf die Uhr. Ihre Verabredung war um neun und nun war es bereits fünf nach. Er hörte Schritte am Tor und schaute auf. Sein Herz schlug schneller, als er Leah mit einem Blumenstrauß im Arm erblickte, dann erstarrte es zu Eis, als Dan Fenton vortrat und ihr das Tor aufhielt. Er folgte ihr herein, und gemeinsam gingen sie auf Blake zu. Als sie ihn erreichten, trat Leah heran und hauchte ihm einen Kuss auf die Wange. Dann ging sie wortlos weiter und schob sich durch eine Lücke im Gebüsch.

Fenton sah Blake an. »Sie haben es geschafft«, sagte er. »Sie haben den Drecksack geschnappt.«

Blake nickte. »Hoffentlich kommt er nie mehr raus.«

»Nun, er hat alles gestanden und ist auch noch stolz auf seine Taten. Aber er ist ein windiger Bursche. Er hat einen guten Anwalt, und es heißt, sie werden auf unzurechnungsfähig plädieren. Dann wird er zwar trotzdem weggesperrt, aber nicht ins Gefängnis, sondern in eine Heilanstalt.«

Blake schaute über die Schulter. Von Leah keine Spur. »Partington, Friel oder wie auch immer er heißt ist nicht verrückt. Er wusste genau, was er tat.«

Fenton lächelte, und Blake fasste es als Zustimmung auf. »Wie ist das Ganze bei Ihnen auf dem Revier angekommen?«

»Natürlich sind alle erleichtert, dass es vorbei ist. Aber es gefällt niemandem, dass die Presse vor allem Sie so bejubelt. Deshalb lassen sie ihren Ärger an mir aus. Ich versuche mich zu wehren, aber wie es aussieht, werde ich fliegen. Ich habe gegen die Vorschriften verstoßen, und dafür muss ich büßen.«

Blake sagte nichts. Das Schweigen zog sich in die Länge. Beide dachten über dieselbe Sache nach. Fenton sprach es als

Erster an. »Sie hatten recht mit Leah. Aber ich musste mich vergewissern, dass Tess in Sicherheit war.« Er machte eine Pause, hoffte auf ein zustimmendes Nicken Blakes, aber der schwieg, seine Miene ausdruckslos.

»Sie ist meine Tochter. Ich musste zu ihr. Mir blieb nichts anderes übrig. Das verstehen Sie doch, oder?«

Schließlich nickte Blake langsam. »Ich verstehe es«, sagte er und schaute erneut über die Schulter. Von Leah war noch immer nichts zu sehen. Jetzt oder nie. »Sind Sie mit ihr zusammen?«, fragte er.

Fenton runzelte die Stirn. »So würde ich es nicht ausdrücken.«

»Schlafen Sie mit ihr?«

»Das geht Sie nichts an.«

Leah trat aus dem Unterholz, ohne den Blumenstrauß. Blake reichte Fenton die Hand. Der schüttelte sie, ging zum Tor zurück und verließ den Park.

Leah schaute zu Blake auf. Ihre Augen waren gerötet.

»Wie geht's der Nase? Sieht schmerzhaft aus.«

»Ist nicht so schlimm, wie es aussieht. Wenn es verheilt ist, wird sie wie neu aussehen, sagt der Arzt.«

Leah nahm seine Hände und drückte sie. »Ich danke dir«, sagte sie. »Ich kann dir gar nicht oft genug danken.«

»Ich brauche keinen Dank. Ich möchte nur wissen, was mit dir und Fenton läuft.«

Sie legte den Kopf schräg. »Ich bin mir nicht sicher, wirklich nicht. Er hat mich gebeten, mit ihm und Tess für ein paar Tage aufs Land zu fahren. Ich habe Ja gesagt. Es wird mir guttun.«

Blake erwog ihr zu sagen, dass er sie nicht fahren lassen

wollte, dass sie bei ihm in London bleiben sollte. »Weißt du es?«, fragte er. »Hat er es dir gesagt?«

Sie nickte langsam. »Er hat mir alles erklärt. Er hat das Richtige für sich und Tess getan. Daraus kann ich ihm keinen Vorwurf machen. Er ist ein guter, anständiger Mann.«

»Bin ich das nicht?«

»Das habe ich nicht gesagt«, antwortete Leah. »Ich muss meinen Kopf wieder klar kriegen, muss verarbeiten, was geschehen ist. Ich kann nicht begreifen, dass es jemanden wie Partington überhaupt geben kann, dass jemand so krank im Kopf wird.«

Blake ließ ihre Hände los. »Er ist nicht krank. Er ist böse. Von Geburt an und bis zum Tod. Es gibt auf der Welt viele Menschen wie ihn. Viel zu viele.«

Leah trat näher an ihn heran. »Dann ist es gut, dass es auch Menschen wie dich gibt«, sagte sie.

Blake nahm ihre Hand, schob seine Finger zwischen ihre. »Ich will nicht, dass du mit Fenton aufs Land fährst«, sagte er. »Bleib in London. Wir können Zeit miteinander verbringen, in Ruhe über alles reden.«

Leah antwortete nicht. Sie stellte sich auf die Zehenspitzen, küsste ihn sanft auf den Mund und ging davon. Blake sah ihr nach, bis sie durch das Tor verschwand, dann trottete er zu den kahlen Bäumen zurück.

77

Ich habe einen einzigartigen Verstand. Er treibt mich dazu, Dinge zu tun, die andere Leute sich nicht einmal vorstellen können. Ist das ein Grund, mich einzusperren? Anderen Schmerzen zuzufügen hat mir nie Vergnügen bereitet. Ich wollte nie jemandem wehtun. Ich wollte einfach nur töten.

Ich weiß, es widerspricht allem, was ich bisher gesagt habe, aber seit ich hier bin, ziehe ich die Möglichkeit in Betracht, dass mit meinem Geisteszustand nicht alles in Ordnung gewesen sein könnte, als ich gewisse Taten verübte.

Ich habe mich auch gefragt, ob es mir helfen würde, religiös zu werden. Viele Gefängnisinsassen haben die Religion für sich entdeckt. Letztlich habe ich aber für mich beschlossen, dass es Unsinn wäre. Ich bin der einzige Gott, den ich brauche. Ich, der Killer.

Es ist gar nicht so schlecht hier im Gefängnis. Natürlich darf ich hier keinen Laptop benutzen, aber in meinem Flügel wimmelt es nur so von eingeschmuggelten Handys. Sie sind ein großartiges Werkzeug, das es mir ermöglicht, mich schlau zu machen und mir eine Strategie für den anstehenden Prozess zurechtzulegen. Unzurechnungsfähig. Ich frage mich, ob eine psychiatrische Anstalt nicht die bessere Option wäre als ein ganz normales Gefängnis.

Die Zyniker unter Ihnen mögen denken, ich wolle mich der Verantwortung für meine Taten entziehen. Das ist nicht der Fall. Aber wenn man fast den ganzen Tag in einer Zelle sitzt, hat man viel Zeit, um nachzudenken, und wenn ich einmal am Nachdenken bin, fallen mir viele Dinge ein.

Kurz gesagt, ich überdenke meine Ansichten über das Leben. Ich bin bereit, die Möglichkeit zu akzeptieren, dass ich an einer Persönlichkeitsstörung leide, die sich medizinisch behandeln ließe. Ich wäre bereit, es mit einer Behandlung zu versuchen. Das ist es, was das Wachpersonal so an mir mag. Dass ich mir Mühe gebe, Dinge zu versuchen. Ich versuche ein vorbildlicher Insasse zu sein, und das weiß man zu schätzen. Es ist gut, ein paar Wachmänner auf seiner Seite zu haben, wenn man im Gefängnis sitzt.

Eine meiner vielen Stärken ist die Fähigkeit, andere bestimmte Dinge glauben zu machen. In dem Moment, in dem jemand etwas glaubt, hält er es für wahr. Aber tatsächlich entspricht es nur selten der Realität.

Falls ich die richtigen Leute davon überzeugen kann, dass ich unbedingt psychiatrische Hilfe haben möchte, dass ich mich ändern will, wer wollte mir das verwehren? Es wäre unmenschlich. Es war nicht meine Schuld. Ganz im Ernst. Mein Hirn hat mich dazu getrieben.

Mithilfe der Presse brüstet sich die Polizei immer noch mit meiner Ergreifung. Seit Wochen geht das schon so. Sie haben mich weggesperrt, einem berüchtigten Killer das Handwerk gelegt. Wenn sie doch nur wüssten. Ich mag zwar im Gefängnis sitzen, aber einen so machtvollen Verstand wie meinen kann das nicht aufhalten. Ein lächerlicher Gedanke.

Meine Internet-Posts werden weiterhin in rekordverdächtiger Manier angeklickt. So viel Zuspruch zu bekommen bedeutet, Verantwortung zu tragen. Ich bin es meinem Publikum schuldig, mit dem weiterzumachen, was ich am besten kann. Ich darf sie nicht enttäuschen.

Wenn man erreicht, was ich erreicht habe, wenn man sich einen lange gehegten Wunsch erfüllt, dann geschieht etwas ganz Besonderes. Meine Follower sind loyal, und das weiß ich zu schätzen. Aber unter ihnen gibt es einige spezielle Personen, die mehr möchten, als nur hinzuschauen. Sie haben in die Dunkelheit geblickt und sind versessen darauf, vom Meister zu lernen.

Wer entschlossen ist, diese Entwicklung negativ zu sehen, würde sie wahrscheinlich als die Geburtsstunde eines Kults bezeichnen. Ich betrachte jedenfalls diejenigen, die es mir nachtun möchten, als meine Ministranten. Natürlich halten sie sich bedeckt. Es wäre töricht, es nicht zu tun. Aber sie und ich wissen, dass sie meine willfährigen Werkzeuge sein werden. Wenn der richtige Zeitpunkt gekommen ist, werde ich meine Wahl treffen, und sie werden mein Werk fortführen.

Gabriella Ullberg Westin
Der Schmetterling
€ 14,99, Klappenbroschur
ISBN 978-3-95967-205-4

Heiligabend in Hudiksvall, Nordschweden: Henna öffnet dem Weihnachtsmann die Tür, der ihre beiden Kinder überraschen soll. Doch es ist nicht ihr Ehemann in Verkleidung, sondern ihr Mörder. Er drängt sie ins Haus und streckt sie mit mehreren Schüssen nieder. Sie stirbt vor den Augen ihrer Kinder.

Kommissar Johan Rokka ist nach zwanzig Jahren in Stockholm gerade erst in seine alte Heimatstadt zurückgekehrt und wird die Mordermittlung übernehmen. Es ist ein schwerer Start, denn Henna war die Frau seines alten Schulfreunds Måns. Im Kreis der Verdächtigen sind Freunde von früher. Dann geschieht ein zweiter Mord. Kennt Rokka den Mörder bereits? Ist er der Nächste auf seiner Liste?

www.harpercollins.de

Harper Collins